ナサケの女
〜国税局査察官〜
TAC出版
© 森田 俊明

© 森田 俊明

© 森田 俊明

© 森田 俊明

© 森田 俊明

© 森田 俊明

© 森田 俊明

# 目次

# 主な登場人物

松平《まつだいら》　松子《まつこ》（35）　東京国税局・査察部・情報部門（通称ナサケ）である査察第十八部門の査察官（通称サカン）。巨額かつ悪質な脱税の疑いがある嫌疑者を内偵し、脱税のシッポを摑んでやろうと日々奔走。若かりし頃はヤンキー集団をまとめる存在で、そんな松子がなぜ査察官の道を選んだのか、真の理由はさだかでない。

新田進次郎《にったしんじろう》（45）　東京国税局・査察部長（通称イチバン）。キャリア組で筆頭の出世頭。いずれは財務省に戻り、事務次官の椅子を目指す男。

三木《みき》　航介《こうすけ》（30）　東京国税局・査察部・査察第十八部門の査察官。着任早々の松子と相棒を組まされ、振り回されつつも惹かれていく。

犬養《いぬかい》　一美《かずみ》（39）　東京国税局・査察部・査察第十八部門の主査（通称ヌシ）。松子と同世代の上司。何件もの巨額脱税を摘発している、クールな理性派。直感的（野性的）に行動する松子と常に対立。

赤川《あかがわ》　友也《ともや》（23）　松子のヤンキー時代の子分。現在はクリーニング屋を営んでいるが、松子に頼まれれば仕事そっちのけで調査に協力する。

五藤《ごとう》　満《みつる》（37）　東京国税局・査察部・査察第十八部門の査察官。一見、地味で気弱そうだが、粘着質なタイプ。些細な物事でも執着するところがある。

久米《くめ》　四郎《しろう》（42）　東京国税局・査察部・査察第十八部門のチーフ主査。松子に振り回されるばかりで、出世の夢も危うい⁉　子持ち。

二宮《にのみや》　晶太《しょうた》（27）　東京国税局・査察部・査察第十八部門の査察官。松子の後輩。マルサの中でもＩＴに強い点を買われている。

内村《うちむら》　ナナ（26）　東京国税局・査察部・査察第十八部門に所属するデスク的な女の子。寿退社を狙っているが、いつも空振りに終わっている。噂話が大好き。

西《にし》　恭子《きょうこ》（24）　ヤンキー舎弟。友也のクリーニング店を手伝っている。松子を「ネエさん、ネエさん」と慕い、憧れている。

日野《ひの》　敏八《としや》（45）　東京国税局・査察部・実施部門（通称ミノリ）である査察第三十七部門の総括主査（ソウカツ）。火がつくと一気に熱くなるタイプ。

曽根《そね》　六輔《ろくすけ》（57）　東京国税局・査察部・査察第十八部門統括官（通称トウカツ）。松子の上司。叩き上げのノンキャリア組。このまま何事もなく退職し、税理士として安泰生活を送ることを夢見る。

鉄子《てつこ》（年齢不詳）　オカマバー『鉄子の部屋』のママ。情報屋。顔が広く人脈に富んでいるが、その正体は謎。松子の精神的なよりどころとなっていて、彼女が唯一、腹を割ってやりあえる相手。「お金には二種類ある。きれいな金、そして汚い金」が鉄子の哲学。

本書は二〇一〇年十月二十一日〜十二月九日にテレビ朝日系列で放送された『ナサケの女〜国税局査察官〜』全八話の中園ミホ氏による脚本を元に、古林実夏氏がノベライズしたものです。ノベライズ化の都合上、実際の番組とは異なる部分がありますことをご了承ください。

本書はフィクションであり、登場する人物名、団体名、組織名など、すべて架空のものであり現実のものとは一切関係ありません。

装丁　華本　達哉

# ナサケの女

# プロローグ

これは、金の話である。

出口の見えない不況。都市と地方との経済的格差。おまけに、この国の財政は、およそ930兆円の借金まみれ。

それでも、まだまだ、この街には金があふれ返っている。

金の嫌いな人間はいない。男も女も、みんな金が好きである。

金持ちのまわりには男も女も群がってくる。


しかし、ここに一人、金持ち嫌いの女がいる。

儲けすぎた金を独り占めしようとする金持ちを決して許さず、鬼のように暴いていく。

東京国税局・査察部・情報部門。松平松子。

人呼んで——


『ナサケの女』

# 第1話　マルサの女帝

秋の日差しが降り注ぐうららかな海岸を、女が逃げている。パンパンに膨れ上がったルイ・ヴィトンのボストンバッグを抱え、砂浜に足をとられそうになりながらも必死で走るその女は、松平松子である。スーツ姿の男たちが数名、松子を追いかけていた。

——まったく、どこまで追いかけてくるつもりだ！

もうずいぶん長い時間、走っている気がした。だが、いつまでたっても男たちは追ってくる。砂浜が終わり、足場の悪い岩場にさしかかっても、男たちは諦める気はないらしい。ゼーゼー肩で息をしながらも、男たちは律儀に松子を追ってくる。

——それにしてもクソ重い！

鞄を抱え直し、ついに失速した松子に、男たちが迫った。

——せっかく手に入れたんだ、渡してたまるか！

松子は振り向きざまに、男たちに向かって思いっきりバッグをスウィングした。バッグは、ブンッと空《くう》を切る音を立てて、すぐ後ろに迫っていた男の顔面を見事に直撃。

「痛ッ⁉　なんて女だ」男は体勢を崩し、岩場に倒れ込んだ。

追いついた他の男たちが、松子に襲いかかる。

「来るんじゃねぇ！　コノヤロー！」松子はバッグを振り回して男たちをなぎ倒し、また走った。

男たちは急いで体勢を立て直し、執拗に松子を追う。

松子は腕を摑もうとした男の手を振り払おうと、再びバッグを振り回した。だが、男はその攻撃をうまくかわし、持ち手の一方を摑んだ。

「なんだよ！　離せっ！」松子はもう一方の持ち手を握りしめ、力の限りに引っぱった。しかし男も手を離さない。綱引きさながらの引っぱり合いでチャックが壊れ、バッグの口がパックリ開いた。

その瞬間、バッグに詰まっていた何枚もの万札が、バーッと海風に舞い上がった。

男は慌ててその金を摑もうと、バッグから手を離した。その隙をついて、松子は男に突進、海に突き落とした。他の男たちは、風に舞う札ビラに翻弄されている。

松子は逃げ出した。全速力で、中身が出ないようにバッグを固く抱きしめて――。

「松子、またやってるよ」

「なんであそこまで……」

海の方から海女たちの笑い声が聞こえたが、松子には彼女たちに挨拶する余裕もなく、それどころか皆が松子のトレードマークだと言う、顔の半分が隠れるほど大きい黒ブチ眼鏡が斜めにずれているのを直すのも忘れたまま、海岸沿いをフーフー息を荒げて、とにかく猛ダッシュで走って走って走りまくった。


なんとか男たちよりも先に西伊豆税務署に帰り着いた松子は、そのままの勢いで法人課税部門の部屋に駆け込んだ。

デスクの上にボストンバッグをひっくり返すと、バッグに入っていた大量の札束が、ドサドサと雪崩《なだれ》のようにぶちまかれた。量からして、1億円はありそうだ。

税務署員たちは感嘆の声を漏らし、すぐさま札束を数え始めた。

「トイレの天井裏に隠してあった『タマリ』です。五年分の法人税と消費税の滞納金として徴収しました」松子は荒い息のまま、署長のデスクの前に立って報告した。

タマリとは、申告をちょろまかして隠した、現金や車なんかの隠し財産のことだ。

「ん。松子、ご苦労さん」署長はたいそう満足そうな笑顔を見せた。

松子を追いかけていた男たちが、はぁはぁ息を切らして、ようやく税務署に到着した。彼らは、「社長、申し訳ありません」と、部屋の隅に立ち尽くしている初老の男のそばへ、スゴスゴ近づいて行った。だが、社長はまるで魂を抜き取られたように呆然として、税務署員たちの金を数える様子を眺めている。

「社長！　もう隠し事やめましょうよ。こういう悪質なケースだと、刑事告発されて三年以下の懲役、覚悟してもらいますよ」松子は脅し口調で言って、応接ソファにドカッと座った。

1億円以上で、隠蔽したことが認められるもの、つまり「うっかり」申告を忘れてしまったのではなく、税金逃れするつもりで「ちゃっかり」脱税したケースは、三五％、場合によっては四〇％の重加算税が課せられる。それに加え、悪質な犯罪として起訴される可能性も高い。有罪の判決が下れば、それなりの刑が執行されることになる。

松子の言葉を聞いて、社長はウッと顔を歪《ゆが》め、突然、松子の前に土下座した。部下たちも慌てて、社長と一緒に土下座をする。

「勘弁してください！　脱税なんかする気は、これっぽっちもなかったんですから。寝る間もないくらい働いて、ついうっかり申告するのを忘れただけですから」

——ついうっかりねぇ。

松子はあくびまじりに「へー」と興味のない返事をした。

「本当ですって。この不況だし、従業員や家族を路頭に迷わせちゃいかんと、社長自ら営業に駆けずり回って、血のにじむような努力で稼いだお金なんです」と、社長は泣き声をあげた。だがそれは明らかに泣きまねで、その証拠に、社長は薄目を開けて、松子の顔色をチラチラ窺っている。

「泣きまねしてもダメだよ」と、松子は冷たく言い放った。

「あんたには、血も涙もないのかっ！」と、社長はヒステリックに怒鳴った。

「そうですね」と、松子は興味なさそうに答える。

「そうですねって……とぼけやがって。チクショーっ！　それより、取り上げた現金、正しく使えよ！」

「そうですね」

「ウチみたいなところから搾り取らなくても、他にもっと悪いことしてるヤツいるだろ⁉」

「そうですね」

「そうですよ！　4億も5億も受け取って土地転がしてるヤツのとこ行けよ。なんでそういうのからは取らないんだ！」

「行きますよ。どこにいます？」

「永田町だ！」

「残念。そこは西伊豆署の管轄外」松子はまた抑揚のない声で言った。

「チクショー！　正義の味方みたいな顔して、結局あんたたち、オカミの手先じゃないか」と、社長は声を裏返らせ、血管が切れそうなほどヒステリックに叫んだ。

「そうですね」

「そうですね、そうですねって、か弱い庶民をいじめやがってっ！」社長はもう髪がほとんどなくなったはげ頭をかきむしった。

「社長、それは違うよ。相手が偉いセンセーだろうが誰だろうが、私は一税務署員としてこう思ってます」

「ん？」

「脱税はこの世で一番、被害者の多い、重い犯罪です。一億三〇〇〇万の国民全員が被害者なんだから」

「……だから、なんだ」

「脱税するヤツは、日本の道路を歩くな！　日本の空気も吸うな！」松子は社長の方にぐっと身を乗り出し、ギロリと見据えてきっぱり言い放った。

そのあまりの迫力に、社長はパクパクと口を開けたり閉めたりしている。社長の後ろに控えていた部下たちも、税務職員たちも、皆、凍りついていた。

「で、社長」と松子に呼ばれ、「ハイッ」と、社長はうわずった声で返事をした。

「残りは一括で払う？　分割にする？　延滞税は年利一四・六％ですが」

「エーッ！　マチキンより高いじゃないか⁉」

「そうですね」

松子が社長に向かってそう無愛想に言った時、今まで受話器を片手に「いつもお世話になっておりますら。エッ⁉　……はい、ありがとうございました。直ちに本人に伝えますら」とデスクの前でペコペコ頭を下げていた署長が叫んだ。

「大変だ！　松子、ちょっと来い！」

「は？」松子は署長のデスクの前に立った。

署長は急に姿勢を正すと、宣誓でもするが如く、伊豆訛《なま》りで告げた。

「松平松子、東京国税局・査察部・査察第十八部門に配置換えするら」

「エエッ⁈」と、部屋にいた全員が驚愕《きょうがく》した。

「花の東京ホンテンに栄転だ。おめでとう」

「マルサか、へーッ！」と、先ほどまで小さくなっていた社長まで、感心して興奮している。

「ウソ……」

東京国税局の査察部といえば、かつて映画にもなった、あの『マルサ』だ。

――そこに、私が配属されるなんて……。

マルサへの異動など想像したこともなかった松子は、まだよく署長の告げた辞令を理解しきれずにボーッとしたまま、はしゃいでいる署長や社長、同僚たちの顔を見回した。

――あたしが、マルサ……。

東京へ発つ前に、松子は海辺の特別養護老人ホームを訪れた。そこは、松子がよく遊びに通っていた場所だった。

ホームの玄関前には、松子を見送りに老人たちやヘルパーが集まってくれていた。皆、本当に嬉しそうに、「すごいじゃないか、頑張れよ」「カップ麺ばっかり食べてちゃだめよ」と松子に言葉をかける。

――あたしのことを、自分のことのように喜んでくれるなんて……。

松子はのどの奥が熱くなるのを感じた。ふいに、車椅子に座っている鶴子《つるこ》が、松子の手を引き寄せた。

「はい。お餞別」鶴子は涙声でそう言って、松子の手に何かを握らせた。

見ると、小さく折り畳まれた板垣退助の百円札だった。

「ダメだよ。お金は受け取れない」松子は慌てて鶴子に返そうとした。

「いいから。鶴子さんの気持ちだからもらっておきなさいよ」と、ヘルパーが口を挟んだ。

松子は涙を流す鶴子の手を、ギュッと握りしめた。

「ありがとう。東京行っても頑張ります」

松子は立ち上がり、皆に向かって深々と頭を下げた。そして笑顔で手を振って、少し離れた場所に停めてある引越荷物を積んだトラックに向かおうとした。

その時――一台の赤いポルシェが、猛スピードでホームの前の狭い道を横切っていった。そのあまりのスピードに、鶴子たちは悲鳴をあげ、驚いて尻餅をついてしまった老人もいた。

ポルシェは砂埃をあげて、道端に積み重ねてある発泡スチロールやポリバケツ、それに収穫して干してあったワカメまでなぎ倒し、それを踏みつけて走り去っていった。

静かな海沿いの小さなこの町には全く不釣り合いなそのポルシェを、松子は睨みつけた。

税務行政に携わる組織は、国税庁をトップに、その管轄下に全国十一の国税局と沖縄国税事務所が位置する。そしてそれら国税局の管轄下に、全国五二四の税務署がある。

国税局では、税務署に比べて扱う事案の規模も大きい。そして国税局の査察部、いわゆるマルサには、「強制調査」の権限が与えられている。税務署の場合、納税者の同意が得られなければ調査できないことになっている。同意が得られずに調査を断念し、結果として重要な証拠品を破棄されてしまうことも少なくない。けれどマルサの「強制調査権」があれば、文字どおり「強制的に」証拠品やタマリを押収することができる。

――より悪質な脱税で私腹を肥やしているヤツらを締め上げることができる！

トラックに揺られながら東京での仕事に思いを馳せていた松子は、鶴子が握らせてくれた百円札を広げて見た。長い間小さく折り畳んであったのだろう。札には、折り目がしっかりとついている。

今の日本の税制は、皆に平等にはできていない。正直に税金を納めている者が損をする、そんな仕組みだ。バレなければごまかしたっていいとか、正直者は馬鹿だと人を見下し、甘い汁を吸ってるようなヤツらが、松子は大嫌いだった。そういうヤツらを見ると、腹の奥底が無性にチリチリと熱くなって居ても立ってもいられなくなるのだ。

百円札のもっさり髭を蓄えた板垣退助と、目が合った気がした。戦いを挑むように、松子はじっと見返した。

「由香様、ドンペリご注文いただきましたー！」

重低音を利かせたテクノサウンドが大音量で響く店内に、アナウンスが流れた。それに続いて、男たちの「ヒュー」という声や指笛が、谷口由香《たにぐちゆか》と、リュウジのテーブルに向けられる。

リュウジは、ポンっと景気のいい音を立ててシャンパンの栓を飛ばし、グラスに注いで由香に差し出した。由香がそれを受け取ると、テーブルを囲んだホストたちがすかさずコールをかける。それに合わせて、由香はシャンパンを一気に飲み干し、にっこり微笑んだ。

「ねえ、リュウジ。この後も付き合ってくれるんでしょ？」と、由香はリュウジにしなだれかかる。

「もちろんだよ。大切な由香さんを、一人で帰すわけないだろ――」

そこに、この店のオーナー・倉田順《くらたじゅん》が二人のテーブルにやってきた。倉田は愛想笑いを由香に向けながら、リュウジに耳打ちした。

「リュウジ、新規の客からの指名だ」

倉田はニヤニヤと気持ちの悪い笑いを浮かべて、あるテーブルを示した。そこには、黒いセクシーなカクテルドレスを着たボブヘアの女が座っている。スッととおった鼻筋にシャープな顎ライン、パッチリした目――。その派手な服装のわりには、あまりこういう店に慣れていないのか、緊張したような固い表情をしている。

本物のダイヤなのか、女の首元の大振りなネックレスは光をキラキラ反射させている。

「あのダイヤ、本物かよ」リュウジは明らかに目の色を変えて女を見ている。

「上客になりそうですね」と、由香のテーブルにヘルプでついていたアキラが、リュウジの後ろから女を盗み見て言った。

「由香さん、このバカが由香さんと飲みたいって」と、リュウジはアキラを由香の隣に座らせた。

「ちょっと、リュウジ……」

「ごめん。ちょっと営業してくるから」リュウジは、俄然やる気を出したような足取りで、首元のダイヤをいじっている女客のもとへと向かっていった。

由香はボブヘアの女を睨んで、シャンパングラスをあおった。

ホストクラブ『フィナーレ』。ホスト三〇名、ボーイである内勤五名、席数二〇席、六本木という場所でこの敷地面積だと、家賃は200万円ってところか。この金額と回転率なら――。

この店ナンバーワンホストの愛川《あいかわ》リュウジが、他のテーブルの童顔な女をなだめている間に、松子はざっと店内の見積りをしていた。

「いらっしゃいませ。リュウジです」リュウジは松子の隣に座りながら、松子の身につけたアクセサリーや、ダイヤの散りばめられた時計、それにダイヤのネックレスをざっとチェックした。

松子はそれを見逃さなかった。

「どうもぉ、松子でーす」松子は、極力キャピキャピした口調で言った。

下っ端のホストからドンペリの瓶を受け取ったリュウジは、それをグラスに注ぎ、松子に差し出した。

「こんな美人が来てくれただけで店のテンション上がっちゃいますから、これは僕からプレゼント」

――よし、食いついた！　グラスを受け取りながら、松子は心の中でニヤッと笑った。

「乾杯！　楽しんでってくださいね」

カチンッとグラスをぶつけて、松子はシャンパンをひと口飲んだ。

——安物のワインを炭酸水で割っただけ。原価1杯20円。

そう思いながらも、松子は努めて純粋に喜んだふりをしてみせる。

「おいしい！　さすがドンペリ。今夜は来てよかった。私たち、これから何度もお会いすることになりそうね」

松子がにっこり微笑みかけると、それがキメ角度なのか、斜めの角度を保ったままリュウジはにっこり笑い返してきた。

「いらっしゃいませ。お客様、ご指名はございますか」

「いいえ。ビール」倉田のごますり声に、女の声がぶっきらぼうに答えた。

「一緒にフルーツなどお持ちしましょうか」と、倉田はいっそうごますり声で言った。

「ビールだけで結構よ」と、女はさらにぶっきらぼうに答えた。

その女の言い方が妙に気になって、松子は声のする方に視線を向けた。まだ高校生のようなあどけない顔をした若い女と、三〇代後半ぐらいのグラマーな女がレジ近くの席に陣取っていた。ノーブランドのドレスに、ノーブランドのバッグ。高価そうなアクセサリーは特にしていない。

同業者か、と、松子は直感した。

——ということは、東京国税局の査察部か。でも、あれじゃあ、獲物を狙ってるのがバレバレだ。

二人とも、ホストクラブに遊びにきたにしては険しい表情を崩さずに、人の出入りや店内の様子を気にしてばかりいる。特に年上の女なんかは、まるで浮気現場を取り押さえようとでもしているかのような殺気すら放っている。

ふいに彼女が松子を見た。松子は即座に視線をそらし、「ねえ、リュウジさん」と、身体ごとリュウジの方に向き直って、知らん顔でシャンパングラスを傾けた。

店を出ると、外はいつのまにかどしゃ降りになっていた。松子はドレスの裾を勢いよくガバッとたくし上げ、気合を入れて雨の中に飛び出した。

ふと見ると、隣のビルの軒下に若い男が二人、ビニール傘をさして秋雨に震えながら『フィナーレ』の出入口の様子を窺っている。二人とも、何の特徴もない地味なスーツに、地味なネクタイをしている。

——彼らも、査察官《サカン》か。

「ご苦労様」と松子は声をかけて、二人の前を通りすぎた。

「なんですか、今の？　誰ですか」

「さあ……」

そんなふうにぶつぶつ話していた男たちが、突然「あっ！」と声をあげた。その声に松子は振り返った。すると、リュウジと童顔な女の客が、ちょうど出てきたところだった。二人は、店のすぐ前につけられた高級車に向かっている。

「ナンバーワンのホストが客と出てきました」と、査察官の男は携帯に話している。

松子は駐車場に置いてある愛用の自転車へと急いだ。いつも用意してある雨合羽をドレスの上から被り、自転車にまたがる。そして一気に加速させて雨の街に走り出し、リュウジと女客が乗った高級車を追いかけた。

雨はかなり激しく、ひどく前が見えにくい。

——だからって、獲物を逃してたまるか。

どしゃ降りの雨がたたきつける東京の夜を、ペダルをぐんぐん漕いで松子は追った。


東京国税局を初めて訪れた松子は、査察部があるフロアに降り立った。

国税局において査察部は花形部署であり、強制調査権を与えられている最強の部門だ。総勢約五三〇名が所属し、情報部門、通称「ナサケ」と、実施部門、通称「ミノリ」の、大きく二つに分かれる。ナサケはマルサとして知られている部門で、嫌疑者、すなわち脱税の容疑者の内偵調査を徹底的に行う。そしてその情報をもとに、ミノリは嫌疑者の関係各所に強制調査、いわゆる「ガサ入れ」を行う。

松子が新しく配属された査察第十八部門は、ナサケである。

配属先の部屋を探しながら、松子が薄暗い廊下を歩いていくと、地味なスーツに身を包んだ人々が、ゾロゾロとある部屋に入っていくのが見えた。

どうやら会議室らしいその広い部屋では、これから「ガサ入れ」会議が行われるようだ。松子はナニ食わぬ顔をして、こっそり紛《まぎ》れ込んだ。

会議室には二〇〇人を超える査察官たちが集まっていた。ジーンズに革ジャンというカジュアルな格好の松子とは違い、皆一様に地味なスーツを着ている。その中には、先日『フィナーレ』を内偵していたチーター目の女——情報部門の主査《ヌシ》・犬養一美や、幼顔の女——情報部門査察官・内村ナナ、それに店の外で震えていた若い男——情報部門査察官・三木航介と、もう一人の男——情報部門査察官・二宮晶太の姿もある。

「今回のガサは株式会社フィナーレ。嫌疑者は経営者の倉田順。手口は売上除外や人件費の架空計上などで、1億3000万円の脱税が見込まれる」前に並んだ上層部らしい数人のうち、一人の男――実施部門の総括《ソウカツ》主査・日野敏八が声を張り上げた。

「明朝八時、強制調査着手！　徹底して調査を行ってください」と、中央に立った堅物風の眼鏡をかけたいかにもエリートっぽい男――査察部長《イチバン》・新田進次郎が檄を飛ばすと、会場に集まった一同は「はい‼」と声を揃えた。

――明日、あの六本木のホストクラブにガサ入れか。ターゲットがマネージャー、ねぇ……。

現金のみの会計、瓶の中身を入れ替えていた点を考えても、倉田が脱税しているのは間違いない。それなりのタマリも見つかるだろう。だが松子は、そうではない、もっと別のニオイを感じていた。

松子はさっと会場を抜け出し、国税局を後にした。


翌朝、松子はジョギングスタイルで都内のあるジョギングコースに来ていた。だがその服装に反して、松子は走るわけでもなく、道路脇に設置されたベンチに座ったまま、あくびをしていた。顎が外れるのではないかと思うほどのドデカイあくびをしたとき、ようやく待っていた人物が走ってくるのが見えた。六本木ホストクラブ『フィナーレ』のナンバーワンホスト・愛川リュウジこと、本名・相川《あいかわ》祐希《ゆうき》である。

松子はさっと立ち上がると、軽くストレッチをして、リュウジの方へと走り出した。

「おはようございます」

リュウジは、突然、隣に現れた松子を、驚いた様子でまじまじと見た。

「あ、ゆうべの……驚いたな」

「リュウジさん、明け方まで仕事だったんでしょ」

「ええ。でも、ホストは身体が資本だから。ゆうべのアルコール、抜かなきゃ」

そう爽やかに言うと、リュウジは得意のキメ角度で笑顔を見せた。

松子はリュウジに会えて嬉しそうな可愛らしさを演出しながら、軽やかにリュウジと並走した。


公園の時計は、八時になろうとしていた。

そろそろ、地味なスーツの査察官軍隊が、隊を成して調査先に向かっているところだろう。

リュウジの家も、ガサ入れの対象だ。数十分後には査察官たちが大量に押しかけて、部屋をメチャクチャに引っ掻き回されることなど知る由もないリュウジは、ベンチに呑気《のんき》に座っている。

松子は買ってきたばかりのスポーツドリンクを、リュウジに差し出した。

「ありがとう」と、リュウジは眩しい（と、きっと本人は思っているだろう）笑顔を松子に向け、遠慮なくペットボトルを受け取った。

松子はその隣に座って、可愛らしく飲んでみせる。

「松子さん、もしかして僕のことストーキングしてる？」

「エッ⁈」

「いいんですよ。そういうお客さんもいるし、あなたなら大歓迎だから」と、リュウジはまんざらでもない様子でハッハッハと笑った。

チャンスとばかりに、松子はドリンクを飲むふりをして、ワザと胸元にドバッとこぼした。

「アッ！　ヤダもう……リュウジさんがヘンなこと言うから、ドキドキしちゃって」

「大丈夫？　あーあ」と、リュウジは持っていたタオルで松子のシャツを咄嗟《とっさ》に拭いた。白いTシャツは、汗とドリンクで肌に張り付き、下着が透けて色っぽい。

「冷たい……帰って着替えなきゃ。じゃ、また」松子は歩き出す。

「あ、うち寄ってく？」と、リュウジが言ったので、松子は足を止めた。

「ヘンな意味じゃなくて、マンションすぐそこだから、シャワー浴びて、さっぱりしていけば？」

――よしっ！　うまくいった。

松子はリュウジに背を向けたままニヤリと笑ってから、屈託《くったく》のない笑顔を作って振り返った。

「うん。寄ってく」

公園の時計は八時をわずかに回っていた。今頃、六本木の店や、オーナーの家、それに特殊関係人であるオーナーの愛人の家にも、査察官たちが大群で押し寄せて、家中引っ掻き回しているに違いない。松子はそんな想像をしながら、リュウジについて彼の家へと向かった。

松子の想像どおり、その頃、東京国税局査察部は関係各所で強制調査に着手していた。

若い愛人に住まわせている高層マンションのベッドルームで倉田が寝ていると、けたたましく玄関チャイムが鳴らされた。

「うるさいなぁ……一階に宅配ボックスあるでしょ」と、愛人の女はベッドからけだるそうに起き上がり、玄関のドアを開けた。

するとそこにいたのは宅配業者ではなく、何人ものスーツ姿の査察官たちだった。

「東京国税局です」日野は裁判所から発行された許可証を掲げて告げた。

「なにソレ？」

「株式会社フィナーレの法人税法違反の疑いで強制調査を行います」

日野たちは怪訝《けげん》そうな顔をしている女を押しのけ、一斉に部屋に踏み込んだ。そして棚の中、引き出しの中、本の間、鉢植えの中と、あらゆる場所を調べにかかった。キングサイズのベッドで布団を被り、小さくなって隠れていた嫌疑者の倉田は、あっさり捕捉された。

同じ頃、『フィナーレ』にも、査察官たちが押し寄せていた。

ソファでワイシャツのまま寝ていたまだ酒臭い下っ端のホストたちを叩き起こし、ソファの間、それにカバーの中も、徹底的に調べた。何か違和感を感じ、カバーを破ると、中から輪ゴムで留められた札束が何十束も出てきた。

今まで寝ていた場所にそんな大金が隠されていたとは思いもしなかったホストたちは、皆、呆然と立ち尽くしていた。

ガサ入れは、倉田の自宅でも着手されていた。

「うちの人、めったに帰って来ないから、ここにはナンにもないわよ」と、倉田の妻は小さな子どもを抱っこしながら言った。

その顔を、一美はじーっと凝視している。

一瞬、妻の視線が、冷蔵庫に向けられた。

「冷蔵庫調べて！　フリーザーの中も！」

一美のその言葉に、妻は思いっきり顔を引きつらせる。

するど、冷凍した肉塊の間から、通帳と印鑑の束が出てきた。他にも、鉢植え、電気ポット、換気扇ダクターからも、通帳や印鑑が出た。

査察官たちは何か重要物を見つけるたびに、ガサ入れ本部に連絡を入れた。

現場からのそういう連絡で、東京国税局・本部室に備えられた何台もの電話は、ひっきりなしに鳴っていた。

「よし、八時三分、嫌疑者の身柄確保！　特殊関係人①も同時に捕捉！」現場の指揮を執《と》っている情報部門統括官《トウカツ》・曽根六輔が、電話で受けた情報を告げると、その情報はすぐさまホワイトボードに書き込まれた。

「ホストクラブからタマリ発見！　倉田の家から隠し口座の通帳と印鑑も出ました！」と、二つの電話に同時に出ていた情報部門チーフ主査・久米四郎も大声で告げた。

現場で押収した証拠品の情報でホワイトボードは瞬《また》く間に埋まっていくが、一欄、リュウジのところだけが全く埋まっていない。

「おい、重要参考人のホストはまだか?」と、曽根は電話口にせっついた。

その相手は、リュウジのマンションの前で待機している情報部門査察官・三木航介である。

「日課のジョギングから戻ったので、これから入ります」と三木は告げ、ひとまず電話を切った。

一方、査察官たちよりも一足先にリュウジの家に上がり込んでいる松子は、シャワーを浴びるふりをして、ひとりガサ入れを開始していた。脱衣所の洗面台の棚や、洗濯乾燥機と壁のわずかな隙間、洗濯機の中、折りたたんで積まれたタオルも広げてみたが、何も出てこなかった。

その時、ドアベルの音が聞こえてきた。

「東京国税局査察部です。法人税法違反の疑いで強制調査を行います」と言った男の声に続いて、

「ちょっと！　困ります。女性がシャワーを浴びてるんです」とリュウジの怒鳴り声が聞こえる。

――やっと来た。

松子は浴室のシャワーを出しっぱなしにしたまま、天井裏を調べにかかった。首をニュウッと伸ばして、ついで鼻の下まで伸ばして覗いたが、ここにもタマリはない。

その時、浴室のドアをノックする音がして、男が声をかけてきた。

「国税局の者ですが、よろしいですか。服を着て、出てきていただけませんか」

松子は天井裏の蓋を元に戻しながら「はーい、わかりましたー」とシャワーを止め、バッと浴室のドアを開けた。

女性査察官とともに外で待っていたのは、三木だった。松子が裸のまま出てきたと思ったのか、三木は咄嗟にギュッと目をつぶった。

「ご苦労さま」と、松子は二人をすり抜けていった。

「アッ、あの夜の！」と、三木は松子の顔を見て声をあげたが、松子は振り返りもせずに廊下を進んだ。

案の定、部屋では何人もの査察官たちが、部屋のあちこちをあさっていた。

「倉田社長から何か預かってる物はありませんか」

「ここ探したってナニも出てきませんよ。僕は経営には一切タッチしてないんです」と、リュウジ

はウンザリした口調で答えた。それから近くにいた女性査察官の胸元を指差し、ウィンクして言った。「タッチするのは、女性のハートだけ。ハハハッ」

一瞬、査察官たちは凍りついた。が、何も聞かなかったことにして全員調査に戻った。その反応にリュウジは機嫌を損ねたらしく、ふてくされた表情でソファにドサッと座った。

——彼のあの様子じゃ、ここからはナニも出ないな。

松子はそう確信して、玄関へと向かった。

何か大切なものを隠している場合、人間はそれが無事か確認せずにはいられないらしい。だからつい、何度も隠し場所を見てしまうのだ。だがリュウジにはその仕草が全く見られなかった。

松子はふと、廊下の壁に掛けられた写真に目を止めた。それはクルーザーの写真だった。

——クルーザー……？

そこに、三木が追いかけてきた。

「あ、待ってください！　参考人として身柄を拘束します」

「大手町の国税局でしょ。場所知ってるから」松子は後ろ手に手をヒラヒラ振って、玄関を出た。

「では、あなたの名前と住所を——」

エレベーターに乗り込んで『閉』ボタンを押した時、そんな三木の言葉が聞こえてきた。

——あ、彼らはまだ、あたしのことを知らないんだった。ってことは、リュウジの特殊関係人だと思ってるのか。あたしがホストの女ねぇ。

松子はなんだかおかしくなって、ぷっと笑った。

数時間後。ジョギングスタイルからいつものカジュアルな洋服に着替えた松子は、国税局査察部のフロアにやってきていた。

ガサ入れ本部室を覗くと、どうやらまだ決着はついていないらしい。

「裏帳簿がまだ出てきません！」「流星銀行の通帳もまだ出てきてないぞ！」「他の隠し先があったんじゃないですかね？」などと、査察官たちは焦った気色を浮かべている。

「今日の日没は？」と、新田は渋い顔で訊《き》いた。

松子は、壁にぶら下がっている日没時間が描かれたボードを見た。

——東京、十七時三〇分。あと二時間か。

ガサ入れは、日没までに着手しなくてはならないという法律がある。新しい場所へガサに入るにしても、裁判所の追加令状を取る必要があり、令状の発行にはある程度の時間が必要だ。

苦い顔をして時計を見た新田は、「追加令状、間に合わなくなるぞ！」と檄を飛ばした。その言葉に室内がいっそう緊張に包まれたのが、松子にもわかった。

その時、電話がなった。

受話器を取った曽根は、「裏帳簿、発見！」と、声を裏返らせて告げた。

査察官たちは大いに沸き立ち、新田もホッと緊張を解いた表情になっている。

だが、松子は別だった。現場の情報が描かれたホワイトボードは、リュウジの部屋からは何も見つかっていないことを示している。松子の予想どおりだ。それが、松子には気にくわなかった。

査察第十八部門に当てられたスペースは、西伊豆税務署全部より少し小さいくらいの広さだった。税務署では、この広さの中に法人課、個人課、その他の部署と、複数の部署が配置されていた。

——やっぱり国税局は違うな。

ガサ入れで皆が出払った部屋を見回して、松子は少し胸が高鳴るのを感じた。

押収した証拠品を地下の物品庫へ搬入して、そろそろ査察官たちがここに帰ってくる頃だろう。

暇つぶしに、松子は棚に並べられているファイルの中から、経費伝票のものを手に取った。

入口に背を向ける格好で近くのデスクの上に軽く腰掛け、ペラペラとめくって見ていると、「トウカツ、一年の苦労が実りましたね」「あれだけブツが出てくれれば、告発は確実だな」と、数人の会話する声が近づいてきた。

「ナンバーワンのホストの部屋からは、何も出なかったの？」一美は三木に訊いた。

「はい。倉田主導の脱税で、ホストたちの関与はなさそうです」

「シャワー浴びてた女は？」

曽根のその言葉に、「シャワー？」と、一美は思わず怪訝そうな声を出す。

「あとで出頭するって言ったんですけど……」

「バカッ！」と曽根に一喝されて、三木は「すいません」と言いながら部屋のドアを開けた。

部屋に入った瞬間、入口に立ったまま、彼らは固まった。

「ちょっと！　ナニしてるんですか?!」と、ナナは松子に駆け寄り、伝票ファイルを取りあげた。

松子はデスクから下り、まだドア口で突っ立ったままの彼らに向き直った。

「アッ！」と、三木は途端に目を丸くして松子を見て指差した。

「アッ、この間の！」と、二宮も指差す。

一美とナナも『フィナーレ』にいた松子を思い出したらしく、「アッ」と小さく声をあげた。

松子とは初対面の査察官・五藤満は「どなた?!」と皆の顔を見回している。

「西伊豆署から異動になりました、松平です」と、松子は明るく自己紹介をした。

「あ、そうだ。君、今日からだったね。新田査察部長から聞いてるよ。今日は朝から取り込んでて」

と、曽根はハゲ頭をさすりながら松子を通りすぎ、自分のデスクへと向かった。

「そうみたいですね。松平松子です」

松子の笑顔に、曽根は「ヨッ」と返した。松子は呆気にとられて立ち尽くしている新しい同僚たちに向き直り、「よろしくお願いします」と笑顔を向けた。


「ホストの部屋でシャワー浴びてるなんて、怪しすぎますよ」

部屋を出た松子の姿が廊下の向こうに見えなくなったのを確認した途端、ナナはそれ以上はもう黙っていられないというふうに早口で言った。それを口切りに、二宮が続いた。

「あの日も背中のばっくりあいたドレスで、すごい宝石つけてましたねぇ」

「公務員の給料じゃあんなの……」三木は首をすくめた。

「わかったぞ」と、どこからか情報を仕入れてきた久米が部屋に戻ってきて、上気した口調で言った。「イチバンの肝入りで、西伊豆署から引き抜かれたらしい。億単位のヤマを一人で何件も摘発した凄腕だそうだ」

三木と二宮、それにナナは「エエッ！」と声を揃《そろ》える。

「俺のリサーチでは、誰か大物の特殊関係人だって」と、五藤も戻ってきて皮肉っぽく報告した。

突然、三木はハッと立ち上がった。「まさか……イチバンの⁉」

「エッ‼」と、五藤とナナがとオーバーな大声を出した。

「査察部長とデキてるんですか！」

「ホストと二股って、スゴすぎませんかぁ」と、ナナと二宮は、興奮したように言った。

「お前ら知ってるか？」と、久米が得意げに話し始める。「査察部長の富山の家は、代々、主税局長らしいぞ」

「エエッ！」と、一同は声をあげた。

「そういえば、近々、財務省に戻るんですよね？」という五藤の言葉に、いつの間にかやってきた日野が「事務次官の椅子に座るってわけだ」と、噛み締めるように頷いた。

皆のウワサ話を聞いているのかいないのか、一美は表情を変えず、一人パソコンに向かっていた。


その頃、ウワサの松子は、国税局の地下にある資料室にいた。松子は保管されている過去のファイルを何十冊も引っぱり出して、かつてあったホストクラブ脱税摘発の事案について調べていた。

「君が松平君ですか」と、閲覧デスクで資料を読み耽っていた松子に新田が近づいてきた。

「そうですけど」と、松子は視線を手元に落としたまま、素っ気なく答える。

「今日、ガサ入れの現場に居合わせたそうだね。この間は内偵中のホストクラブにも……配属前から仕事熱心だね」新田は、穏やかだが、はっきりと非難の色をにじませた口調で言った。

「別に」

「別に？」

「個人的に入れあげてるホストがいて……それだけです」

「まさか」と、新田は苦笑いする。

松子は立ち上がり、読み終わったファイルの束を元の棚に戻して別のファイルを物色した。

「ここはどうですか」

「ホンテンは軍隊並みにきついと聞いてましたけど……ユルユルですね」

「ほお」と、新田は挑発を受けるように松子を見た。

「内偵、あれじゃバレバレですよ。調査費はザルのように使ってるし。それを見逃してる上の者が、ボンクラなんでしょうね」

「……私が、査察部長の新田です」と、新田はしげしげと松子を見た。

「あ、そうですか」松子は動じることなく、まじまじと新田の顔を見返した。そして、「そりゃどうも」と軽く片手を挙げて挨拶すると、むっつり黙り込んだ新田を置いてさっさと資料室を後にした。


新宿二丁目の細い路地には、どこかの店のカラオケの音が漏れ聞こえていた。松子はその一角にある『鉄子の部屋』と書かれた、赤と黒の妖しげな光を放つ看板の店のドアを開けた。

ドアに付けられたベルがチリンチリンと、中世ヨーロッパとエスニックと和が混ざったような、それでいて不思議に統一された印象の店内に響いた。

「いらっしゃ〜い」と、オーナーである鉄子ママの、鼻にかけたどっからどう聞いても男の声が松子を迎えた。従業員のミドリも「いらっしゃい」と松子に笑顔を向ける。

松子は、大きな紙袋をカウンターの上に置いて、両手を合わせた。

「鉄子ママ、ごめん。雨の中、自転車漕いだら泥ついちゃって」

袋には、先日『フィナーレ』に行った時に借りた、黒のカクテルドレスや宝石なんかが入っている。クリーニングに出して返すのが礼儀ってことも知らないの、などと小言を言われるかと思っていたら、ママは特に気にした様子もなく袋を受け取った。

「ワインでいい？」と、鉄子は流れるような優雅な動作でグラスを二つ、松子と自分の前に置き、静かに赤ワインを注いだ。

「乾杯してくれるの⁉」

「松子もいよいよホンテンの査察官ね。長年の苦労が報われたわね」と、鉄子はワインを差し出した。

「うん。カンパーイ」松子は、鉄子が掲げたグラスに自分のをぶつけようとした。ところが、鉄子はそれをスッとかわす。

「なんて、祝ってやると思ったら大間違いだよ」と、底意地悪そうな顔で鉄子は言って、ひとり先にワインを飲んだ。

「あ……」と、松子はムッとする。

「あんたなんか、まだまだ半人前よ。こんなトロくさいのがマルサじゃ、税金取りっぱぐれて、この国もいよいよ破産だわね」

頭にきた松子は、身を乗り出して「あーママ、しばらく会わない間にシワ増えたね」と、鉄子の顔のシワの数えてやる。

「おだまり！　にくったらしいわね」と、鉄子はその手をはねのけて、カッと松子を睨んだ。「あ、やだやだ。ヤンキーってこれだからヤダわ。口が悪くて下品でバカで」

「元ヤンキーです。とっくに尻を洗いました！」

「それを言うなら足でしょ。やっぱりバカだ」

「バカって言うな！」

「なんだ、その目は。バナナを狙う猿の目か?!」

「くっ……オヤジが！」と松子が鉄子に摑みかかりそうになった時、ドアベルが店に響いた。

ワイワイ騒ぎながらぞろぞろ入って来たのは、妙に場違いな格好の、目つきも言葉遣いもあまりよろしくない、いかにも「ヤンキー」風な二〇歳前後の若者だった。それは、松子がまだヤンキーをやっていた頃の弟分、妹分たちだ。

松子がグループを卒業した後も、彼らは「ネエさん、ネエさん」と、松子のことを慕っており、松子もそんな彼らのことを、本当の弟や妹だと思っていた。

「あっ、もうケンカしてる」西恭子がはしゃいだ声をあげた。

「あーっ、恭子！　ノリ、ヒコ、ケイ、それに友也も！」まさか彼らに会えるとは思っていなかったので、松子は驚いた。

「ネエさん、お久しぶりです」と、最後に入ってきた赤川友也は、本当に嬉しそうに屈託ない笑顔で松子に駆け寄った。

そして全員、「お帰りなさい、ネエさん！」と一斉に声を揃え、頭を下げる。

「へー、おまえたち、いつからまともな挨拶できるようになったんだ。気持ち悪い」

久しぶりに見た皆の嬉しそうな笑顔に、松子は妙にジーンときて目頭が熱くなった。それを悟られないように、わざと気味悪そうに顔をしかめる。

「気持ち悪いってなんスか」「オレらだって挨拶ぐらいできますって」などと言って笑う友也たちに、松子も自然と笑顔がこぼれた。

「はいはい、あんたたち、さっさと座りなさい」と鉄子に催促されて、友也たちはテーブル席に陣取った。松子も彼らに加わり、皆で大声で乾杯する。

テーブルに並んだ鉄子お手製のいろいろな総菜を突ついて騒ぎながら、松子は脱税犯を追う中ですっかり凝り固まってしまっていた心が、ほろほろと解けていくような心地好さを感じていた。

「ネエさん、東京でどんな仕事するんですか」と、突然ノリが言ったので、松子は思わず「ウッ」と低く唸った。

――お役所仕事やってる、それもマルサだなんて、言えないしなあ……。

「えーと……借金の取り立て屋」

松子の言葉を聞いて、今度はカウンターの中の鉄子がむせた。

「なんだ、マチキンか」と、恭子はなぜかガッカリしたように言った。

――マチキン、とは違うんだけど……。

「金返さないやつらからカツアゲですか」「ネエさん、得意じゃないっスか」皆、信じたらしい。

「あんたたち、人聞きの悪いこと言うんじゃないわよ」テーブルの上を片付けにきたミドリはヒコとケイの頭をペチンと軽く叩いた。

「俺たち、ネエさんのためならパシリでもなんでもやりますから」友也は真剣な口調で言った。そして、「それから、これ」と背筋を正して、松子に封筒を差し出した。

中に入っていたのは、一万円札。

「おふくろの葬式の時に借りたお金、これから毎月少しずつ返しますから」

「友也、出世払いでいいって言ったじゃん」

――だいいち、葬式の金は返してもらうつもりで貸したんじゃないんだ。

松子は一万円を突き返した。けれど友也は、松子の手を押し戻す。

「大丈夫です。クリーニング屋、なんとか回ってるし」

――そうか。お母さんの残してくれた店、しっかりやってるんだな。

松子はふっと笑顔に戻って、封筒から一万円札を抜き出し、大切な宝物を見るようにじっくりと眺めた。福沢諭吉の顔が印刷された紙切れが、ゼロ四つ分よりもはるかに価値があるものに思えた。

「バカッ。お札に名前書くんじゃないよ。貧乏人はこれだからヤダ」と、松子の後ろから札を覗き込んだ鉄子が言った。

よく見ると、札の上のほうに小さく『友』と書かれている。松子は思わず吹き出した。

「友也が汗水たらして稼いだお金だから」と、恭子はバツの悪そうにしている友也を弁護した。

「そっかそっか……いいな、おまえらは。カネカネの世の中なのに歪まないで生きてる」と、松子は友也の肩にガシッと腕を回して、頭をごしごしなでた。

「イテッ、痛いっすよ」と、友也は抵抗してみせたが、その精いっぱいの照れ隠しが松子には愛《いと》おしかった。

ドアベルが来客を告げ、「いらっしゃいませー」と鉄子はドアの方に声をかけた。

「さ、とっととお帰り。あんたたちが来ると、うちの店の品格がガタ落ちなのよ。クリーニング屋はこれ持って、帰った帰った」と、鉄子は泥のついたドレスを友也に押し付け、ブーブー言う松子たちの尻を文字どおり叩いて、店から追い出した。


先日の『フィナーレ』へのガサ入れ以来、実施部門《ミノリ》の面々は連日のように、押収した現金や通帳、裏帳簿などの証拠品を突きつけて倉田を尋問した。たが、倉田は「知らない」「記憶がない」と、脱税を認めようとしていないらしかった。現段階では、倉田はまだ嫌疑者のままだ。自供がとれなければ、国税局が脱税を立証したことにはならず、追徴金を課すことができない。

「売上金の除外、ホストの人件費の水増し、典型的な税金逃れのパターンです。追徴金、ざっと見積もっても1億3000万」と、一美は淡々と曽根に報告した。

「酒屋は調べなくていいんですか」と、資料をパラパラとめくっていた松子はつい口を挟んだ。

「ん？」曽根は松子を見た。

「あの店のドンペリの中身は原価一杯20円の混ぜ物でした。ミネラルウォーターは水道水だし、キャビアは一缶――」と続けようとした松子の言葉を遮って、一美はその後を続けた。

「一缶1600円のまがいもの。ドンペリとミネラルウォーターの空き瓶は一本もありませんでした。酒屋に手数料を渡して領収書を偽造してます」

そして一美は、松子の方をキッと睨んだ。「私たちは一年がかりで調査と検討を重ねて立件しました。ホストとチャラチャラ遊んでた人は口挟まないで」

その辛辣な口調に、第十八部門の部屋にいた査察官たちは、ギョッとして凍りついた。

「わかりましたー」と、松子は自分のデスクから荷物を取り、ドアに向かった。

「待て。調査は二人一組で動け。三木、松平とチーム組め」

その曽根の指示に、三木は素直に「はい」と、荷物をまとめ始めた。

「定時だから帰るんです」と、松子はふてぶてしく言った。

「トウカツ、ナサケが定時で帰ろうなんて、甘いですよね」久米は曽根に訴える。

「急用でもあるのか?」

「別に」

松子があっさりそう答えたので、全員、唖然として固まった。

「ホストとチャラチャラ遊んで来ます」松子は一美に挑むように言うと、軽い足取りで部屋を出た。


大手町のビルを出て、鉄子に借りたパッションピンクのエレガントなドレスに着替えた松子は、ホストクラブ『リュウジ』のオープニングパーティにやって来ていた。『フィナーレ』のナンバーワンホスト・リュウジが開いた、新しい店である。

松子が店内に入ると、リュウジはホストたちのコールに合わせて、カクテルグラスのタワーの頂上から景気よくシャンパンを注いでいた。

「リュウジさん、おめでとうございます!」「リュウジ、おめでとう!」と、ホストや女客たちから声があがる。

「ありがとう!　今日は飲むぞ」リュウジがシャンパンを一気に飲み干すと、また店中から拍手と嬌声が沸き起こった。

松子ははにかんだ微笑みを作って、リュウジに控えめに手を振った。すると案の定、リュウジはシャンパングラスを手に、松子のもとへとやって来た。

「ようこそ、松子さん」と、リュウジはシャンパングラスを差し出した。

「ご招待ありがとう。ステキなお店ね」松子はそれを受け取って乾杯すると、同情した口調で訊く。

「前のお店、つぶれちゃったんですって？」

「オーナーが脱税なんてイメージ悪いよね。ほら、あの日はうちまでガサ入れされて」

「大変だったわね。でも、リュウジさんセーフでよかった」と、松子はリュウジの反応を窺った。

「この僕が脱税なんてセコイことするわけないでしょ」とリュウジはたしなめるような口調で言って松子のおでこを軽く突くと、松子をテーブルに案内した。

「そうよね」と松子は笑顔を作ってみせながら、リュウジの家の棚の中の散らかりようを思い出して、この男にはチマチマ売上金を除外したり、几帳面に帳簿をわけたりして、コツコツ裏金を作り出すような根気も忍耐もないだろうなと思った。

「松子さんって、仕事何してるんスかー」と、若いホストが、言葉の語尾を無駄に伸ばして聞いた。

「それ、僕もまだ聞いてなかった」リュウジも興味を示す。

「ふふふ」と笑う松子に、「女医さん？」「弁護士？」「ＩＴ？」とリュウジたちは次々と職業をあげてみる。

「ブー」と、松子は返す。

「わかった。セレブのマダム」

「ブー。公務員よ」

リュウジたちは「ないない」と手を振ってドッと笑った。

「またまた。松子さん、冗談きついって」

「なんで？　そんなことないわよ」

「こんなキレイな公務員の人がいるわけないじゃん」と、リュウジは松子にシャンパンを注いだ。

松子は可愛らしく「アリガト」と、シャンパンを飲んだ。それから「ほんとにステキなお店ね」としみじみ言いながら、まじまじと店内を見回す。

――西麻布八丁目で二〇〇平米。敷金1200万。内装費2500万。合計3700万円の開店資金を、どこから調達したか……。

松子はさりげなく切り出す。

「ねえ、リュウジさん。私、最近、ＦＸ始めたんですけど、すっごく難しくって」

「あ、ああ、ＦＸ、ね……ナンのブランドだっけ？」

「ブランド？」

――この男、ＦＸがナンなのか、知らない？

「ところで、今、ポンドっていくらだかわかりますか？」

「ポンド……って、どこのお金だっけ。海外旅行でもするの？」リュウジは取り繕うように言った。

――ポンドもわからない……と、なると……。

その時、「いらっしゃいませ」というホストたちの声が聞こえてきた。

「あ、松子さん、ちょっとごめん」と言って、リュウジは席を離れ、来店した女客を両手を広げて出迎えた。「ユカリン、遅かったね。待ってたんだよ」

「リュウジ君、おめでとう」と微笑んだのは、松子が初めて『フィナーレ』に行ったどしゃ降りの夜、リュウジと一緒に車に乗り込んだ女——谷口由香だった。

松子とは正反対の、よく言えば家庭的な匂いのする由香を、まるで女王のようにリュウジもホストたちも迎えている。だが、前回の服装にしても、一見ひどく地味に見える今日のワンピースにしても、それなりに値の張るブランドものであることを、松子は見逃さなかった。

「すいません。リュウジさん忙しくなっちゃって」と、由香のお出迎えから戻ってきたアキラが、リュウジの代わりに松子の隣に座った。

「彼女よく見かけるけど、ナニしてる人？」

「あ、ジェラシーですか」

「だって、いつもあっち行っちゃうから」全くジェラシーは感じていなかったが、松子はちゃんと拗《す》ねてみせた。

「由香さんは、普通の奥さんですよ」

「え？　普通の奥さんが、ナンで毎晩ホストクラブ来れるの？」

——それにあのブランドの洋服も……。

「リュウジさんも罪な男ですよ。主婦だろうが学生だろうがホステスだろうが、貢がせるだけ貢がせて」

——旦那にそれほどの稼ぎがあるということか？

由香たちの会話が、かすかに聞こえてくる。

「とっておきのプレゼントがあるの。大きすぎて持って来れなかったから、後で」由香は含みのある照れ笑いをしている。

「なんだろう。楽しみだな」オーバーなほどはしゃいでいるリュウジに、由香はしなだれかかった。

その由香を、松子はじっと見つめていた。


『リュウジ』を出て、リュウジとともに車に乗り込んだ由香は、「プレゼント」の正体が、南麻布に新しく借りた一戸建てのことだと打ち明けた。

由香は、立派な家々が立ち並ぶ住宅街にある、駐車場付きの一軒家の前にリュウジを案内した。家の中は、家電もベッドもソファも、それに観葉植物なんかも事前に用意し、すぐにでもリュウジが住める状態にしてある。部屋に入ったリュウジは、感嘆の声を漏らした。

「いいねー。いい感じ。でも、高かったんじゃないの？」

「いいの。リュウジ君が喜んでくれれば」

「ありがとう、ユカリン」と、リュウジは由香の額にキスをした。

由香は「来て」とリュウジの手を取って、二階に連れていき、「ベッドは特注にしたの」と、ジャーンと寝室のドアを開けた。

「デカッ」とリュウジは声をあげて、キングサイズよりも大きいベッドに倒れ込むと、子供のようにベッドの上ではねた。

「はしゃぎ過ぎ！」由香は笑って、ベランダに出た。

ふいに妙な不安に駆られた由香は、外に出てきたリュウジの顔をじっと見上げた。

「他の女は連れ込まないでね」

「わかってるよ」リュウジは真摯《しんし》な表情で答える。

——リュウジなら、きっと大丈夫。

由香は笑顔に戻って、リュウジの手のひらに家の鍵を落とした。

「ありがとう」と、リュウジは由香をギュッと抱きしめる。由香もリュウジを抱きしめ返した。

その二人の様子を、店から自転車で尾《つ》けて来た松子は、電柱の陰からシラケた気分で見ていた。

——南麻布。賃貸一戸建て。六〇坪。敷金134万。礼金134万。家賃67万。

ベランダにいくつも置かれた立派な観葉植物が、秋の肌寒い夜風にサワサワ音を立てている。松子はドレスのうえに羽織った革ジャンの前をきつく重ね合わせた。

「いやあ、倉田が全く吐かないんで一時《いっとき》はどうなるかと思いましたけど、さすが日野さんですよ」

「だから言っただろ？　ま、倉田も大したことなかったなぁ」

東京国税局の調室から出てきた日野と部下の雨宮は、ようやく倉田の自供が取れてご満悦の様子で廊下を闊歩《かっぽ》していった。松子はそれを見送ると、調室のドアを開けた。

調室では、倉田がぐったりと椅子に座って頭を垂れていた。連日の取り調べで憔悴し、ひと回り小さくなったように見える。

「連日の取り調べでお疲れでしょう。どうぞ」松子は倉田の前に、持ってきた大福とお茶を差し出す。

「いいの？」と、倉田はキョトンとした顔で松子を見た。松子が頷くと、倉田は嬉しそうに、「甘いものに目がないんだよ」と、むさぼるように大福に食いついた。

「ああ、旨い。……こんなことなら、真面目に税金払っときゃよかったよ」と、倉田はしみじみ言ってお茶を飲んだ。

「査察に入られた人は、皆そうおっしゃいます」と松子は親身に頷き、お茶を注いでやる。

「若い愛人もホストも、皆離れてっちゃったよ」

「一区切りつけて、奥さんとお子さんのために、またやり直せばいいじゃないですか！　倉田さんなら大丈夫！」松子は心からの励ましの言葉をかけた。それはウソではなかった。脱税したことは絶対に許せないことだけれど、裏を返せば倉田には4億円もの利益を出すビジネスの才能も、生き抜く気力もあるということなのだ。

「……そうだよな、ウン」倉田はひとつ頷いて、「旨いな、この大福」と残りの大福をほおばった。

「ああ！」と、倉田は唐突に松子を指差した。「店にお客で来てた……なんだ、あんたも査察だったのかぁ」

「ちょっと、教えてほしいことがあるんです」自供もして、大好物の大福も口にし、すっかりくだけた様子の倉田を見て、松子は身を乗り出した。

「裏帳簿のことなら、もう全部話したよ」

「いえ、そうじゃなくて、おたくにいた愛川リュウジと、彼の客のことで……」

松子がそう言うと、倉田は「へ？」と、目をしばたたかせた。

大塚銀行の都内にある支店の一室で、銀行員の立ち会いのもと、五藤と二宮はそれぞれノートパソコンを開き、口座台帳の調査に精を出していた。

「ちょっと、これ見てください」と、二宮は五藤にパソコン画面を見せた。

「相川祐希……リュウジの本名の口座だな」

「はい。給料が振り込まれる口座と別に、もう一つ口座を持ってます」

「すごい金額が動いてるな」口座台帳の数字を見て、五藤は唸った。

「へー、株ですか？　為替ですか？」

　五藤と二宮は、ハッと振り向いた。彼らの後ろから唐突に顔を出し、画面を覗き込んで言ったのは、松子である。

「おまえ、どこから入ってきた⁉　ナニ考えてんだ！」と、五藤はヒステリックに言った。

「ちょっと見せていただけますか？」松子は二宮のノートパソコンを奪うと、画面をスクロールさせてリュウジの隠し口座の内容をチェックした。


「松平！　ちゃんと俺に報告しろ！　内偵許可も取らないで、ひとりで暴走するな！」

　東京国税局の査察第十八《ナサケ》部門の部屋に、曽根の怒鳴り声が響き渡った。

「はぁ……」と、松子はペコッと軽く頭を下げて、五藤と二宮の方を見た。「そっちの調べはどこまでいきました？」

「なんでおまえに報告しなきゃいけないんだ！」と、五藤は甲高く怒鳴る。

「うわ、案の定、ここのチームワーク、ガタガタですね」と、ドアを開けて覗き見ていた日野は、あたかも同情したように言った。「で、なんかすごいヤマ見つけたんだって？」

「倉田の証言のウラを取ってるうちに、リュウジというホストの銀行口座にぶつかった」

「一億以上の額を動かしてる。しかも、外国為替でボロ稼ぎした利益を全く申告してないわ」と、久米と一美は教えた。

「よぉし、ナサケの総力をあげて調査するぞ！」

その曽根の言葉に、第十八部門《ナサケ》の面々も日野も「はい！」と色めきたった。

「いや、でも……」と、松子だけは難しい顔をしていた。

「ナンだ？」と、曽根は松子を見る。

「あの男はFXという言葉すら知らない、ただのチャラ男です。脱税者は他にいるんじゃないでしょうか」

全員、静まり返った。松子は確信を持って言ったつもりだったが、どうやらそうは思われなかったらしい。

「絶対、お気に入りのホストを庇《かば》ってますよ」ナナは一美に小声で言った。

「そんなタマじゃないわよ。私たちの手柄を横取りしようとしてる……そういう女よ」と、一美はウンザリしたような口調で返した。

「松平、ちょっと来い」と呼ばれ、松子は素直に曽根のデスクの前に立った。

「おまえは、もうこの件には触れるな。嫌疑者との癒着は絶対にタブーだ。それぐらいわかってんだろう」

その一方的な決めつけが気に食わない松子は、曽根に不満気な視線を向けた、というより、思いっきりガンを飛ばした。

「ナンだ」と、曽根は眉間にシワを寄せて松子を見返す。

「……別に」松子はあからさまに不機嫌に答えて、ドアに向かった。

「うわあ。叱ればブーたれるし、トウカツも大変ですね」同情した口ぶりのわりには、ナサケの不協和音を楽しんでいる様子の日野を横目に、松子は部屋を出た。

――ナンで皆、本当のことに気づかないんだ⁉

松子はひと気のない廊下を苛立った足取りで行きながら、携帯を取り出した。

「友也。ちょっと調べてほしい人間がいるの」

『まかしてください、ネエさん』と、電話の向こうで友也は快活に答えた。その声を聞いて、松子のためなら喜んで動くと言ってくれた言葉を、松子は嬉しく思い出していた。


「いってらっしゃい」

由香は自転車を漕ぎ出した夫の背中に、明るく声をかけた。

家に入ろうとして、ふと誰かに見られているような視線を感じ、家の周辺を見回した。けれどそこには、いつもと同じ、住宅街の朝の光景があるだけだった。実は、垣根の陰から友也が自分の写真を撮っていることには全く気づかず、気のせいだと思い直し、由香は家の中に入った。

由香は午前中のうちに家事を済ませ、六本木ヒルズへと出かけていった。特に買いたいものがあったわけではなかったが、ウインドーショッピングのついでに、お気に入りブティックに立ち寄った。

「谷口様、いらっしゃいませ」と、馴染みの店員は愛想よく出迎えてくれる。彼女は、「ちょうど冬物の新作が入ったばかりなんです！　ほら、これなんてお好きなんじゃないですか？」と、案の定、新作を勧めてきた。

確かに、好みのタイプのカーディガンだった。それ以外にも、ニットや可愛らしいコートなんかを、店員は次々と由香に見せる。それらを、由香は鏡の前で合わせてみた。

――このストライプのニットも可愛いし、ツイードのジャケットもステキね。でも、たまにはクールな感じの洋服でイメージチェンジしてみようかしら。

「まあ、よくお似合いですよ」と、店員は少しオーバーな口調で誉めた。

「迷っちゃったから、ここからここまで、全部いただくわ」

由香は『新作』の表示があるポールの端から端までの一列、二〇着以上ある洋服全部を示した。

「あ、ありがとうございます」店員は豆鉄砲でも食らったような顔をして言った。

店員が恐る恐る告げた合計金額に全く動じることなく、由香はエルメスのバッグから無造作にお札の束を取り出して、レジの上に置いた。

「お金持ちっていいですね」

その声に振り向くと、大きな黒ブチ眼鏡をかけた、きれいなのかダサいのか、微妙な女がいつの間にか後ろに立ち、由香の手元を覗き込んでいた。その女はずいぶん動きやすそうなボーイッシュな服装をしていたが、その顔には見覚えがあった。

「あら……」

――たしか、リュウジのお店に来てた女だわ……そう、これ見よがしに大きな宝石つけて金持ちぶりをアピールしてた、松子とかいう名前の客。

「値札も見ないで買い物するって、どんな気分なんだろう」と、松子は非難するような口調で言った。

「キモチいいわよ。あなた、今日はなんか、見すぼらしいわね……靴の底すりへらして、どうしちゃったの？」と、由香は応戦した。だが皮肉だとわからなかったのか、松子は履いているブーツの底を本当に確認している。両足ともだ。

――この女、バカなの？

「ちょっとすいません」と、松子は店員に断って、由香がレジに置いた万札を手に取った。そして妙に芝居がかった口調で言う。「あれ?!　このお金、私がリュウジさんのお店で払ったお札なんですけど。ナンであなたが持ってるんでしょう？」

「ナニ言ってるのよ。お金に名前書いてあるわけないでしょ」

ヘンな女、と、由香は鼻で笑った。

「それが、書いてあるんですよ。ほら、ここに『友』って。これ、友也っていう後輩が私に渡してくれたんです」松子は真面目な顔で、札の上の方を示した。確かにそこには、『友』と書いてある。

「……ナニが言いたいの」

「あなたとリュウジさんって、どんな関係なんですか？　太ーいお金のパイプで繋《つな》がってたりして？」松子はバカにしているとも探っているとも取れる口調で言いながら、無遠慮に由香の顔をジロジロ見ている。

「家に送っておいてちょうだい」由香は店員に頼むと、ドアの方へと歩き出した。だが、このまま何も言い返してやらないのもなんだか悔しい。

「すごい妄想ね。女って欲しい洋服が買えないと、むしゃくしゃして、他人に八つ当たりしちゃうのよね」と、由香はフッと笑って振り返り、嫌味たっぷりに言ってやった。

松子は、プイッとそっぽを向いて、知らん顔を決め込んでいる。

「リュウジにちょっかい出さないで！」と、由香はつい感情をあらわにし、踵《きびす》を返した。

「あなた、脱税してますね」

そのあまりにも唐突な松子の物言いに、由香は咄嗟に立ち止まって振り返った。松子は挑むような目で、じっと由香を見据えている。

由香はフンッと松子に背を向け、足早に店から出た。

——あの女、いったい何なの?! 蛇みたいで、気味悪い！ リュウジに忠告しておかなくちゃ。

怒りをぶつけるように地面を踏みしめて、由香は歩いた。


国税局の検討会議室に査察官たちがずらりと顔を揃え、愛川リュウジの脱税嫌疑についての検討会が行われていた。

お茶汲みを命じられた松子は、しかめっ面をした同僚たちにコーヒーを勧めた。だが、新田以外の誰一人、カップを取ろうとしなかった。

「ホストクラブ『リュウジ』のオーナー。リュウジこと相川祐希、ＦＸで得た三年分の利益10億円を全く申告しておらず、約4億円の所得税を免れています」と、曽根は資料を確認しながら新田に報告した。

「複数のＦＸ会社と取引をしており、分散して行っています」

「脱税した金は新規の開店資金にあてられたと思われます」

「証拠はほぼ揃いました。あとは、たまりの在り処《か》を押さえるだけです」と、五藤と久米に一美が続いて報告する。

「一気に行きましょう！　ホストを挙げるぞ！」と日野は旅行にでも行くような軽さで言った。

報告を聞いていた新田は「よし」と、皆の方に向き直った。「着手は明朝七時半。南麻布の住居、六本木のホストクラブ、徹底した調査を――」

ふいに新田は言葉を切って、隅の方でお盆を手にしている松子を見た。松子は何か言いたそうな顔で、ジーっと新田を見つめている。

「なんだ？　松平君」

松子は姿勢を正した。「私が考えますのは――」

「いえ、なんでもありません。松平はこの件から外しました」と、曽根は松子を遮《さえぎ》って、新田に耳打ちした。

――クソったれ！

松子は怒りをこらえようと、フッと息を吐いた。けれどどうにも収まらず、ふてぶてしい態度で一礼すると、ドタドタと大股で部屋を出た。

退社時刻になった瞬間、松子は、「お先に失礼します」と誰にともなく無愛想に言って、第十八部門の部屋を出た。エレベーターを待っていると、実施部門の査察官たちが明日のガサ入れの打合せをする声が聞こえてきた。

「明日は早いから、今日は飲みに行くなよ」と、日野が釘を刺している。皆、ガサ入れ前特有の高揚感を抱いているようだった。

ようやく上から下りて来たエレベーターに乗り込もうとして、松子は一瞬、躊躇した。新田が乗っていたのだ。松子は軽く会釈をして乗り込み、一階のボタンを押した。新田は地下に用があるらしく、地下階のボタンが点灯している。

なんとなく気まずい雰囲気が狭い箱の中に充満した頃、唐突に新田が口を開いた。

「国税庁から君に支払われる生涯賃金は2億8000万。そのうち国に納める所得税、地方税、消費税の合計はおよそ5000万。納税額を差し引いた賃金を定年までの日数で割ると、一日1万5180円」

「……それが何か」

「君のいうボンクラの査察官一人に、それだけ税金が無駄遣いされているということについて、君はどう思う」

――だからナニが言いたいんだよ。いちいち回りくどい言い方しないで、はっきり言えっつーの。

「全く君には失望した。西伊豆から抜擢したはいいが、査察官のイロハもわかっていないのに加えて、公務員として最低限の協調性もそなえていないようだし、局内での評判もあまりよくない。そのことについて、どう思う?」

新田は松子の答えなどハナから期待していない様子で、キレイにアイロンがけされたハンカチを取り出し、眼鏡のレンズを拭きながらぶつぶつ言った。

「……申し訳ありません」と、松子は渋々頭を下げた。と、その時、新田の足元に百円玉が転がっているのを発見した。

だが、ちょうどエレベーターは一階に着いてしまう。松子は百円玉に後ろ髪をしっかり引かれながらエレベーターを降りた。そして、ドアが閉まったのを確認してエレベーターを呼び戻すためにボタンを押した。すると、すぐにチンッという電子音が鳴り、再びドアが開いた。

と、そこには、中腰になって、まさに今、百円玉を拾い上げようとしている新田の姿があった。その姿勢のまま視線をあげた新田と、松子の目が合った。

バツの悪い、ひどく微妙な空気が二人の間をすり抜けていく。

エレベーターのドアは、何ごともなかったかのように閉まった。

「セコっ」と、松子は思わず呟いた。けれどそんな新田に、なんとなく親しみを感じたのも確かだった。

松子は携帯をかけ、出勤前のリュウジを呼び出した。

三〇分後、松子は都内の公園にいた。まだ空は紅《くれない》色をしているが、あたりはどんどん夜の気配を増している。

約束の時間に現れたリュウジは、ベンチでアイスコーヒーを飲んでいる松子に近づいてきた。その足取りから、リュウジがこれまでとは違って自分に警戒心を持っていることがわかった。

「こんなところに呼び出して、ナンですか……国税局の松子さん」

「あ……」

——バレたのか。

松子はごまかすように、ズズズズーと音を立てて、ストローでコーヒーの残りを吸った。

「倉田さんから聞きましたよ。査察官のあなたに励まされたって。で、ナンの用ですか。僕は脱税なんてセコいことしてませんよ」

松子はリュウジの言葉を遮った。「あなた、脱税のポケットにされてる」

「ポケット？　なんのこと？」と、リュウジは素《す》っ頓狂《とんきょう》な声で言う。

「誰かがあなたの名義を勝手に使って、億という金をプールしている」

「この僕が利用されてるってこと？　そんなバカな」リュウジは松子をバカにしたように笑った。

「このままだと、あなた、本当に痛い目にあうよ」松子はわずかに神妙な口調で忠告した。

「田舎のおふくろみたいな説教、やめてほしいな」リュウジは鼻で笑って言うと、松子の顔を覗き込んで小さな子どもを諭《さと》すように言う。「僕の商売は女に夢を与えてやること。客たちは勝手に貢いでくれちゃうんですよ。金、車、マンション、クルーザー……公務員にはわかんないかもしれないけど、そういう世界もあるんです」

——こいつ、コトの重大さが全然わかってない。

「……あなた、10億隠してることになってるわよ。推定脱税額は、4億……」

リュウジはぷっと吹き出した。「そんな金、さすがに見たことないよ」

「じゃ、一番太い客に確かめてみな」

「由香さん？　彼女は僕にメロメロのカワイイ人妻ですよ」

「甘いな」今度は松子が鼻で笑った。

それが癪《しゃく》にさわったらしく、リュウジはカッと松子を睨みつけた。「俺を誰だと思ってるんだ！ ここまで女を踏み台にのし上がってきた愛川リュウジですよ」

そう言い捨てて、リュウジは去って行った。

——さて、どう出るか？

松子は遠ざかって行くリュウジの背中を見送った。

ベッドの上で由香がノートパソコンの画面を睨んでいると、携帯が鳴った。リュウジからだ。由香はマウスを操作する手を休めずに、携帯に出た。

『今日は店、来ないの？』電話口から聞こえてきたリュウジの声は、いつもと違ってなんとなく不安そうだった。だがそんなことより、由香にとってはパソコン画面に表示されている為替チャートの方が重要だった。

『うちの店、査察が狙ってるらしいんだよ』

「エッ」と、由香は手を止め、ようやく真剣にリュウジの話を聞く気になった。

『痛い目にあうとか、10億とか、ワケわかんないこと言われてさ……国税局の松子、ほんとムカつくよ』

由香は努めて平静な口調で「へー」と返しながら、六本木ヒルズで絡んできた松子を思い出した。

——あの女、マルサだったの⁉

『ねえ、ユカリン、パーッと飲もうよ』

「ごめん。今日はダンナが珍しく早く帰ってきちゃって……私も会いたいわ。ごめんね」そう言って由香はさっさと携帯を切ると、バタンッと勢いよくノートパソコンを閉じて立ち上がった。

――マルサになんか、渡してたまるもんですか！

由香は特注した大きなベッドを睨みつけた。


その頃、松子は、新宿二丁目のオカマバー『鉄子の部屋』のカウンターで、鶴子からもらった板垣退助の百円札を見つめていた。

「この世には二種類のお金がある。きれいなお金と汚いお金……って、ママ言ってたよね」と、松子は、カウンターの中でワイングラスを拭いている鉄子を見た。

「汗水たらしてない泡銭《あぶくぜに》は、イヤな臭いがして、持ってるとだんだん腐ってくるの。持ってる人間まで腐らせちゃうんだよ」

「ふーん」と松子は板垣退助をかざして見た。

この百円札は鶴子の戦死した夫の恩給なのだと、西伊豆を去る前にヘルパーが教えてくれた。鶴子が入所しているのは特別養護老人ホームだ。個人資金で運営される有料老人ホームとは違い、特別養護老人ホームには公的資金も投入されている。

「マッちゃんが嫁にも行かず、頑張って税金集めてくれるから、自分たちも無事にここで暮らすことができる」と、鶴子はヘルパーに話していたらしい。

松子は百円札を大切に財布にしまった。

「ママ、届いたわよ！」と、客を見送りに出ていたミドリが、宅配便で届いたらしいダンボール箱を手に戻ってきた。

鉄子は興奮気味に受け取って、ウキウキした様子で箱を開けた。

「ナニあれ?」と聞いた松子に、ミドリは「ヒ・ミ・ツ」と、立てた人差し指を左右に振ってもったいつける。

「見せてあげようか」と、鉄子は大きな透明のプラスチックケースを松子の前に置いた。その中身を見て、松子は咄嗟に「ウワァ!」と逃げ腰になった。ケースの中に入っていたのは、鮮やかな緑色のカメレオンだ。

「何ビックリしてんのよ! あんたのジャングルのお友達じゃないの」鉄子はそう言いながらカメレオンを取り出す。松子はたまらずギャーッと悲鳴をあげ、ミドリを盾にした。そんな松子などおかまいなしに、鉄子はカメレオンを手のひらに載せ、まるで子犬や子猫でもなでるようにそっとなでている。

「そんなモンまで宅配便で届くの?」と、松子はミドリの後ろからそっとカメレオンを見た。

「そうよ。カメレオンからパンティから金塊まで、ナンでも届くわよ」

松子に、ふと考えがよぎった。「金塊……」

その時、松子の携帯がなった。友也からだ。

『谷口由香、動きました』

――ビンゴ!

松子が南麻布にあるリュウジの家の前で友也と合流した時、由香は家のドアに鍵をかけたところだった。手に持っていた最後のジュラルミンケースを車のトランクに詰め込むと、さっと運転席に乗り込み車を発進させた。

「友也、バイク借りるよ」

「うっす」

松子は友也の大型バイクにまたがりヘルメットをかぶると、急発進させた。

――絶対、逃がさない。

松子の乗ったバイクは、由香の車を追って走り出した。


翌朝七時。ジョギングに出かけようとリュウジが玄関を開けると、地味なスーツで身を固めた数十人もの人間が押し寄せて来た。

「東京国税局です」と、令状を掲げた日野が告げた。

「またですか……どうぞ。好きなだけ調べてください」リュウジは、やれやれ、と溜息をつき、ドアを開け放った。

査察官たちはダッと一斉に踏み込み、あらゆる場所をひっくり返し始めた。リュウジは動き回る査察官たちを横目に、のんびり余裕の態度で煙草を吹かした。

と、ベッドを調べていた査察官が、「相川さん、相川さん！」としつこく呼んだ。

苛立ちながらベッドに近づいて行ったリュウジは、「ナンだこれ？」としゃがみ込んだ。ベッドの底は物が収納できるようになっていて、宅配便の伝票が貼られた封筒がずらっと何枚も並んでいた。全てがリュウジ宛で、中身は「金品」と表記してある。

「相川さーん、ちょっといいですか？」と、日野がニヤついた顔でベランダから呼んだ。そして、今しがた植木鉢の中から出てきた袋をリュウジにみせた。中に入っていたのは、通帳の束だ。

「これ、あなたの通帳に間違いないですね」

リュウジはそれを奪うようにして見る。「なんだこれ……こんな通帳、見たことないよ！」そう訴えたが、通帳にはしっかりと『相川祐希』という彼の本名が記されている。

一方、部屋の中では、雨宮が金庫からノートパソコンを見つけ出した。立ち上げて操作すると、現れたのは、FX取引の証拠画面。取引者として登録されている名前は、これまた『相川祐希』だ。

「主査！　ありました」とその報告を聞いた日野は、「相川さーん、ちょっとお願いしまーす」とまたリュウジを呼びつけた。

パソコンを見たリュウジは、血相を変えた。「こんなの、見たことも触ったこともないよ！」

「言い訳は国税局でうかがいます。行きましょう」日野はリュウジの腕を取り連れて行こうとする。

リュウジはその手を振り払った。「待ってくれ！　俺、倉田さんみたいになっちゃうの？」

「倉田さんは4億3000万円の所得隠しでしたが、あなたのFXの所得隠しは、10億はくだらないでしょう」と、日野は淡々と告げた。

そうしている間にも、家中から「ありました！」「こっちにも！」と次々声があがった。

「違うんだよ！　俺じゃないんだよ！　信じてくれよ‼」

「さ、行きましょう」

パニック状態になったリュウジは、ベッド下に隠されていた封筒を投げつけ始めた。

査察官たちは毎度のことで慣れきったように、さっと自分たちのバッグを盾にして、リュウジの気が鎮まるのを見守った。

「大塚銀行の普通預金、これ、あなたが作った口座ですよね」

東京国税局・調室の椅子に座らされたリュウジは、放心した様子で雨宮が目の前に並べた証拠品をぼんやり眺めた。

「ＦＸの記録も全部入手しましたよ。あなたにかかる追徴金、安く見積もっても５億ぐらいになりますよ」と、日野は続けた。そしておもむろに立ち上がると、リュウジの耳元に顔を近づけて、まるで呪いでもかけるように言う。「今のうちに言っとくけどな、自己破産しても税金は逃れられないぞ！　一生かけて払うことになるんだぞ‼」

リュウジはみるみる青ざめ、ついに頭を抱えて泣き始めた。

「うわぁ、泣かせちゃったよ」

「泣いてもダメです」雨宮も意地悪く言った。

突然、リュウジは立ち上がって怒鳴った。「あんたたち、どうせわかってくれないんだろ！　あの人を呼んでくれ‼」

「あの人？」と、日野は首を傾げる。

「松平松子を呼んでくれ！　俺、彼女にしか話さないから！」

リュウジの意外な言葉に、日野と雨宮は顔を見合わせた。

由香を追いかけてきた松子は、豪華クルーザーがずらっと船舶しているハーバーでバイクを降りた。すぐ脇には、由香の乗っていた高級車が停められている。

ふいに松子の携帯が鳴った。

『松平、おまえ、今どこにいるんだ！』電話口から、曽根の怒鳴り声が飛び出してきた。『嫌疑者がおまえを呼べと言ってるぞ。どういうことだ？』

「だから、言ったじゃないですか。本当の脱税者は他にいます」そう言って、松子は高級車を睨んだ。

――本当の脱税者は、この赤いポルシェの持ち主、谷口由香だ。

それは松子が西伊豆を発った日、砂埃をあげてもの凄いスピードで老人ホームの前を横切っていった赤いポルシェだった。あの日、ポルシェを運転していた由香の顔を、松子ははっきり見ていたのだ。

松子は怒りのこもった目で海を見据えた。ちょうど、一隻のクルーザーが埠頭を離れて行く。それは、リュウジのマンションの壁に掛かっていた写真のクルーザーと同じ船だった。

松子はそのクルーザーを睨みつけ、海に向かって歩き出した。

「脱税するやつは……脱税するやつは、日本の道路を走るな」

沖合いに停泊させたクルーザーの甲板で、由香はシャンパングラスを手にしていた。

リュウジの財布からこっそり抜き取った免許証を使って複数の口座を開設し、取引さえ開始できれば、あとは相川祐希の名前で、パソコン画面で売買するだけ。たとえ脱税が見つかったとしても、お金が振り込まれていたのはリュウジの口座。罪を被るのは、持ち主である相川祐希という仕組み。お金だって、金塊に換えてうまく隠しさえすれば、マルサが騒ごうがこっちのもの。クルーザーの底に括《くく》りつけて海の底に沈ませてあるなんて、まさか想像すらしないはず。要は見つからなければいいんだ。

——こんなにうまくいくとはね。

これまでのことを思い出し、由香は、まるで世界が自分を中心に回っているような、この上ない優越感を感じた。

ふいに妙な物音が聞こえ、由香はグラスを傾ける手を止めた。海面にプカプカ浮いた桶に、海女たちがガラガラと金の延べ棒を流し込んでいる。

みるみる血の気が引き、由香はよろめいた。

と、その時、ゴトッ、ゴトッと甲板にジュラルミンケースが数個置かれた。それに続いて、水しぶきをあげながら一人の海女が上がってきた。

「金をなめて、女に貢がせる男がいる。その男に騙されているふりをして、騙している女がいる。彼女は脱税の隠れミノにぴったりの男を見つけた。男の名前で口座を開き、ＦＸで設けた億の金を誰の目にも触れずに金塊に換え、男の部屋に隠した」

そう言いながら、海女はゴーグルを外した。その顔を見た瞬間、由香は凍りついた。

——松平松子っ！

松子は海から引き上げたジュラルミンケースを次々と開け、中に詰められていた大量の金塊をジャラジャラと甲板にばらまいた。そして、こう告げる。

「東京国税局、査察部です」

由香はうろたえて、グラスを落とした。

「……ナニよ。ナンなのよ。全部私のお金よ！」

その言葉に、松子はフッと笑った。「そうですね。全部、あなたが稼いだお金です」

「何年も主婦やって、少しでも家計の足しになればって、パソコン頑張って習って……ようやくFXでしっかり稼げるようになったんじゃない。それのどこが悪いのよ⁉」由香はヒステリックに叫んだ。

「そういうことは、税金払ってから言ってください」松子は淡々と答えた。

「ナニ言ってるのよ。税金払ったって、国や政治家がガンガン無駄遣いするだけじゃないの⁉　冗談じゃないわよ‼」

松子はカッと目を見開いて、由香を見据えた。「……それを一番言ってやりたいのは、税金集めてる、あたしたちなんだよ！」

その気迫に、由香はもう何も言えなかった。

由香はそのまま東京国税局に連れて行かれた。知らない間に撮られていた由香の脱税を証明する数々の証拠写真を突きつけられ、おとなしく罪を認めた。

谷口由香　所得税法違反
追徴金　約５０００万円
延滞税　約１億円
住民税　約１億円
計　　　約７億５０００万円

その後の裁判
判決　懲役三年六ヶ月
罰金　　1億円

谷口由香の案件が片付き、解放された気分の松子は、協力してくれたお礼に、友也や恭子たちにラーメンをおごってやろうと、行きつけの屋台ラーメン屋に皆を連れてきていた。

「給料出たら、もっと高いものおごるからね」と、松子は皆の前にラーメンを置く。

「いただきまーす！」

全員、声を揃えて手を合わせると、皆、本当においしそうにラーメンをすすり始めた。

「……ところであんた、誰？」隣の席でひとり寂しそうにラーメンをすする地味なスーツ姿の三木を見て、思わず恭子が言った。

「ああ、マチキンの同僚」

「マチキンって……」と、三木は松子にツッコまずにはいられなかった。それから三木は、松子の隣に無理矢理割り込んで訊く。

「あの、ひとつ教えてほしいことがあるんですけど……松子さんはいつから谷口由香をマークしてたんですか？」

だが松子は「あ～っ‼」と叫び声をあげ、慌てて財布の中を覗き込んだ。

「お金が無い！」

「ネエさん……」全員、箸を止めて松子を見た。

松子は、にっこり笑って、三木の肩を引き寄せた。「この人、おごってくれるから!」

「うっす! ごちそうさまでーす!」と、友也たちは、三木に向かって揃って頭を下げた。

納得のいかない三木が「俺のおごりって、おかしいでしょ」などとぶつぶつ言っていると、突然雨が降り出した。全員、慌ててどんぶりを持って屋台の軒下に避難する。そして、ギュウギュウに押し合いながら、ラーメンをすすった。

松子は激しさを増す雨に霞《かす》んだ街を、なんとはなしに眺めた。


激しく雨が降りしきっていた。

木々や地面に打ち付ける雨音に混じって、ザッザッと、何かを掘り起こすような不気味な音が響き渡っている。

男が、土を掘る音だ。雨にぐっしょり濡れたスーツ姿の男は、車のヘッドライトの明かりの中、一心不乱に土を掘っている。いや、掘っているのではない。埋めているのだ。

男はスコップで土をすくう手を止め、泥を踏みつけた。まるで憎しみをぶつけるように、何度もそれを踏みつけた。男が踏みつけているもの、それは、泥にまみれた万札である。

男は金を踏みつけた。泥まみれになった靴が、何度も何度も、金を踏みつける。

一瞬、男の顔がライトに照らし出された。男は鬼のような形相で涙を流している。

男はまたスコップに手をかけ、足元の金に土をかける——。

# 第2話　脱税と恋愛の時効

この日、桐島《きりしま》まどかは講演のために東京国税局を訪れていた。

大手町にあるビルのエントランスは、案外、民間企業のそれと大きく変わらない印象だった。まどかは、来客用の丸いバッジを受付で受け取り、エレベーターを待った。

エレベーターのドアが開くと、先に一人、モデルを思わせるような背の高さとスタイルの、大きな目が印象的な女性が乗っていた。彼女は首からＩＤカードを下げてはいたが、公務員に、というより、ビジネスの場にあまりふさわしくない、カジュアルすぎる服装をしていた。

「査察部は何階かしら？」と聞くと、「六階です」と、女は答えた。

まどかは六階のボタンを押し、バッグから携帯を取り出そうとした。ふと視線を感じて振り返ると、女はふてぶてしい表情で、まどかのことをぶしつけなほどにジロジロと見ている。

「何か？」

そう言いながら携帯を取り出した拍子に、チャリンと音がした。どうやら百円玉が落ちたようだった。たかが百円玉一枚のために、わざわざかがむのもバカらしい。そう思ったまどかは、百円玉にはかまわずに携帯を開いた。

「脱税の取り調べですか。ご苦労様です」

まどかはムッとしたが、笑顔で訂正する。「いいえ。講演に来たんです。査察部長から頼まれて」

「講演?」と、女は繰り返して、まどかの顔をいっそうジロジロと見てきた。「あ、よくテレビで拝見してます。えーと……」

「桐島まどかです」と、まどかは営業スマイルを作って名乗ってやる。

「失礼しましたー」と、女は軽く顎を突き出す仕草をした。それで頭を下げたつもりらしい。

——国税局の教育プログラムはどうなってるのかしら。こんな失礼な職員のために税金を払ってるなんて、全くの無駄遣いだわ。

エレベーターがチンッと電子音を響かせ、六階でドアが開いた。するとそこには、ちゃんとスーツを着た職員たちが、ズラッと列をなしていた。それを見て、まどかはパッと笑顔を作った。

「桐島先生! お出迎えが遅れまして申し訳ありません」と、その中では一番立場が偉そうな男性職員が頭を下げた。

「今日はお忙しい中、ありがとうございます」と、その隣の男性職員も頭を下げる。

「よろしく」とまどかは笑顔を振りまき、出迎えた職員たちの中央をカツカツ、ヒールの音を鳴らして歩いて行った。

エレベーターのドアが閉まった瞬間、女——松子はしゃがんだ。そして、まどかが落としていった百円玉を拾い上げると、にっこり微笑んだ。


査察部情報部門《ナサケ》の統括官・曽根の命令で、松子は仕方なく三〇〇人を越える査察官たちと一緒に、大会議室でまどかの講演を聞いていた。

「いいですか? この地球上で起こる全ての物事は、数学的に予測可能なんです。磨き抜かれた統計と分析がそこに存在すれば、リスクを回避することは九九・九％可能です。

リーマンショックを予測した、この桐島まどかが断言します。先進国の中で最悪の財政赤字を抱える日本は、今後五年以内に八六％の確率で財政破綻が訪れます。このままリスクヘッジしなければ、五年以内に日本国債はデフォルトします！」

まどかはつかえることも言い淀むこともなく、まさに立て板に水のお手本といったスピーチを披露している。真っ白い高級ブランドスーツで身を固め、まるで槍でも投げつけるように、まどかは大会議室全体にビリビリと気迫を放っていた。

松子と同じ情報部門《ナサケ》のひとつ査察第十八部門に属する査察官の三木や二宮、ナナ、それに主査の一美は、真剣な表情でメモを取りながら聞いている。

まどかはさらに、熱っぽく語る。「政治家や官僚は『増税、増税』とバカのひとつおぼえ。消費税アップ。高額所得者の税率アップ。このままでは若者たちは努力してお金持ちになる意欲を失い、高い納税を逃れて海外へ出て行ってしまいます。

増税の前にまずムダの無い使い道を！　いいですか？　公務員の皆さんは鼻血が出るまで経費を削減すべきです！」

松子は一分《いちぶ》の隙もないまどかのスピーチをテキトウに聞き流して、ふわぁっと大きなアクビをしながら携帯をいじっていた。何をしているかといえば、桐島まどかのツイッターを見ているのだ。

――フグなう。松茸なう。キャビアとシャンパンなう。

「毎晩いいもの食べてるなぁ」と、松子は思わずボソッと呟いた。

「そこでケータイをいじってる人！」と、まどかはマイク越しに唐突に言って松子を見た。それにつられて、会場にいる全員が一斉に松子を見る。

「あ、あたしですか？」松子は携帯から視線を上げて、のんびり答えた。

「あなたみたいに緊張感のない人が、よく国税職員になれましたね」

「はあ……」と、松子はさすがに気まずくなって、携帯を閉じた。

「話を戻しましょう。まず、ああいうムダな人件費を削減すること！」と、まどかはビシッと松子を指差した。その迫力に、松子の周囲に座っていた査察官たちは、ビクッと背筋を伸ばす。

「民間企業ならとっくに倒産してますよ。危機感を持ってください、危機感を！」

松子がふと視線を感じて見ると、会議室の最後部に立っていた査察部長の新田が、顔をしかめて「またおまえか」と言いたげに松子を見ていた。

——どうもすいませーん。

松子はなんとなく小さく頭を下げて返した。


「桐島君は相変わらず手厳しいな」

大会議室を出てエレベーターに向かいながら、新田は、講演を終えて満足そうな表情で隣を歩くまどかに顔を向けた。

「私を講演に呼ぶということは、局内の澱んだ空気に喝を入れたかったんでしょ」

まどかにいたずらっぽい笑顔を向けられ、新田は苦笑いをした。

「新田先輩、あと一年ぐらいで財務省に戻るんでしょう。着実に出世して、ゆくゆくは事務次官ね」

新田とまどかの様子を遠巻きに見送っていた二宮は、「なんか、別世界の会話してますね」と、ぽつりともらした。

「桐島まどかとイチバンって、デキてるんですか？」と、高校生のようにはしゃぐナナを、「シッ！声がデカイよ！」と三木は慌てて制す。

「ＨＢＳの留学時代に親しかったそうよ」と、あまり興味がなさそうな口調で一美は言った。

「エッチビー……？」

「ハーバード・ビジネス・スクール」と、頭の上に大きなハテナマークを浮かべているナナに、三木は教えてやる。

後ろで聞いていた松子は「ふーん」と言って、遠ざかっていく新田とまどかを見送った。


携帯でまどかのツイッターを読みながら、松子は自分が所属する査察第十八部門の部屋へと向かっていた。つい二分前に、まどかの新しいつぶやきが書き込まれている。

「東京国税局なう。たるんだ税務署員たちに喝を入れて終了なう、か……」

携帯画面を見たままドアを開けた瞬間、松子はガタンッと大きな音とともに衝撃を感じ、ハッと顔を上げた。ドアのすぐそばに立っていた新田の肘に、思いっきりドアをぶつけてしまったらしい。かなり痛かったようで、新田は肘を押さえて、顔をひどく歪めて松子を睨んでいた。

「あ、すいません！　桐島さんのツイッター見てたんで」

「あら、またあなた……。私の講演、楽しんでいただけたかしら？」と、第十八部《ナサケ》門の面々に取り囲まれていたまどかは、嫌味たっぷりな笑顔を松子に向けた。

――ダイヤ入りの時計100万、クロコダイルのバッグ120万。

松子はまどかの全身をさっとチェックして、彼女の値段をはじき出した。

「ひとつ、質問してもいいですか?」松子は神妙な面持ちになって言った。

「どうぞ」

「桐島まどかさん……あなた、脱税してませんか?」と、松子はまどかの顔を覗き込んで、ためらうことなく言った。そのストレートすぎる禁句発言に、第十八部門《ナサケ》の面々はひぇ〜っと息をのんだ。

「松平、口を慎め」と、新田は松子をジロリと睨む。

ほんの一瞬、まどかはムッとした表情を見せたが、すぐに余裕の微笑みに戻って、挑むように松子を見直す。「あのね、私は節税の本なら書いてます。でも、脱税なんかするわけないでしょ」

「そうですかぁ? 私のカンでは八割方、脱税してると思うんですけど——」

「松平!?」と、松子の言葉を遮るように曽根の怒声が響き、血相を変えたチーフ主査の久米と三木が、慌てて松子をまどかから引き離した。

「桐島先生、申し訳ありません!」と、曽根とともに、松子以外の部屋にいる査察官たち三〇人全員が頭を下げた。

「松平、桐島先生に謝れ!」と、久米が松子を突っついた。みんなも松子を睨む。

松子はそれで、渋々頭を下げた。「すいませんでした」そして、その舌の根も乾かぬうちに、言葉を続けた。「……でも、やっぱり、脱税——」

「黙れっ!」と曽根は再び松子の言葉を遮って、「本当に申し訳ありません」と、もう一度、ハゲ頭のてっぺんをまどかに見せた。

松子は三木と久米に無理矢理羽がい締めにされ、部屋の外へと引っぱり出された。

その数十分後――。

大手町のビル街を、松子は自転車を飛ばしていた。追いかけているのは、新田とまどかが乗った公用車だ。

――逃がすもんか。

松子は鋭い眼光で車を見据え、鼻息も荒く猛然と自転車を漕いだ。


あなた脱税してませんか、という、松子がまどかに向かって言った悪気のない発言（むしろ、正義感から出た発言だと本人は思っている）は、それから数日後、それなりの騒ぎに発展していた。『桐島まどか、脱税疑惑!?』『東京国税局でマルサの女が宣戦布告！』などとデカデカ見出しがついたゴシップ記事が、週刊誌に掲載されたのだ。

東京国税局査察部の部屋で週刊誌やウェブニュースでその記事を見た第十八部門《ナサケ》の面々は、「あらら」と声をあげた。

「ほら見ろ。こんなの出ちゃったじゃないか」曽根は記事が載った週刊誌を読んで、うろたえた。

「トウカツ、まずいことになりましたね」と、久米も渋い顔をして言う。

「へー。誰がマスコミにリークしたんですかね」と、騒ぎの張本人である松子は呑気《のんき》に聞いた。

「ホンテンには番記者がウロウロしてるんですよ。十一階に記者部屋あるでしょう」

そう三木に言われ、いわれてみればそんな部屋があった気もする、と、松子は納得した。

「ていうか、なんでおまえが一番落ち着き払ってんだ?!」と、五藤は松子を指差し尖り声を出す。

――え、あたし、なんかオカシイ？

キョトンとしている松子に、曽根は「松平！　イチバンのところ行って頭下げてこい！」と命令した。

——えー‼　ったく、めんどくせぇなぁ。

「ハーイ」と、松子はあからさまに気乗りしない返事をして、部屋を出た。

「一人で行かせていいんですか？　また暴言吐きますよ」と、パソコンに向かって淡々と仕事をしていた一美のクールな呟きに、曽根は俊敏に反応した。

「そうだな！　松平、待て！」と、曽根はバタバタと松子を追った。

曽根に引っぱられながら松子が査察部長室に入ると、松子たちのグレーの事務机とは違っていかにも偉い人という感じの重厚な木製デスクの前で、新田は口を「へ」の字に曲げて、問題の週刊誌の記事を読んでいた。

「部長……もうお読みになりましたか」と、曽根は新田におずおず声をかけた。

と、その時、デスクの上の内線電話が鳴った。スピーカー越しに秘書の男の声が響く。『関東信越税理士会・名誉会長の白石《しらいし》様からお電話です』

それを聞いて、なんだか偉そうな肩書きだなぁと呑気に思った松子に対し、曽根はヒエエッと縮こまった。

「繋《つな》いでくれ」と告げて、新田は受話器を取った。「お電話代わりました。新田です」

白石という男の声が微かに漏れ聞こえてくる。『桐島社長の税理士として非常に遺憾です。このような根も葉もない記事から風評が広まれば、彼女のクリーンなイメージに傷がつきます』

「申し訳ありません」

『弁護士と相談し、ツボミ出版を名誉毀損で訴えることにしました。国税局も訴えたいところですが、新田部長との関係もあり、社長がそれを望んでいらっしゃいません』

「ありがとうございます。よろしくお伝えください」新田は渋い顔で受話器を置いた。

「部長、ホントに申し訳ありません！　二度とこのようなことがないように、このバカにもよく言って聞かせますから！」と、曽根は松子の頭をグイと押さえて下げさせ、「申し訳ありませんでした！」と、自分も深々、頭を下げた。

「……申し訳ありませんでした」曽根に力いっぱい頭を押さえつけられながら、松子は不満たっぷりの声で、謝ってやった。


「桐島まどか。一九七〇年生まれ。東京大学在学中にハーバードに留学。二十四歳でＭＢＡを取得。帰国後、会計事務所を設立――」週刊誌のまどかのプロフィールを読み上げながら、実施部門総括主査の日野が査察第十八部門に顔を出した。

「――二〇〇三年、会社倒産。経営者としての経験不足を痛感した彼女は、ＨＢＳに再び留学し、経営学博士号《DBA》取得。ニューヨークでファンドマネージャーとなり、下落に転じる直前のサブプライムローンを売り抜け評価を得る。

　再び会社を設立し、ファンド会社等のコンサルティングを始め、『ベイ銀行が世界を巻き込む日』の著書が大ヒット。その後も数々のヒット作を世に打ち出す。リーマンショック予想を的中させたことから、マスコミの寵児となる、かぁ」

「スーパーキャリアですね」と、二宮は溜息まじりに漏らした。

「日野さん、そんなに桐島まどかが気になるんですか」と、デスクで資料に目をとおしていた一美が声をかける。

「ある意味そう！　これ読んでるうちにムカッ腹が立ってきたんだよ。なんだよ、この輝かしい学歴とキャリアは。俺なんか高卒だぞ」と、日野は恨めしそうに言った。

「それ言っちゃおしまいでしょう。俺も高卒」と査察官の五藤が言うと、「私もです」とナナや、他の査察官たちが何人も手を挙げた。「高卒サイコー」と、日野は仲間を見つけたとばかりに、ハイタッチした。

そこに、松子と曽根が戻ってきた。

松子は珍しく殊勝な顔をして言った。「トウカツ、ご迷惑おかけしました……でもっ！」

「なんだよ？」曽根は松子を振り返った。

「……やっぱり、彼女、脱税してますよ」

「まだそんなこと言ってんのか⁉」と、曽根は舌打ちした。

「根拠は？　証拠は？」一美は詰問するような視線を松子に向け、厳しい口調で聞いた。

「……別に。それがあれば動いてますよ」

その言葉を聞いて、全員「なんだよ」とシラけ、各自の仕事に戻っていった。

——でも、絶っ対、脱税してるんだ。

松子が自分のカンへの自信を新たにしていると、「おっ！　早速、書き込んでますよー」と、二宮が声をあげた。そして、見ていたパソコン画面上のまどかのつぶやきを読み上げる。「根も葉もない捏造記事です。無能な国税局に抗議の電話なう。ですって」

「うわあ、ムカつくなー！　俺たち、無能なんだってさ」日野はキレ過ぎて、ハッハッハッと笑い出した。

五藤はガタッと勢いよく立ち上がると、曽根のデスクの前に歩み出た。そして怒りを噛み締めるように言う。

「トウカツ！　叩けば埃《ほこり》が出るんじゃないんですか?!」

「ナサケの沽券《こけん》にかけて、いや、高卒の沽券にかけて調べてくださいよ！」と、日野も続ける。

他の面々も、曽根に目で訴えかけている。だが曽根は、勘弁してくれよぉ、と今にも悲鳴を上げそうな表情で視線を逸らした。そんな曽根の反応に、五藤と久米がしびれを切らしたように部屋を出て行き、二宮やナナと、他の査察官たちも次々に部屋を出ていった。一美と三木は、やれやれ、という表情で、それを見送った。


まどかの会社の申告書を調べようと地下の資料室に松子がやってくると、久米、五藤、二宮、ナナが先に来ていた。

「桐島まどかが今の会社を設立してから三年分の申告書だ」久米が閲覧デスクの上にファイルをドサッと置くと、四人はおのおのファイルを手に取った。

――へぇ、結構やる気なんだ。

松子がそう思っていると、ファイルをパラパラめくっていた二宮が、そういえば、と思い出したように聞いた。「税理士の白石徹《とおる》って？」

「一部上場企業を何社も担当してる大物だ」と、五藤。

それを聞いた二宮は、「やりがいありますねぇ」と、妙にはりきり出した。

――大物税理士……ますますニオウな。

松子は彼らに声をかけずに資料室を出て、まどかの会社である『株式会社桐島コンサルティング』まで自転車を走らせた。

松子がビルの前で張っていると、一台のハイエースが脇に停まった。

「松子さん！　僕はあなたとチームなんだから、置いてかないでくださいよ」と、ハイエースから降りてきた三木は松子に駆け寄った。

「嫌疑者と直接、接触することを禁じる！」と、三木に続いてやってきた久米は、ビシッと曽根の言葉を伝えた。

「えー！」松子は思いっきり不満の声を出す。

「おまえがあの脱税記事の火種なんだから、しょうがないだろ」

と、突然、「アッ！　税理士の白石だ」と、五藤が指差した。

振り返って見ると、オーダーメイドの高級スーツに身を包んだ五〇代後半ぐらいの男が足早にビルから出てきたところだった。ピカピカ太陽の光を反射させているＢＭＷの後部座席に白石が乗り込むと、すぐに車は発車した。

久米と五藤、三木が急いでハイエースに戻ろうとして、「松平さん――」と振り返った時、すでにそこには、その姿はなく、見ると松子はいつの間にか自転車で白石の車を追いかけている。

またもや置いていかれた三木は「もう……」と不満気な溜息をつきながら、ハイエースに乗り込んで白石（それに松子）の後を追った。

同じ頃。一美と二宮は、まどかが取引をしている銀行を訪れ、桐島コンサルティングの口座やまどか個人の口座内容を調べていた。

「特に不審な点はありませんね。申告漏れもなさそうですけど……でも、脱税してたら、犬養さんはショックですよね？」と、二宮は遠慮する気配なく言った。

「なんで？」

「犬養さん、よく桐島まどかの本、読んでるじゃないですか」

「私は皆みたいに個人的なモチベーションを調査に持ち込まないの。ムダ口叩かないで調べなさい」と、一美は抑揚のない口調で言い、なんの情報ももらすまいという真剣な顔で照合を続けた。


ツイッターで、今夜、まどかは『都内の某三ツ星のレストランで取引先との会食』だという情報を知った松子たちは、二手に分かれて張り込みをすることにした。

久米と五藤はその三ツ星レストランに先回りし、道路脇にハイエースを止めて張り込んだ。まどかはつぶやいたとおり、数名のスーツ姿の男性たちと一緒に店に姿を現した。運よく窓際の席に座ってくれたので、ハイエースの中からは、彼女たちが注文した料理までもがバッチリ見えた。

彼女たちが分厚い肉やらロブスターやらを食べ、ワインを傾ける様子を恨めしそうに見ながら、久米と五藤はコンビニのおにぎりをボソボソかじった。

「うちのカミさんもさ、桐島まどかの本読んで洗脳されて、娘を留学させようって言い出して、参っちゃってんだ。うちのどこにそんな金あるんだよ」と、久米は溜息をついた。

「久米さん、そんな大きい娘さん、いたんですか」

「いや、五歳だけど」

五藤は思わず苦笑した。

一方、その頃――。

松子と三木は、高級住宅街にある白石の約三〇〇坪のドデカい家を、バンの中から張っていた。

「税理士の家なんか張ってどうするんですか?」と、ポテトチップスを口に放り込みながら、双眼鏡で白石の家を観察していた三木は、とぼけた口調で聞いた。

松子はそれには答えずに、携帯でまどかのツイッターをチェックする。

三木は、一人で勝手に話し始めた。「しっかし、まぁ、こんなでっかい家に一人で住んでるんですか……あ、通いの家政婦がいるのか。六〇歳まで仕事一筋で女っけもなしってことか。あ、でも、桐島まどかも四〇歳まで仕事一筋で男っけなしってことになってるけど……まさか、それはないか。あんな美人が――」

「うるさいっ!」

三木が延々と話し続けるので、思わず松子は怒鳴った。三木はムッとしてひとまず黙ったが、暇を持てあますとすぐにまたしゃべり始める。

「あの、松平さんは専科? それとも普通科ですか?」

「高卒で叩き上げの普通科」松子は三木のおしゃべりにウンザリしつつも、答えてやった。

「ふーん、やっぱりそうですか」

そう言ってペットボトルの水を飲んだ三木は、蓋を閉めようとして「あっ」と、うっかりキャップを落としてしまう。キャップは、助手席の松子の足元へと転がっていってしまった。「すいません、ちょっとこれ持っててもらっていいですか」と、三木は松子にポテトチップスの袋を渡すと、松子の足元の方へ手を伸ばした。そしてキャップを探しながら、口も動かし続けた。

「僕は専科なんです。大学で就活の時に国税専門官試験のこと知って、公務員なら安定してるし。それから必死に勉強して、専科試験に受かったんですけど……」

税務職員になる道は主に三つ。一つは、国家公務員Ⅲ種の税務試験に合格した後、国税庁の付属機関である税務大学に入学する道。「普通科」と呼ばれる全寮制の学校で一年間勉強し、卒業すると税務職員として全国の税務署へ配属となる。Ⅲ種試験は高校卒業程度の人に受験資格が与えられており、税務職員全体のうち、このルートで職員になった人の数が多くを占めている。だが、このルートで職員になった人の出世は、上限が決まっているのが現状だ。

二つ目は、国税専門官試験を受験するパターン。この試験は、大学卒業程度の人に受験資格が与えられており、合格すれば全国の国税局で採用されることになる。普通科のルート同様、出世に限度がある。

そして三つ目は、国家公務員Ⅰ種試験に合格し、財務省に入省するか、国税庁に入庁する、エリート街道。試験の難関さに加え、毎年採用されるのは一〇名以下という狭き門を潜《くぐ》り抜けてきたキャリア組で、圧倒的な早さで出世する。

三木はまだキャップを見つけられないらしく、松子の膝に顔を擦り付けるような体勢で探し続けている。

——ったく、邪魔なんだよ。

松子がそろそろキレそうになった時、「あ、ありました」と、三木は嬉しそうにキャップを見せて、運転席に座り直した。そしてまた、しゃべり続ける。

「国税局って、大卒より普通科の方が裏エリートで出世も早いんですよね。それに、国税職員って公務員の中でも一番嫌われ者だし」

「うざいっ！　あんた、大卒の自慢してんの？　グチってんの？　どっちかにしなよ」と、松子はついにキレて、ポテトチップスの袋を三木に叩き返した。

「……松平さんって、時々、ヤンキーみたいで怖いんですけど」

茶化したように三木が言ったので、松子は、テメーぶん殴られたいか、と、目で脅した。その、あまりにも凄みのある目に、三木はいよいよ顔を引きつらせ、「すいません」と呟いた。松子はチッと舌打ちして、白石の家に視線を戻した。

次の瞬間、松子はガバッと三木の首に手を回すと、その頭を自分の胸に抱き寄せた。

「ひーっスイマセンスイマセンスイマセン」と、三木は、怯えてひたすら謝っている。

「シッ！　声出すんじゃないよ」松子が声をひそめて命令すると、三木はおとなしく黙った。というより、この体勢も悪くないなぁ、なんて思ったりもしていた。

犬の散歩に出てきた白石が、松子たちの乗ったバンの方に近づいて来ていたのだ。松子は息をひそめて、白石が通りすぎるのをじっと待った——。だが、白石は松子たちをただのカップルだと思ったのか、特に気にする気配もなく、バンの横を通りすぎていった。

三木は何をカンチガイしたのか、ムフッと笑いをこぼして松子の背中に手を回した。

「いつまでしがみついてんのよ！」と、松子は力いっぱい、三木を突き飛ばす。

状況がよく飲み込めていない三木は、松子の視線の先、犬を散歩させている白石の後ろ姿を見て、

「あ、なんだ。そういうことですか」と残念そうに言った。

「二十三時三〇分、犬の散歩、と」松子はさっとメモを書き、静かに車から降りて、白石の尾行を開始した。


それから数時間後、散歩から戻ってきた白石が寝静まるのを待って、松子と三木はようやく張り込みを終えた。松子はそのまま家に帰る気にもなれず、新宿二丁目にある鉄子の店に向かった。

店の前まで来る頃には、張り込み中の緊張がすっかり消え去っていて、代わりにドッと重たい疲れが身体中にのしかかっていた。

「ああ、疲れた。ママ、ビール！」店のドアを開けた松子は、開口一番に言った。そしてヨタヨタ歩いてなんとかカウンターまでたどり着くと、ドスッと椅子に座った。

「あたしはビールじゃないよ。『ビールをください』と、なんで言えないのかね、この娘《こ》は」鉄子は小言を言いながらも、すぐにビールを出した。

それをグビグビッと豪快に飲んで「ぐあー、生き返った！」と松子が唸ったので、鉄子はつい「オヤジじゃないんだからっ！」とたしなめる。

少し元気になった松子は、鞄からまどかの著書を出してペラペラめくった。

「あら、ヤンキーが一丁前に本なんか読むの？」と、ミドリがからかうと、鉄子も一緒にクスクス笑い出した。

「違うよ。今追いかけてる女」と、松子は唇を尖らせて、読んでいた本を二人に見せる。そこには、まるで『モナリザ』の微笑みようなアルカイックスマイルをたたえたまどかの顔があった。

「ちょっと貸して」と鉄子はその本を手に取ると、表紙のまどかの顔をクンクン嗅ぎ、「ああ、こいつ、脱税してる」と言い切った。

「やっぱりそう思う?」

「でも、神様は不公平だねー。こちらは脱税してても、キレイで頭がよくて高学歴なセレブ。一方、ジャングル娘は大変だものねぇ。アハハハハ」と、鉄子は高らかに笑う。

「つるさいなー。なんなのよっ!」

鉄子はフフンと鼻を鳴らして、「一杯貰うわよ」と、勝手にバーボンをグラスに注いだ。

まだムッとしている松子は、グビッとビールを飲むと、不機嫌な声のまま言った。「ママって、昔何やってたの?」

だが鉄子は、ふふふ、と含み笑いをしただけで、小指を立ててバーボンを飲んでいる。

「いつからオカマやってるの? ずっとオカマじゃないよね」

「こう見えてもね、昔はネクタイ締めた、カタギの勤め人だったの」

「へー。なんで辞めたの?」

「恋愛問題……」と呟いて、鉄子は暗い表情になった。

——マズいこと聞いちゃったかな……。

ふいに鉄子は親指を立て、「私はコレで、会社をクビになりました」と拍子をつけて、立てた親指で首を切る仕草をした。

思わず松子は、ブッとビールを吹き出してしまう。

「もうー汚いねっ、この泡ふき娘! ジャングルにお帰りっ!」と、鉄子はミドリが差し出したタオルで顔を拭いた。けれどそれが台拭き用の布巾だと気づいて、「キャーッ！　これダスターじゃないのっ」と投げつける。そんなふうにキャーキャー騒ぐ鉄子とミドリを見て、松子はまどかのことなど忘れ、明るく笑った。


それから一週間後の午後。東京国税局の査察第十八部門では、曽根のデスク前に全員が集まり、桐島まどかの内偵調査の結果を報告しようとしていた。

「桐島まどか内偵調査の結果、完全なシロです」と、久米は落胆したような口調で告げた。

「完全なシロ?!」

「はい。銀行では不審な動きもなく、また架空口座も一つも出てきません。申告書からも特に問題点もなく、タレコミなどの資料もありません」と、久米は説明する。

「そんなはずはないだろぉ」と、日野はドアから顔を覗かせ、眉毛を吊り上げて憎々しそうに言う。

「毎晩、高級レストランだの料亭で高いもん食っちゃぁ、エステなう、ネイルサロンなう、加圧トレーニングなうって、この不景気に桐島まどかだけが、なんでバブルなんだ?」

「高い店で食事してるのは、すべて取引先の接待です」と、すかさず五藤が答えた。

「エステやジムにはお金かけて自分磨きしてるけど、それは全部自費です」とナナ。

「彼女自身、会計士の資格持ってるだけあって、申告書にはムダな経費は計上していません」と二宮も続く。

「税理士も調べましたけど問題ありません」と報告したのは三木。

皆の報告を聞きながら、松子は何かひどく引っかかるものを感じていた。

「節税のお手本のような申告書で、見解の相違による処理はあるかもしれませんが、脱税として査察が扱う案件ではありません。以上」と、一美は断言した。

「おいおい。じゃ、やっぱり、松平の一方的な言いがかりってことか?」曽根はジロリと松子を睨む。

「そうなりますね。以上っ!」

そう一美が言い切ったのを合図に、全員、他の仕事へと戻った。だが松子だけは別だった。松子は、どうしてもまどかがシロだとは思えないのだ。

「でも、やっぱり、やってるんだよな」松子は呟いた。

「松平さんっ!」と、三木が諫《いさ》めるように言う。

「だって、完璧すぎて気持ち悪いじゃない。一円の狂いもないなんて……人間って、そんなにピタッと帳尻が合うもの? 誰かが作為的に取りつくろわなきゃ、こうなんないでしょ?!」松子は手にしていたまどかの内偵報告資料の束を、バサッとデスクに叩きつけた。

「君、僕たちと同じ、普通科なんだって?」と、日野はなんとなく場違いな軽い口調で、いきなり横から松子に聞いた。

「はぁ……」

「気持ちはわかるよ。でも、ここまでにしておけ」

「そういうことだ」と、曽根はハゲ頭をなでて、長い溜息をついた。

松子は苛立を吐き出すように、フッと短く息を吐いた。

──あの女は絶対に脱税をしている。それは間違いない。どこかに必ず穴があるはずなんだ。

地下の資料室にやってきた松子は、再びまどかの過去の申告書を調べ直しにかかった。

「まさか、まだやる気ですか？」松子を探しにきた三木は、まだこだわっている松子の姿を見て呆れたように言った。

「もちろんやるよ」と松子は即答し、「ホラ」と、ファイルを一冊、三木に渡す。

三木はその資料をペラペラとめくった。「こんなに古いの調べてどうするんですか。当時の脱税なんて、時効過ぎてますよ」

脱税の時効は五年。でも今の松子には、時効など関係なかった。きっと見落としてる何かがある。それを見つけたい一心で、松子は黙々と書類を繰った。

と、一枚の領収書で、松子は手を止めた。

──二〇〇六年一〇月二十四日、レストラン『ポトミール』。二名での利用……。

その手書きの領収書には、金額、レストラン名など、特に怪《あや》しいところはなさそうだった。だが、その領収書が妙に引っかかった。

──何か重要なことを見落としてるような……アッ！

重大なヒントに気づいた松子はバッと立ち上がり、三木を置き去りにして国税局を飛び出した。

一〇〇〇人は入りそうなセミナー会場に、空席は一つも見当たらなかった。

まどかはその広い会場全体に向かって、いつものように熱心に語りかけていた。

「いいですか？　この地球上で起こる全ての物事は、数学的に予測可能なんです。磨き抜かれた統計と分析がそこに存在すれば、リスクを回避することは九九・九％可能です――」

会場を埋め尽くしたセミナー客のほとんどは、二〇代から三〇代の女性だった。彼女たちはまどかの言葉に頷き、熱心にメモを取っている。

会場の外の物販スペースでは、まどかの著書がズラッと並べられ、新刊本と表示された列には「完売」の文字が躍っていた。

セミナーが終わり、一階ロビーで「出待ち」をしていた何十人ものファンたちは、エレベーターからまどかが降りてくるのを見た途端、一斉に取り囲んだ。ファンたちは警備員が数人がかりで止めにかかるほどの勢いで、握手やサインをねだっている。

「桐島先生、サインしてください！」と、何冊目かに差し出された本をまどかは受け取って、視線を手元に落としたまま、「お名前は？」と聞いた。

「東京国税局の松平松子です」

ハッと視線を上げたまどかに、松子は「どうもぉ」と軽く会釈をした。

まどかは、一瞬、ひどく不愉快そうな表情になったが、とりあえず本にサインをして松子に渡すと、すぐにいつものアルカイックスマイルを作って、他の（本当の）ファンたちに向き直った。

「さすが桐島先生。セミナー代５０００円もするのに、すごい人気ですね」

まどかは松子を黙殺し、にこやかにサインを続ける。

「桐島先生、質問があるんです」と、松子はファンの黄色い声に負けないよう、大声で何度も「桐島先生」と名前を呼んだ。それがあまりにしつこいので、ファンの手前にっこり笑顔をたたえたまま、まどかは松子を見据えた。

「ごめんなさい。次のスケジュールが押してて」まどかは、ファンたちに手を振りながら、車寄せに停められているベンツに向かった。

だが、松子は付きまとうように追いかけた。「一〇月二十四日って、何かの記念日ですかぁ？」

「……さあ。どうして？」

「毎年、同じ日に同じレストランで、食事なさってますよね。何か特別な記念日かと」

「会食は毎晩のように入ってるから、いちいち憶えていないわ」

「困りましたね……でも、先生のご本には『日記代わりにブログを活用しましょう』って書いてありますよねぇ」と、松子は手に持っていたまどかの著書のページを繰った。「でもね、この一〇月二十四日の夜だけは、どこで何を食べたか書き込みがないんです。なぜでしょう？」

「なぜかしら。こっちが聞きたいくらいだわ。ああ、その日は疲れて寝ちゃったんじゃないかしら」

と、まどかは余裕を漂わせて答える。

「エー、どうして寝ちゃうんでしょうね。毎年この日だけ疲れて寝ちゃう確率って、先生の統計と分析だと何％ぐらいでしょう？　それとも、都合が悪くなると眠くなるんですかねぇ」と、松子は挑発するように言った。

「あなた、また私に言いがかりつけてるの」

まどかはさすがにムッとし、踵《きびす》を返した。

「桐島さん！　もうひとつ、質問があるんです。一〇月二十四日の食事の相手は？」と、松子はまどかの背中に大声で投げかけた。けれどまどかは振りらずに、黒光りするベンツに乗り込んだ。

まどかの自白など最初から期待していなかった松子は、その足で白石税理士事務所に向かった。

白石は、突然の松子の訪問を快く受け入れ、自分のオフィスへと案内した。結構な儲けがあるようで、都内一等地の事務所の広さはかなりのもの。そこで、大勢の税理士たちが忙しそうに仕事をしていた。

「昨年の一〇月二十四日ですね。ちょっとお待ちください」と、白石は帳簿をめくった。「ああ、取引先の大杉商事の社長と打合せ、と、桐島社長から聞いております」

「大杉商事ですか」と繰り返しながら、松子は手帳にメモした。

「二人で1万5000円の会食ですよ。税務上はまったく問題ないと思いますが……」と言いながら、白石は持っていた数冊の帳簿をデスクに置いて、デスクチェアに腰かける。

「では、一昨年の一〇月二十四日の会食相手は？」

「お待ちください」と、白石は別の帳簿をめくった。「ありました。安井物産の阿部専務とです」

「三年前の一〇月二十四日は？」

「梢《こずえ》商事の中澤社長です」

「おかしいですね。毎年同じ日に同じレストランで、違う相手と商談してるって、不自然じゃありませんか？」と、松子は、眼鏡の奥の細い白石の目を覗き込んだ。

「このレストランが桐島社長はお気に入りなんでしょう」と、白石は表情を変えず淡々と答えた。

「それにしては、一〇月二十四日以外には使ってませんよ。先生のブログ全部チェックしたんですけど、一回もこのレストランの『ポトミール』って名前、出てこないんですよ」

「そうですか？」と、白石は感情の読めない表情で抑揚なく答えると、時計を見て、「すみません。

先約があるので、このへんでよろしいですか」と立ち上がった。

「最後にもう一件だけ」と、松子は白石の背中に声をかけた。「七年前の一〇月二十四日の会食の相手は？」

その瞬間、白石がわずかに反応したのを松子は見逃さなかった。

「白石先生、七年前に倒産した桐島さんの会社の共同経営者でしたよね」

「それが何か？」と振り返った白石は、先ほどと同じ、感情の読めない表情だった。その顔をしばらく凝視していた松子だが、「いえ」と答えて、白石のオフィスを立ち去った。


翌日。東京国税局に、弁護士を数名伴って、桐島まどかが乗り込んできた。まどかはハイヒールの靴音を不穏なほど高々と響かせて、脇目もふらずに査察部長室へと向かった。

そんな騒動の予兆など一切感じとるはずもない松子は、ちょうどその頃、築三〇年は越えていそうな古い小さなビルを一人で訪れていた。松子は管理人室からゴミを手に出てきたおばさんを捕まえて、さっそく聞き込みを開始した。「ここで昔、桐島まどかさんが会社やってましたよね」

「ああ、まどかちゃんねぇ。あんなに偉くなるなら、サイン貰っとけばよかった」と、管理人のおばさんは何の警戒もみせずに言った。

「共同経営者がいたのは、ご存知ですか？」

「ああ、白石さん？　冴えない中年男だったけど、数字にはべらぼうに強かったみたい。まどかちゃんに何から何まで教えてたわよ」

「……どうして、会社つぶれたかわかりませんかねぇ」

「エッ、つぶれたの？　儲かったから、こんな貧乏くさい場所引き払ったのかと思ってた。だって、あのあとすぐ、まどかちゃんアメリカ行ったじゃない。景気よさそうだったけどねぇ」と、おばさんは、手をひらひらさせながら陽気に話した。

　松子が「へぇ、そう」と頷いているところに、「松平さん！」と、三木が血相を変えて走ってきた。

「よぉ」と軽く手を挙げた松子に、三木は「よぉ、じゃないですよ。まずいですよ」と、松子を引っぱると、「桐島まどか、今度こそ国税局訴えるって」と事情を話し始めた。

「ふーん、そうなんだぁ」

「クビになってもいいんですか」

「別に。いいよ、あたしは」

「いや、あなたじゃなくて、トウカツがクビになるんです！」

　松子は「エッ」とさすがに驚いたが、すぐに平静さを装って「あー、別にぃ。いいよ、あたしは」と、スタスタ歩く。

　その様子にカチンときた三木は、松子の腕を摑んでぐいぐい引っぱり、ある場所に連れて行った。そこは、赤提灯の吊り下がったガード下の安居酒屋だった。外で大っぴらに自分たちの仕事の話をできない第十八《ナサケ》部門の、行きつけの店らしい。

　一番奥の座敷で、曽根と日野が先に始めていた。

「あと三年なんだよ、定年まで三年っ！　そしたら退職金で小さな税理士事務所開いて、女房に楽させてやろうと思ってんだよ、チキショウ」と、もうずいぶん酔っぱらっているらしい曽根は、ハゲ頭をパチパチ叩きながら切々と日野に訴えていた。

「それ、叩き上げ全員の夢だからね。曽根さん、顔は恐いけど面倒見いいから、きっとはやりますよ」と、日野はお酌をしてやる。

「そのささやかな夢がさぁ、あの女のせいでパーだよぉ」と、ついに曽根は泣き出した。

「うん、パーだよね」と日野があまりにも素っ気なく言ったので、「パーだ?」と曽根はジロリと日野の顔を睨んだ。慌てて日野はグラスをかかげ、「まあまあ、飲もう飲もう」と曽根と乾杯した。

そしてふと見て「あー、来た来た」と松子たちの方に手を振った。

「遅くなりました」と先に座敷に上がった三木に続いて、「どうも」と松子も上がる。

松子の姿を見て、思わず曽根は「バカヤロー!」と怒鳴った。

「まあまあ、曽根さん。僕があとでよく言って聞かせるから、とりあえず乾杯しよう」と、日野は松子と三木にグラスを渡して、ビールを注いでやった。

四人が乾杯しようとした時、店のカウンター席の方から、「領収書ちょうだい、崎野不動産宛に」と店員に大声で話しかける上司らしい男の声が聞こえてきた。その男は、一緒に飲んでいた部下たちに向かって笑顔で言った。「今日は、みなえ建設と打合せってことにしとこう!」

松子たち四人は「ナニっ⁉」と、査察官の表情になって、彼らの方を振り返った。

部下たちは「やったー。課長、ご馳走さまです」と盛り上がっている。

「課長、最近、経理うるさいけど、大丈夫ですか」と、ふいに若い男の一人が言う。

「そうだな……すまん。やっぱり、一人2000円ずつ」と、課長は手をパチンと合わせて謝った。

それを聞いて、部下たちは「エー」と肩を落として、渋々財布を取り出す。

それを見届けた松子たちは、ふっと穏やかな表情に戻ると、改めて乾杯をやり直した。

「おまえ、明日から当分、資料室の整理やれ」と、曽根はグビグビっとビールを飲んでいる松子に言いつける。

「ハーッ⁉」

「それがいい。トウカツに心労をおかけした懲罰だ」と、日野がちょっと愉快そうに横から口を挟む。

松子は唇を尖らせて、ブスッと「……ハーイ」と答え、手酌でビールを注ぎ、グイっとあおった。

それから一時間、酒も進み、すっかり曽根も日野も三木も酔っぱらっていたが、まだお開きになる気配はない。

「じゃ、ご馳走さまでしたぁ。充分反省したので、お先に失礼します」と、松子は自分の分の金を三木に預けると、そそくさと場を後にした。そして店を出るとすぐ、携帯で友也に電話をかけた。

電話の向こうの友也は不思議そうに聞いていたが、『わかりました、すぐ行きます』と電話を切った。


約束の場所に、言いつけどおりスーツ姿でやってきた友也は、バイクの後ろに松子を乗せると『ポトミール』を目指した。

海辺にあるそのレストランは、見るからに超一流というただずまいだった。

「ネエさん、こんないい店でご馳走になっていいんすか⁈」と、スーツを着ているというより、スーツに着られているといったほうが正しい感じの友也は、レストランの入口を見上げて緊張の色をにじませていた。

「やっぱり、商談で使う店じゃないな」と、松子はぶつぶつ言って、店に続くゴージャスな階段を軽快に上っていった。

店内の大きな窓からは海が見え、それなりの格好をした何組ものカップルが、キャンドルの灯されたテーブルで向き合いロマンチックなムードに浸っていた。

帳簿ファイルを持って現れた支配人は、この店にはカジュアルすぎる松子の服装を見て、店内から目立たないバーカウンターの端の方に彼女を誘導してから、ファイルをめくった。

「桐島まどか様でございますね。えー、はい、毎年一〇月二十四日にご予約を頂いておりますが」

「毎年、誰と？」と、松子はさりげなく、カウンターの上にあった帳簿をめくろうとする。

支配人もさりげなくそれを取り返すと、「お相手の方までは申し上げられません。お客様のプライバシーですから」と、威厳を込めたふうに言った。

しばらく支配人の顔をじっと見ていた松子は、仰々しい仕草で店内を見回した。「ここのお店、一〇年くらい税務署、入ってませんよねぇ」

「はい。おかげさまで」と、胸を張った支配人だったが、松子の視線の先、ガラス張りのワインセラーに並べられたワインの数を数えている友也の姿を見て、途端に目を泳がせた。「あ、税務署……！　えー、ちょっと待ってください。えーっと、相手のお客様は……あ、もうすぐ思い出せそうです」と、支配人は動揺を笑顔に変えて、松子に媚びるように言った。

その夜遅く、白石に呼び出されたまどかは、彼の事務所を訪れていた。

他のスタッフが帰ってしまった事務所に一人残って仕事をしていた白石は、オフィスにやってきたまどかに気づくと、いつもはあまり表情を変えない白石が、顔を少し和げて椅子から立ち上がり彼女を迎えた。

「こんな時間に呼び出してすまない」

「電話でできない話って何かしら」と、まどかは単刀直入に訊《き》く。

「まあ、座って」と、白石は自分のデスクの前に置いてある椅子を示した。

だが、まどかは座らずに、窓外に広がる夜の東京に目をやった。

白石はふっと短く溜息をつくと、サーバーからコーヒーを注ぎながら、話を切り出した。「君につきまとっている松平松子という査察なんだがね、関わらない方がいい」

「もう弁護士が内容証明を送ったわよ」

「自分から火の手を上げるなんて、君らしくないぞ。七年前のこともあるんだし……」

「あれは、絶対、外に漏れるわけないじゃないの」まどかは白石に向き直り、なだめるように、しかし強く言った。

白石はまどかにコーヒーを差し出し、「……そうだったね。トシのせいか気が弱くなっているようだ」と、デスクチェアに腰を下ろした。

まどかも椅子に座り、コーヒーカップを手に取ってしみじみと言う。「私ね、先生が成功してくださって、ほんとに嬉しいの」

「私もだよ。君の成功がまぶしいくらいだ」白石は微笑みを浮かべて、まどかを見つめる。

「もし、どちらかが落ちぶれて人間性も歪んでしまったら、秘密を共有できなくなっちゃうでしょ」と、まどかはデスクの上に置かれた白石の手に触れた。

「君はそんなふうに……」と、白石はまどかを諌めるように、彼女の手を握る。

その手を、まどかは両手で包むようにして優しく言った。「そんなこと一二〇％あり得ないわよね。私たちは勝ったんですもの」

「ああ、そうだな」

まどかはにっこり微笑むと「先生、話はそれだけ？　下に車を待たせてあるの」と立ち上がった。

「あ、今年も大丈夫？　君の名前で例の店、予約したんだけど」と、白石は不安気にまどかを見た。

「……なんとか都合つけるわ。大切な記念日ですもの」

そう聞いて、途端に白石は笑顔になる。「じゃ、楽しみにしてるよ」

まどかは「ええ」とにっこり微笑んでうなずくと、白石のオフィスを出た。

――あのボンクラな国税局員たちなんかには、間違っても七年前のことを突き止められるわけがないわ。だって、私たちのあの計画は、完璧だったんだもの。でも、白石は少しトシをとりすぎたようね。弱気になって、ボロを出さないといいけど……。

まどかはウンザリした気分で、車の窓外に流れる東京のネオンを眺めた。


『ポトミール』での聞き込みを終えた松子と友也は、鉄子の店に来ていた。スーツがあまりにも似合っていないので、ヤンキー仲間たちは先ほどからゲラゲラ笑って友也をからかっている。

「それ、脱税記念日だね」カウンターの中で松子の話を聞いた鉄子は、確信を持った口調で言った。

「エッ、脱税記念日⁈　……やっぱりそっか」と、松子は合点がいった気がした。「七年前、二人はある取引先に３億円融資して、貸し倒れで連鎖倒産したってことになってるんだけど」

「ほら見なさい！　完全な偽装倒産の手口じゃないの。それで、融資先は？」

二人の会話を聞いていた友也が、「あのー、さっぱり意味わかんないんだけど……」と口を挟んだ。

「あんたはわかんなくていいんだよ」鉄子はシッシッと友也を追い払う仕草をする。

「チッ」とふてくされた友也に、松子は言った。「友也、ちょっと探してほしい男がいるの」

友也も鉄子も、「え？」と松子を見た。


その翌日――。

「ナイスショット！」

郊外のゴルフ場に、野太い男たちの声が響き渡った。能見《のうみ》興産会長の能見がゴルフドライバーを振り上げたのに合わせて、手下のいかめしい男たちが声をかけたのだ。

「いやあ、会長、ちょっとスウィングが大きすぎましたね」と遮ったのは、一人のキャディー。ツバの広いピンクの帽子に紺色のニットベストを着たそのキャディーは、松子である。資料室整理の命令を守るふりをして第十八部門の部屋を出た後、友也が調べた情報をもとに、こっそりこのゴルフ場にやってきていた。

松子が指差した能見の足元には、ボールがそのまま、ピンの上に残っていた。

「いいですか。肩の力を落として、腰も落として、ゆっくり大きく振りましょうね」と、松子は齢《よわい》八十二の能見の腕に背後から両腕を添えて姿勢を作ってやった。

そして、「せーの、チャーシューメーン」という松子のかけ声に合わせて、能見はスウィングした。

　スカーンッ！

　気持ちのいい音をこだまさせ、ゴルフボールは青空に吸い込まれるように飛んだ。

「ナイスショット！」と、すかさず手下たちは拍手を送る。

　松子は「イエーイ、イエーイ」と無邪気に飛び跳ねながら、能見に駆け寄った。

「君、いいねぇ。今日はずっとワシについていてくれ」と、能見はご満悦そうに松子を見る。

「ハーイ！　一生ついていきまーす、会長！」と、松子ははしゃいで見せながら、そっと小さくガッツポーズをした。

　絶好調の能見は、ご機嫌な様子でコースを回った。松子はもう一人のキャディーとともに超ハイテンションでキャーキャー言いながら後をついて回り、能見がショットを打つたびに、二人して「パーッ！」と間違ったかけ声（二人とも、本当は「ファー」と叫ぶべきことを知らない）をゴルフ場中にこだまさせた。

「会長、絶好調ですねっ！」と、もう一人のキャディーが、能見にパターを渡して言った。

　松子とお揃いのピンクの帽子に紺のベストを身につけたこのキャディー。気合い充分のオカマメイク……そう、まさかの鉄子である。ナンとも形容し難い感じに仕上がっているのだが、能見はそんな違和感には全く気づいていないらしい。

「このキャディーさんのおかげだよ」と、能見は松子の背中を嬉しそうにポンと叩いた。

　松子はキャハッと笑って、「じゃあ、お願いがあるんですけどぉ」と超ぶりっこをして言う。

「金か？　金ならあるぞ」と、能見は肩で風を切って歩きながら、得意げに答えた。

「いやぁん、会長。お金じゃなくって、教えてほしいことが」と、松子は能見をツンツン突つく。

「ン、なんだい？　なんでも教えてやるぞ」

それを聞いた鉄子は、グッフッフッと気色悪い笑い声を漏らし、「会長、ホント、大したもんだわ。ナイスショット、ナイスショット」と、グリーンに乗ったボールのところにルンルン走っていった。そして旗ザオをカップから引き抜くと、能見の構えたパターの角度を直してやりながら、手下たちに聞こえないよう、声を低くして言った。「ねえ会長。七年前、会長が3億円の融資を受けて、そのあと倒産したS&Kカンパニーのことについて、教えてほしいんだわぁ」

「あんた、どこの組のもんや」可愛い女に目じりを下げた、ただのおじいちゃんの顔が、急に険しくなり、能見はジロっと鉄子を見た。

「大手町の組のもんですわ」と、鉄子もジロリと見返す。

「大手町？　……国税かっ⁉」

「もう七年経って時効ですから、会長は安全です。その上でお願いするんですが、あの融資の件、正直なところを話していただけませんか」と、松子も先ほどとはキャラクターを一変させて、神妙な口調で能見に迫る。

二人に囲まれた能見は、険しい顔つきでムムムと低い唸り声をあげた。

夜九時前に東京国税局の第十八部門に松子が戻ってくると、残業をしていた面々は一斉に松子に冷たい視線を送った。

「……資料室の整理終わりました」と、松子は一応、報告してみる。

「平然とウソをつくな、ウソをっ！」と、日野と五藤が同時に怒鳴った。

——なんだ、バレてたのか。

「どこ行ってたんだ？」曽根は溜息まじりに言って、立ち上がった。

「申し訳ありません。七年前、桐島まどかの関わった事件について調べてました」

「まだそんなこと言ってるのか」と、久米が呆れた声を出す。

「間違いありません。あれは、完全に偽装倒産です！」

「いい加減にしろっ！」と、曽根は松子の言葉を遮った。

ふいに一美は「偽装倒産？　……ありかもね」と、呟いた。

その思いもよらない発言に、全員が一美を見る。

一美は曽根のデスク前に進み出ると、「桐島まどかと白石税理士が経営していたS＆Kカンパニーは、二〇〇三年、能見興産への3億の貸し倒れによる不渡りで破産宣告をしました。偽装倒産の疑惑はないとは言えません」と述べた。

「いずれにせよ、七年前じゃ時効が成立してるでしょ」

五藤のその言葉に、一美は「そうねぇ」と、自分のデスクにあったファイルを取って、素早く資料を繰った。「倒産した日は一〇月二十四日だから……あと三時間で時効です」

「そうか。ん？　じゃあ、おまえは一体、何してたんだ？」と、曽根は再び松子を睨んだ。

「……能見興産の会長とゴルフしてました」

その言葉に、全員が「ゴルフ⁉」と、驚きの声を漏らす。

「それで？」と、三木は先を促した。

「3億円のうちの何千万か手数料として受け取ってるはずです」

「それで⁉」と、今度は曽根が、眉間にシワを寄せて、先を促した。

「……日焼けしながら、三時間説得したんですけど、最後は怒鳴りつけられました。『そんなこと証言するバカ、どこにいるーっ！』って」松子はその時の能見を真似て、拳を振り上げた。

シラーッと冷えきった空気が部屋中に充満するのがわかった。そして皆、何事もなかったことにして、自分の仕事に戻ったり、帰り支度を始めた。

「一生、資料室で謹慎させた方がいいですよ」と、久米は曽根に耳打ちした。

さっさと帰り支度をすませた一美は「お疲れさまでした」と無愛想に言いながら、松子の横をすり抜けて部屋を出ていく。

松子はフーッと長い溜息をついた。


一〇月二十四日の夕方。

まどかは、髪をセットしてもらうために、青山の行きつけの美容院に来ていた。長い髪をカールしてもらいながら、携帯でツイッターに書き込みをする。

「青山の美容室なう。これから、ブルネイ大使館のパーティに出席します」と、たった今まどかが打ち込んだ文章を、近くの席の女客が読み上げ、「ブルネイ大使館⁈」と、素っ頓狂な声を出した。

まどかが怪訝に思って横を見ると、顔が隠れるほど大きくてダサい黒ブチ眼鏡をかけた、国税局の松平松子が、いつの間にか一つ席を空けた隣に座っていた。

——この女、どこまでしつこいのかしら。

まどかは込み上げてくる苛立ちを押さえ、平静さを装って微笑んだ。「あら、あなたもここのお客さんだったの？」

「公務員はこんな高い美容室には通えませんよ」と、松子は鼻で笑った。

――当然でしょ。嫌味で言ったのよ。それもわからないなんて、ホントに頭悪いんじゃないの？

「あ、それより」と、松子は続けた。「今日、一〇月二十四日ですよね。あのお店に行かなくていいんですか」

「ナンの話かしら」

「毎年、共犯者同士、秘密がバレないことを祝って、乾杯してたんじゃないんですか。あなたは七年前、偽装倒産で得た裏金をプールし、その後、海外に持ち出し、それを元手に事業を成功させた。3億円の脱税です」と、松子は淡々と述べる。

その内容に、美容師は手を止めて鏡越しにまどかの顔を見た。

「大丈夫よ。気にしないで、続けて」とまどかは美容師に言って、「松平さん、ツイッターに書いたとおり、私はこれから大使館へ行くのよ」と松子に言った。

「脱税の時効が成立して、あのお店に行く必要がなくなったからですか？」松子はあくまでその話を続けるつもりらしい。

まどかは強い口調で言う。「大使館のパーティは二ヶ月前から決まっていたのよ。『ポトミール』なんか行かないし、祝杯なんて、さっぱり意味がわからないわ」

「あたし、『ポトミール』なんて、一言も言ってませんけど」

まどかはハッとして松子を見た。彼女はニヤついた顔で、まどかの方を見ている。「やっぱり、あの領収書はそういうことだったんですか。脱税記念日の祝杯を経費で落とすなんて、セコくないですか？　それとも、あえて申告書に記録を残すことで、国税局をあざ笑っていた、とか？」

「そこまでおっしゃるんだったら、その共犯者とやらに、お確かめになってはいかが？」と、まどかは松子の目をじっと見据えて言った。

——白石があんたなんかに自供するなんてことは、一二〇％、いえ一五〇％あり得ないけどね。

松子はブスッとして、何も答えなかった。

「脱税するヤツは、日本の道路を走るな」店から出てきた松子は、まどかを乗せて美容室を離れる車を睨みつけて呟いたが、その言葉は車のバックシートで携帯からツイッターに書き込みをしているまどかの耳には届かなかった。

それからまどかは露出が少なめのブラックドレスに着替え、ブルネイ大使館のパーティへと向かった。

様々な方面の著名人と挨拶をしていると、携帯が鳴り出す。液晶画面の名前は、その電話があの男からであることを示している。

彼は、今頃『ポトミール』で、まどかが来るのをみじめに待っているところだろう。まどかは電話に出ようか迷ったが、無視することに決めて、皆の輪に戻った。

白石は、『ポトミール』の窓辺の席から、とっぷり日が暮れて墨を広げたようにみえる海を見下ろしていた。店内は、カップルで賑わっている。グレーのシルクのオーダーメイドスーツに赤い蝶ネクタイで盛装した白石は、もう三時間以上待っていた。まどかに贈ろうと持ってきた花束は、ずいぶん生気を失ってしおれ始めていた。

と、その時、ハイヒールの音が近づいてくるのが聞こえ、白石はパッと笑顔になって振り返った。

だが、やってきたのはまどかではなく、松子だった。

落胆した白石の向かいに座った松子は「キレイなお花ですね」と言った。

「まどかさん、いくら待っても来ませんよ」そう松子が告げた時、テーブルの上のキャンドルが燃え尽き、消えた。

白石はフッと暗い目で笑い、「……失礼するよ」と松子に言って、店から立ち去った。


それから二日後、二十六日の夜。

東京国税局査察部の大会議室に、松子や情報部門《ナサケ》の査察官、実施部門《ミノリ》の査察官たちが集められ、会議が行われた。松子の内偵調査報告書を読んだ新田が、強制調査の許可を出したのだ。

ガサビラが配られたのを確認し、前に立った新田が声を張り上げる。

「明朝八時、強制調査着手！　嫌疑者は海外逃亡の危険性もあるので、桐島まどか宅を捜査する者は、パスポートを必ず差し押さえること！　以上！」

査察官たちは一斉に「はい！」と答え、続々と会場から出ていった。

ガサビラを見つめていた松子も、決意をした目で立ち上がった。

そして翌朝。予定どおり、朝八時に強制調査が開始された。

日野を先頭に査察官たちがまどかの家に着くと、ちょうどまどかは玄関を出てきたところだった。「今度はちょっと長くなるわ」と、使用人に告げながら、大きなスーツケースを引き、手にはパスポートと飛行機のチケットらしきものを持っている。

日野はまどかの目の前に令状をかかげて告げた。「東京国税局です。桐島まどかさんの所得税法違反の疑いで、強制調査を行います」

それを合図に、うろたえる使用人を押しのけて、査察官たちは一斉に踏み込んだ。

一方、東京国税局の本部室には、現場からの電話連絡が次々と入り始めていた。

「八時二分、嫌疑者の身柄確保！」と、電話に出ていた曽根が声を張り上げた。

久米も声を張り上げる。「会社にも今、入りました！」

すかさず一美は、それらの情報をホワイトボードに記載する。

部屋の隅で、何か考えているのか、新田は黙って事態の推移を見守っていた。

そうしている間にも、まどか宅の捜査は進み、本棚の本の間や奥から何束もの万札が見つかった。

現場の日野から報告の電話を受けた本部室の曽根は、「嫌疑者宅からタマリ発見！」と声を張り上げた。だが、電話の向こうの異変に気づき「ちょっと待て！」と、ホワイトボードに記載しようとしていた一美を制した。

「エッ……桐島まどかは、正当に申告済みの金だと主張してるそうだ！」と、曽根は伝えた。

一瞬、本部室は騒然となる。

まどかの言葉を予測していたのだろうか、新田は黙って渋い顔をしている。

「おい、松平はどこ行ってるんだ！」と、久米が叫んだが、松子の行方を知る人間は誰もいない。

と、曽根が言いにくそうに新田に告げた。「嫌疑者が、査察部長を電話に出せと言っております」

新田は曽根から受話器を受け取ると、「新田です」と電話に応じた。

『1億2000万ぐらいのお金は、いつでも動かせるように置いてあるわ。すべて合法的なお金よ。査察部長として、この責任をどうやってお取りになるつもり？』

曽根たちは、固唾をのんで新田を見つめている。

新田は顔色を変えず、冷静な口調で言った。「その前に訊きたいことがある」

一方、まどかの家のリビングでも、日野たちが固唾をのんで、まどかと新田のやり取りに注目していた。

電話の向こうで、新田が続ける。『七年前の金はどうした？』

「七年前？　何言ってるの？　私の会社は倒産したのよ。お金があれば、銀行に破産宣告なんかしてないわ」と、まどかは答える。

その時、所在不明だった松子が姿を現し、「あれは、あなたと白石税理士が共謀した偽装倒産です」と断言した。

「呆れた！　まさか、こんな人の憶測で国税局がガサ入れまでするとはね」と、まどかは携帯を日野に突き返した。そして松子に向き直ると挑発するように言う。「あり得ない話だけど、万一、それが事実だったとしても、もう時効が過ぎてるのよ」

「たしかに偽装倒産の時効は三日前に過ぎています。でも、脱税の時効は、まだ成立していません」

「はぁ？」

「桐島さん、2億5000万、能見興産の社長から二〇〇五年に受け取ってますよね。その裏金を脱税した時効は、来年の三月十五日です」

「そんな……だいたい、証拠がないでしょう？」と、まどかは笑い飛ばそうとした。

「たった一人だけ、証明できる人がいるじゃないですか」その言葉を合図にしたように、松子の後ろから、白石が入ってきた。

「白石先生……」まどかは息をのんだ。

「洗いざらい話したよ」白石はまどかをまっすぐ見て告げた。

「ウソでしょ⁉　……まさか、先生の口から脱税したとでも？」

「ああ、そうだ」と、白石はきっぱり答えた。

「……ウソよ……先生のような立場の人が、そんなバカなことをするはずないわ。絶対に‼」

白石は何も答えず、黙ってまどかを見つめている。

まどかは混乱したように、査察官たちに向かって訴えた。「この人がどんな証言したかわからないけど、私は認めません！　絶対認めませんっ！　だってこんなこと、全然リアルじゃないでしょう？　一二〇％、あり得ない話だわ。どういう理由だか知らないけど、この人はウソの証言をして、私を陥れようとしてるのよ！」

松子も査察官たちも、みんな、冷めた視線をまどかに向けている。

「まどか！　……もう、終わったんだよ」と、白石は諌めるように言った。

まどかは途端に表情を強ばらせて振り返り、白石を睨みつけた。

「当時の帳簿を持ってきた」白石は鞄の中から裏帳簿の束を取り出して、まどかに見せた。

まどかは青ざめた。「どうして⁉　……あなた、税理士免許を剥奪されて、社会的に抹殺されるのよ⁈」

「そんなことは、もうどうでもいいんだよ」と、白石はまどかの目をじっと見つめ、静かに答えた。

「……どうして⁉」

「君の計算では一二〇%、あり得ないだろうね」と、白石はフッと悲しく笑った。「君は二度と私のところに戻ってこない。それを覚った時、私の中から過去も未来もいっぺんに消えた……人生の炎が、パッと消えてしまったんだ……この歳《とし》で君を失ったら、私にはもう、立ち直る術《すべ》もない……。金と人の心は違うということが、君にわかってもらえただろうか」

誠意を込めてそう言った白石の言葉に、まどかはガックリとその場に崩れ落ちた。そのうつろだった目から、涙があふれ落ちた。

松子も白石も、査察官たちも、そんなまどかの悲痛な姿を黙って見つめるしかなかった。

桐島まどか　所得税法違反
追徴金　約１億３５００万円
延滞税　約７０００万円
住民税　約２５００万円
計　　　約２億３０００万円
その後の裁判
判決　　懲役一年六ヶ月
罰金　　５０００万円

「彼女の統計と分析では、一二〇％、想定外の結末となりましたね」

まどかの取り調べが一段落した日野は、廊下で会った曽根とともに、第十八部門の部屋にやってきて言った。

そして、「お疲れさまでした」と、残業を終えてすれ違っていこうとする一美に、「犬養君も、男心をもてあそぶと、痛い目に遭うよぉ」と調子づいて茶化した。

「さっさと取調室に戻ってくださいと、一美があまりにも迫力のある目で言ったので、日野は急に小さくなって、「はい」と声を裏返らせた。

一美は何事もなかったかのように、「お先に失礼します」と一礼して帰っていき、「お疲れさまでした」と、日野はその背中を呆然と見送った。

一方、階段を降りて第十八部門に戻る松子を、三木が追いかけてきた。「松平さん、一つだけ教えてください。どうしてあそこまで桐島まどかにこだわったんですか？　本当にカンだけで脱税してると思ったんですか」

部屋のドアを開けようとしていた松子は、ふと立ち止まり、「100円を笑うヤツは、信用できない」と、ボソっと言った。

三木は全く意味がわからず、「ハァ？」と、素っ頓狂な声をあげた。松子は三木を振り返って、まどかが国税局に講演に来た時、エレベーターの中で百円玉を落としたのにそれを拾いもしなかったことを話した。その百円玉は、松子が拾ってありがたーく頂戴したのだが……。

「1円の誤差もない完璧な申告をしてる人が、おかしいでしょ」

「勉強になります」と、三木は頷いた。

と、松子は三木の両肩をガシッと摑むと、「この間、うちのイチバンは拾ったんだよね」と、目をキラッと光らせて言った。

廊下の向こうをとおりかかった新田は「イチバン」という言葉を耳にして足を止めた。ドアの前で松子と三木が話し込んでいる。二人ともそれには気づかずに、ウワサ話を続けた。

「エッ！　イチバンが100円拾ったんですか⁉」

「そういうヤツの方が、まだ信用できるよ。セコイけどねっ！」と、松子は笑った。

新田は自分に気づかずに部屋に入っていく松子と三木を、複雑な表情で見送った。


その頃、赤川クリーニング店では、『ポトミール』へ行った時に拝借した客のスーツに、友也が丁寧にアイロンをかけていた。外は雨が降り始めたようだった。友也はアイロンをかける手を止めて、窓に打ちつける雨の滴を眺めた。


激しい雨が、真っ暗な夜に降りしきっていた。雨音に混じって、土をすくう音がこだまする。

車のヘッドライトに照らされる中、黒いスーツの男が、スコップを手に、大量の万札を埋めている。男はふいに手を止め、憎しみをぶつけるように万札を踏みつけ始める。ずぶ濡れになるのもかまわず、男は息を荒げて何度も何度も万札を踏みつけた。

その傍らに、まだ四歳ぐらいの背格好の男の子が立っていた。怯えたように立ちすくんでいるその子は、鬼のような形相で涙を流しながら、万札をひたすら踏みつける狂気にも似た男の様子に、得体の知れない恐怖を感じて泣き始める。

声を必死に殺して泣くその少年の顔には、はっきりと友也の面影があった。泥にまみれた何千万、何億もの万札は、幼い友也の涙で滲んだ。

この世には二種類の金がある。キレイな金と、汚い金――。

# 第3話　小さな背中の脱税金

私立京徳《けいとく》学園初等部の校内を、スクールバスから降りてきた五歳児たちは行儀良く、列を作って行進していく。

——今年もまた、いい季節がやってきた。

理事長室の窓から、その様子を眺めていた門倉要《かどくらかなめ》の顔に笑みが広がった。夏が過ぎ蝉の鳴き声が聞こえなくなると、それは本格的な「小学校お受験シーズン」到来の合図でもある。門倉は一年のうちで、この時季が最も気に入っていた。

大学までの一貫教育を提供するこの京徳学園は、かなりの名門校として名高い。特に初等部の受験倍率は非常に高く、わが子を入学させたい親たちは、それこそ血眼になってあらゆる手を尽くす。塾や習い事に金をかけ、あちらに合格必須の講習会があると聞けば出かけていって金を払い、こちらに面接に有利なレッスンがあると聞けばまた金を払う。それもこれも、わが子の将来を思えばこそだ。

そしてこの京徳学園には、まことしやかに囁かれているあるウワサがある。それは、某塾の『通学訓練』に参加した子どもは、合格間違いなしというウワサ。だが、それはただのウワサではない。そして今日が、今年の通学訓練の日である。

来年度の春入学するであろう二〇名ほどの五歳児たちは、『一年生になったら』を元気に歌いながら学校の敷地内を歩いている。まだ馴染んでいない真新しいランドセルが、なんとも微笑ましい。

その時、一人の男の子がつんのめって転んだ。その拍子にランドセルの蓋が開いて、中身があたりに散らばる。窓から見ていた門倉はアッと息をのんだ。地面にばらまかれたのは、1000万円分の札束である——。


「『別れた女に慰謝料1000万取られたあげく、他の男との結婚資金にされた。腹の虫がおさまらないから税金をふんだくってくれ』……って、恨みがましく女の住所書いてありますよ」

東京国税局・査察部・情報部門。第十八部門査察官の三木は、タレコミ情報がまとめられたファイルを手に、その中の投書を読み上げて、苦笑いをした。

「慰謝料には贈与税かかんないって、教えてあげれば？　手切れ金にしとけば、税金取れたのにぃ、バッカだねぇ」と、松子は妙な節をつけて言いながらケラケラ笑った。そして自分の方のファイルのページを繰って、ふと手を止めた。

「ここ、ひどいね。私立京徳学園」

京徳学園に関するタレコミの数は、かなり多い。そのどれにも、「裏金」「裏口」という文句が躍り、怪《あや》しいニオイがぷんぷんしている。

各々仕事をしていた第十八部《ナサケ》門の面々は、学園の名前を聞いた瞬間に固まった。三木は困惑したように、松子に視線を送ったが、松子はそんな微妙な空気など読む気もさらさらなく、代わりにタレコミ内容を読み上げた。

「『裏口入学』『裏の寄付金』『裏金集めのブローカー』。……合格時の裏の寄付金は最低でも

１０００万だってっ！　ひどくない?!　タレコミも一件や二件じゃないし」

松子はなんの反応もしない三木に、「ねえ?」と半ば強引に同意を求めたが、三木は視線を逸らせ溜息をついただけだった。

「そこは、財務省や国税庁のご子息がいっぱい通ってるからっ！」と、松子の方を振り返った五藤は早口に、なぜか小声で言った。

「ご令嬢もっ！」

「ヘタに突いたら、エライことになりますよ」と、コピーを取っていたナナと二宮も小声で言う。

「そういうこと。この話は終わり」と、主査の一美までが小声で言った。

一人、状況がわからず皆の顔をキョロキョロ見回している松子に、「そ、終わりです」と言いながら、三木は松子の手からファイルを奪った。

「ハア～?　脱税してるのわかってて誰も突っ込まないんですか?　つか、皆、なんでちっちゃい声で話すんですかぁ」

松子は立ち上がり、皆の注目を惹こうと手をパンパン叩いた。だが皆、それには応えず、黙って下を向いたまま仕事を続けている。デスクで新聞を広げていた情報部門・統括官の曽根も、目線が合わないように顔の前に新聞を広げた。

「松平、そこはほうっておけ」と、チーフ主査の久米がボソっと言った。

「どういうことですか」

三木はハァと溜息をついて、「三年前も内偵したけど、ダメだったんです」と、曽根の方を見た。

――なるほど、トウカツに気を使って、皆、ちっちゃい声だったのか。

「そこは触るな」と、曽根は怒りを押し殺したように、低い声で言った。それから、やおら立ち上がり「わかったな」と、強く念を押すように言うと、部屋を出ていった。

触るなと言われたからといって、素直にいうことを聞くようには育っていない松子は、地下の資料室に保管されている京徳学園に関する資料をとにかくあるだけ全部引っぱり出した。片っ端から読んでみると、かなり入念に内偵調査がされていたようで、裏金も事実らしい。強制調査に踏み切るには充分な証拠がすでに揃っているように思えた。

——証拠が揃っているにも関わらずナガレた、ってことは、上からの圧力がかかったってことか？

ふと足音がして視線をあげると、調べものをしにやってきたらしい査察部長《イチバン》・新田の姿があった。

「あ、イチバン」と咄嗟《とっさ》に呼びかけてしまい、慌てて「じゃなかった、部長」と、笑ってごまかした。

「ちょうどよかった。聞きたいことがあるんです。この京徳学園なんですけど、これだけ証拠が揃っていて、なんでガサに入らないんですか？　五年も前から曽根トウカツが調べて、証拠もつかんだのに『平成十七年、嫁入りならず』『平成十八年、嫁入りならず』、平成十九年も嫁入りできずに『調査打ち切り』。おかしくないですか？」と、松子はファイルのページを新田に強引に近づけた。

「その件には触るなと、言われなかったか」と、新田は視線を手元の資料に落としたまま言った。

その疎ましそうな言い方にムカッとした松子は、「ああ、部長のお子さんも京徳学園ですか」と、忌まわしそうに言い返した。

「いや、私は独身だ」

「じゃあ――」

「君はなんでそんなに京徳学園にこだわるんだ」

「こんなところに裏金積んで子どもを入れるなんて、金持ちってナニ考えてんですかね」

「君もそういう環境で育ったんじゃないのか」

松子は「エッ」と、自分に背を向けて資料を見ている新田の背中を見た。そのあまりに意外な言葉に、松子は鼻の頭までずり下がった黒ぶち眼鏡をかけ直すのも忘れていた。

「横浜の麗林《れいりん》女学院に高校二年まで在学し、グレてドロップアウト。たいそうなお嬢様だな」と、新田は淡々と言った。

「どこでそんなこと調べたんですか！」

「君を西伊豆の税務署からここへ呼んだのは、誰だと思ってるんだ」と、新田は当たり前のことを聞くなとでも言いたげに答える。

「へー。その時に、洗いざらい調べたってわけですか」松子は新田の前に回り込み、腕組みをして斜めに睨んだ。

「上司にガンつけるな。上司の前で腕組みするな」新田は相変わらず視線を資料に落としたまま、溜息まじりにそう言うと、資料をパタンと閉じて、「とにかく、この案件に君は首を突っ込むな」と言いおいて、資料室を出ていった。

松子はしばらくの間、その向こうに遠ざかって行く背中にそうしているかのように、新田が出て行ったドアをじっと睨みつけた。

——さすが名門京徳学園。イヤな金のニオイがプンプンする。

松子は自転車をぶっ飛ばし、京徳学園の前に降り立った。固く閉ざされた校門の前から、ヨーロッパのちょっとした城を思わせる、たいそう巨大で立派なキャンパスを見上げた。

「ちょっと、どなたですか？　関係者以外は立ち入り禁止です」と、門のすぐ内側にある守衛室から、守衛の制服を着た中年の男が松子の方へ駆け寄ってきた。

「すごいゴージャスな学校ですね。あの奥にあるのは、新しい校舎ですかぁ？」と、松子は見物客のノリで、ひときわ目立つ石造りの建物を指差した。

「あれは、昨年できた美術館です」と、守衛はなんとなく誇らし気に胸を張る。

「へー、何が展示されてるんですかぁ？」

「生徒の情操教育のために、門倉理事長が海外で買いつけた絵画や彫刻や——」

それを聞いて、「ケッ、私物じゃねぇか」と、松子は思わず口の中でぶつぶつ言った。

すると、学園の方から一台の黒塗りのベンツが、松子のいる門に向かってきた。守衛はそれを見ると急いで門を開け、車に向かって最敬礼をした。

松子は通路の中央にわざと立ちはだかった。通せんぼされた車がクラクションを鳴らすのもかまわず、車の正面ガラスを覗き込み、後部座席に見える男を見た。資料によれば六〇歳の、どこか金剛力士像を思わせるいかにも脱税していそうな顔つきの男——門倉要が乗っていた。

——あれが理事長の門倉要か。寄付金や裏口入学の膨大な裏金で私腹を肥やし、豪邸に別荘、高級外車……。こいつ、脱税のデパートだ。

門倉は松子のぶしつけな視線に、運転席の後ろに顔を隠したようだった。

松子は、車のサイドに回り込んで、門倉の座る後部座席の窓をわざとらしいほどの笑顔でノックした。門倉はたいそう怪訝《けげん》そうな顔をしながらも窓ガラスを下げた。

「門倉理事長、すっごいお車ですね！　他にもロールスロイスとか何台もお持ちなんでしょうねぇ」

「なんだね、君は？」と、門倉は訝《いぶか》った視線を松子に向けた。

「学校見学に来た者です。こちらの学園に子どもをお受験させようと思って」と、しれっと松子は答えたが、門倉は松子の身なりを一瞥すると「不審者だ。警察を呼びなさい」と、守衛に言いつけた。

守衛は「ハッ！」と、直ちに松子の腕を摑んで車から引き離しにかかった。

松子はそれに抵抗しながらも「門倉理事長、あなた、脱税してますね！　絶対やってますよね！」と、ビシッと門倉の顔を指差した。

門倉は眉をひそめ、「出しなさい」と運転手に命じると、強引に窓を閉めて走り去った。

松子は守衛の手を振り払うと、走り去っていくベンツに向かって手をブンブン振って叫んだ。

「でも、心配いりませんよ！　この京徳学園は、アンタッチャブルですから！」

ベンツはみるみるうちに小さくなっていく。

と、ふいに、「松子？」と、女性の声がした。振り返ると、男の子の手を引いたシロガネーゼ風の女性が、校舎から出てきたところだった。

「やっぱり松子だ！」と、彼女は嬉しそうな笑顔を浮かべ、松子に小走りで駆け寄った。

「あ……えーと」

「私、宮沢百合子よ。憶えてない？」

「ああ！」と、松子はようやく思い出した。まだ松子が「グレる」前、麗林女学院でお嬢様教育を受けていた頃のクラスメイトだった。

ふと見ると、男の子が背負っているのは、有名お受験塾・ひだまり塾の「Ｈ」の文字がデカデカと入った鞄だ。それに、百合子の手には、京徳学園の入学案内の封筒が！

――なかなかいいタイミングの再会じゃないか。

松子は小さくガッツポーズして、男の子の頭をグリグリなでた。

公園のベンチに、お行儀良く座って、折り紙で鶴を折っている百合子の子どもを眺めながら、

「そっか。坊や、もうお受験なんだ」と、松子はしみじみと言った。

「松子は？」

「あたし？　結婚もしてない」

男の子は「はい、ママ」と百合子にでき上がった鶴を渡すと、タイヤのブランコの遊具に一目散に駆けて行った。そんな子どもの姿を見て、松子は少しホッとする思いだった。

――やっぱり子どもは、あんなふうに走り回ってる方がいいな。あんまり行儀良すぎる子どもなんて、むしろ不気味だ。

ふいに百合子は、短く溜息をついた。「いいわねえ。私なんかもうお受験でノイローゼになりそう」

「えー？」

「私たちの麗林女学院も、今はすごい倍率上がってるけど、京徳学園は十五倍なのよ」

「大変だね。お金かかるでしょ」

「かかるなんてもんじゃないわよ！　実家に援助してもらってるけど、塾のお月謝の他に、面接のレッスンとか、合格必勝合宿とか……毎月20万以上」と、百合子はまた溜息をつく。

予想以上の金額に、松子は「へぇー」と心底驚いた。

「もう何百万も使っちゃったし、後戻りできないわ。本当は、今のクラスの上の、特Aクラスに入れたいの」

「特A？」

百合子はわずかに声をひそめて、ここだけの話よ、といった顔で話し始める。「ひだまり塾の特Aに入れた子は、京徳学園にほぼ合格なの」

――ひだまり塾の特A、ねぇ。そこもなんかニオウな。

松子はふと良い案を思いつき、百合子たちと別れて、一路、大手町へと戻った。

就業時間をしばらく過ぎ、情報部門第十八《ナサケ》部門の面々は帰り支度を始めていた。

帰ろうとバッグを持った久米に、曽根はニヤついた笑顔で近づいた。「久米ちゃん、どうだい、一杯いこうよ」

「すいません。今夜は娘の勉強みなきゃいけないんで」と、久米は困ったような笑顔を浮かべる。

「何言ってんだよ。君んとこの娘、まだ幼稚園だろ？」

「はぁ……カミさんがお受験に血眼で」

その時、「エエッ⁉　麗林女学院！」と甲高い声で叫ぶナナの声が部屋中に響いた。

「あの松平松子が？」と、五藤は目をパチパチさせて日野の顔を見ている。

昼間、資料室で松子と新田の会話を偶然聞いていた日野は、さっそく仕入れた情報を吹聴して回っていた。「とんだアバズレかと思ったら、良家のお嬢様らしいんだよな」

「そんなお嬢様が税務署員なんて、あり得ねえ」と、二宮が信じられないという顔をして呟いたところに、「あの松平が麗林女学院⁉」と、これまた違う意味でショックを受けた様子の久米が輪に加わった。

「うちだって金があれば入れたいよぉ。夢のまた夢、だけどな」と、久米は遠い目をした。

「いや、でも、ドロップアウトして中退しちゃったみたいよ」

「何やらかしたんだ？」と皆の後ろで聞いていた曽根も、つい口を挟んだ。

「さあ、そこまでは」と、日野は首をひねる。

「あいつなら色々イメージわくな。恐喝か、窃盗か」と、五藤が妙に生き生きした表情になって言うと、「暴力沙汰じゃないですか？」と、三木も合わせ、「それ、あり得る！」と、二宮も乗った。

と、突然、「ゥワッ」と五藤が凍りついた。

振り返った七人も、ギクッと固まる。いつの間にか、松子が入口に立っていたのだ。松子は妙にシリアスな表情で、七人の方をじっと睨んでいる。そして「久米さん」と呼んだ。

「何か」と、松子にドスの利いた声で呼ばれた久米は、ビビりながら返事をする。

「つきあってくれませんか」

全員、ハッと息をのんで久米を見た。

「いや、断る。僕には妻も子もいるので――」

絶妙なタイミングで送られてきたファックスが、ピーと部屋中に響き渡った。


その週末の午後。

久米はキレイにおめかしした五歳の娘・エリカと手をつないで、『ひだまり塾』の廊下を歩いていた。エリカのもう一方の手は、シックな紺のお受験スーツに、教育ママ風眼鏡をかけた松子が握っていた。

「どうしてママは来ないの？」と、エリカは不思議そうに久米を見上げて言う。

「ママはパートだから、今日はこの人がママの代わりだ」

「このオバちゃんが？」

――……オバちゃん？

松子はシュッとエリカの前にしゃがんで、「ママです。よろしく」と、両手を握って優しく微笑んだ（つもりだった）。だが、松子のまるで『笑ゥせぇるすまん』の喪黒福造《もぐろふくぞう》のような顔に、エリカは「コワーイ」と泣きそうになって、久米の後ろに隠れた。

――コワイだとぉ？

松子はフンッと鼻を鳴らすと、立ち上がって歩き出した。久米は思いっきり不安を感じながらも、エリカの手を引いてその後について行った。

面接の教室へと案内された三人は、エリカを真ん中にして座った。

「娘のエリカです。よろしくお願いいたします」と、久米が頭を下げると、エリカも続いて「よろしくお願いします！」と、頭をピョコンと下げた。

松子たちと向かい合って座っている男は、「塾長の春山です」と、エリカに向かって挨拶を返し、その隣の女も「講師の本間です」と、にこやかに挨拶をした。

「早速ですが、志望校はお決めになりましたか」と、春山は切り出す。

「えーと、それは……」

「京徳学園ですぅ。あそこ以外は考えておりません」と、久米の言葉を遮って、松子が答えた。

「そうですか」と、春山は親身に頷く。

――フランクミュラーの腕時計430万、オーダーメイドのスーツ80万……ここも金のニオイがプンプンする。

松子は、春山にステキなママ・スマイルを向けながらさっと春山の値段をはじき出し、俄然やる気がみなぎってくるのを感じた。

「京徳学園ですと、こちらのコースになりますが」と、本間は塾のパンフレットを広げて見せ、コース概要を示した。そこには、『月額8万円』と表記されている。

それを見て、久米は慌てた。「こんなに高いのは、うちには無理です！」

「大丈夫よ、パパ！　資産家のお祖父《じぃ》ちゃまが出してくださるわ。……もっと上の、特Aコースについてお聞きしたいんですが」うろたえる久米に代わって松子はことさら金持ちをアピールする。

「特Aコースですか。生憎、定員がいっぱいなんですが……」と、春山は思わせぶりに言った。

「なんでも合格率一〇〇％だとか。ぜひ、うちのエリカを受講させたいんです。お金に糸目はつけません！」と、松子は身を乗り出して食い下がった。

そんな教育ママモード全開の松子を、エリカも久米も、ただただ呆然と見ていた。


ひだまり塾を出た頃には、あたりはすっかり暗くなっていた。松子はお受験スーツのまま、『鉄子の部屋』へと向かった。

「ネエさん、どうしたんすか、そのカッコ」と、店に入ってきた松子の、あまりにも意外すぎる服装を見て、友也は唖然として言った。恭子やヒコ、ノルたちヤンキーは、「ついにカタギっすか」「それともコスプレ？」などとテキトーなことを言って、ゲラゲラ笑っている。

「あーあ、お受験なんて、やってらんないよ。ママ、ビール！」と、松子はカウンター席にドサッと座ると、上着を脱ぎ捨てて、肩を揉みほぐしにかかった。

「ちょっと待ってて」と鉄子は返し、「さ、鉄子特製の豚汁できたわよ～」と、鍋をカウンターに出した。二〇人分は作れそうな大きな鍋からは、おいしそうないい匂いが湯気とともに立ちのぼっていた。ミドリが豚汁をお椀によそってやると、友也たちは、待ってましたとばかりにがっつく。

松子は、鉄子が出してくれたビールをグビグビーっと豪快に飲むと、いつものように「あー、生き返ったぁ」と唸った。

ふいに鉄子は「お受験かぁ」としんみり言った。「あんなもの、ドブに金捨てるようなもんよ」

「え？」

「お受験なんてものはね、あれは最悪の拝金主義よ。親が子どもに『遊ばないで勉強しなさい』『イイ学校に行って、イイ会社に入りなさい』って言うでしょ。でも、話、約《つづ》めてごらんなさいよ。結局は全部、お金のためじゃない」

「お金かぁ……」と、松子はこめかみをマッサージしながらしみじみと呟いた。

「勉強してイイ会社に入らないと、ニートやワーキングプアになって、悲惨なことになるって恐怖心をあおられて、子どもたちは負け組にならないように必死に競争させられる。あれはね、『お金がないと不幸になるよ。お金持ちにならないと人生おしまいよ』って洗脳されてるのよ」

「うーん、そっか……」

「だいたい、何のために学校行くんだい？　お金以外に素晴らしいものが世の中にはたくさんありますってことを勉強するために行くんだよ。学校ってのはね、貧乏の練習するところ。その学校で金儲けしようってのが、間違えてんだ」と、珍しく鉄子は怒りを滲ませて言った。

松子はビールを飲みながら、「なるほどね」と頷いた。

「こいつら見てごらんよ。生まれた時から貧乏が上手だから学校で弾《はじ》かれて、すっかり負け組。負け組一直線だから、私は大好きなんだよ」と、鉄子は目を細め、テーブル席で夢中で豚汁を食べている友也たちを愛おしそうに見つめた。

どうやら自分たちが話題にのぼったらしいと気づいた友也は、「よくわかんないけど、負け組上等っす」と、拳を突き上げてみせる。それに続いてヤンキーたちも「ジョートー」と声をあげた。

「ほら、見てやって見てやって。あの何も考えてない、澄んで清らかな瞳を」

「アハハハ」と、松子は堪《こら》えきれずに笑った。

「あんたもよ。あんたの目も澄んでる」

突然、そんなことを言われて、松子は「エッ、あたし⁉」と目をパチパチさせた。

「そう。目だけは澄んでるのよねぇ。腹は黒いのにっ！」鉄子はお得意の意地悪そうな顔をした。

「ママだけには言われたくない。なんだよっ！」と松子が唇を尖らせて言うと、鉄子は「はいはーい。失礼しましたー」と、向こうの方へ行ってしまう。

と、そこに、「はい、マッチャン、おまちどうさまー」と、ミドリが豚汁を出してくれた。きっと、鉄子が出すよう言ったのだろう。

「いっただっきまーす！」と、松子は熱々の鉄子特製豚汁をハフハフ食べて、「おいしい！」と目をキュッと細めた。

いつだったか、「なんでも入れるのがコツ」と、鉄子は教えてくれた。鉄子の豚汁には、コンニャク、大根、人参、ゴボウ、その他にも野菜がごろごろいっぱい入っていて、豚肉、ついでに鶏肉まで、誰かが勝手に決めたレシピにはない具材が、とにかくなんでも入っている。

――鉄子ママって、この豚汁みたいなのかもな。

豚汁をすすりながら、松子はふとそう思った。鉄子はいつだって、はみ出した人間も、はみ出していない人間も、同じように受け入れてくれる。鉄子のそういうところが、松子は本当に好きだった。

人間はグレーな部分の方が多いはずなのに、黒か白のどちらかに分けたがる大人は多い。そんな中、「グレーのままでいていい」と言ってくれたのが鉄子だった。「グレーだって立派な一つの個性を持った色じゃないか」、と。

――ま、そう言うのも、オカマっていう、本人が一番、グレーゾーンだからなんだろうけど。

友也たちとジャレている鉄子の顔を見て、松子は小さく笑った。それからまた、鉄子みたいな豚汁をすすった。

その日、東京国税局に出勤した松子は、到着早々、新田に呼び出された。

新田がいる査察部長室の前に立った松子は、一瞬躊躇して、ノックした。するとすぐに、部屋の中から「どうぞ」と、新田の声が聞こえてきた。松子はひとつ深呼吸をして、ドアを開けた。

「お呼びですか……あ、トウカツ?!」松子が査察部長室に入ると、新田と向かい合って神妙な面持ちで立っている曽根がいた。

「おい松平、なんで京徳学園へ行ったんだよ?」と、曽根は松子のそばにきて声のボリュームを押さえて言った。

——やべ、やっぱバレてたか。

「ちょっと、理事長の顔見てやろうと思って」

「ふざけるな!」と、曽根は新田に遠慮がちに怒鳴った。

「霞ヶ関に、抗議の電話がありました。子どもたちが通う神聖な学校で、脱税の汚名を着せられた、と……」と、新田はどちらにともなく言った。

「私の監督不行き届きです。申し訳ありません!」曽根は九〇度の角度で頭を下げた。

「人事課の決定で、謹慎を命じます」と、新田は冷たく告げた。

その言葉に、曽根はハッと息をのんで頭を上げ、松子は新田の前に駆け出た。

「ちょっと待ってください。どうして私じゃなくて、トウカツが謹慎になるんですか」

「おまえも謹慎処分だ」

「あ、やっぱりそうですよね」と、松子は軽く答えた。

「おまえ、なんだその口のきき方は！　それでも反省してるのか」と、曽根は今にも泣き出しそうな声で松子を叱ると、新田に向き直って、「申し訳ございません！」と、自分と一緒に、松子の頭を押さえつけて今度は九〇度よりもさらに深く、無理矢理下げさせた。

おもむろに新田は口を開く。「……一人に訊《き》きたいんですが、君たちはなんのためにこの仕事をしていますか？　はっきり言って、税務職員ほど人に嫌われている公務員はいない」

その真面目な口調に、曽根は、姿勢を正した。

「恥ずかしながら、私は貧しい農家の六男坊です。税務大学へ行けば、研修とはいえ給料を貰いながら大学並みの教養を学べるし、長く勤めれば、難関の税理士の資格まで取れる。貧乏人には喉から手が出るほどありがたい話です」ポツリポツリ話すと、熱意を込めて続けた。「私は、いくら世間に嫌われようと、石を投げつけられようと、この仕事に誇りを持っています！」

新田は曽根の言葉に感銘を受けたようで、「そうですか」と噛み締めるように言った。そして、松子を見て、「君は？」と問う。

「私は……金持ちが嫌いだからです」と、松子がしれっと答えたので、曽根は咎《とが》めるように松子を睨んだ。

「君は反抗期のまま、全く成長していないのか」と、新田は怒りを抑えるように小さく唸った。「国税局は、一分《いちぶ》の狂いもない組織でなくてはならない。そこに、歪んだ分子が一個混ざったら、まわりまで歪んでしまう。誰のことを言ってるか、わかるな」と、新田は立ち上がり、厳しい視線を松子に真っ直ぐ向けて言った。

だが、その回りくどい言い方が、松子には気に食わなかった。それで松子は、そっぽを向いて、ボソッと言った。「腐ったミカンって、はっきり言えよ」

「松平！　口を慎め！」と、曽根は声を押し殺して怒鳴り、「申し訳ありません」と、また自分と一緒に、松子の頭を無理矢理下げさせた。


部長室を出て国税局の廊下を歩きながら、松子は新田に言われたことを思い出して、またむかっ腹を立てていた。とそこに突然、日野が現れた。どうやら柱の陰で、松子を待ち伏せしていたらしい。松子はそれを無視して歩き続けたが、日野は松子と並んで、階段を上りながら言った。

「曽根さんは京徳学園を内偵し続けて、三年前、当時の査察部長に叩かれてる。突然、上から圧力がかかって、全部なかったことになったんだ」

——やっぱりそうだったのか。

「君がこれ以上、余計なことをすると、曽根さんが支店に飛ばされちゃうんだよ。わかったな」と、日野は松子の足を止めさせた。だが松子は「失礼します」とだけぶっきらぼうに言い残して、足早に日野の脇をすり抜けた。

「おーい、わかったのか！　松平！」と、日野は松子の背中に大声で言った。

「松平さん、日野総括の言うとおりですよ」いつから松子と日野の会話を聞いていたのか、今度は三木が松子を追いかけてきた。

だが、松子の中にはひどく怒りが渦巻いていて、三木の声など届かなかった。

「脱税を見逃すヤツは、脱税するヤツと同じよ。日本の道路を歩くな！」と、松子はボソっと独りごち、怒りをぶつけるように地面を踏みしめながら、グングン廊下を歩いた。

——おまえらがその気なら、あたしだってやってやるよ。

松子は国税局を出ると、京徳学園の外で門倉が出てくるのを待った。

すっかり暗くなった頃、門倉を乗せた黒ベンツが校舎を出てきた。尾《つ》けていくと、黒ベンツはある日本料亭の前に停まり、門倉はその高級感のあふれる門をくぐって入っていった。

その直後。張り込んでいた松子の横をとおり過ぎたタクシーが、料亭の前で停まった。降り立ったのは、あのひだまり塾の塾長春山だ。彼は、周囲をわずかに警戒したそぶりをみせながら、店の中へと消えた。

「やっぱり繋がってんじゃねぇか」松子は二人の消えて行った料亭を睨んだ。


一方、謹慎処分中にも関わらず、松子が勝手に張り込みをしているなどとは思ってもみない日野と五藤、それに三木は、行きつけの赤提灯居酒屋の暖簾《のれん》をくぐっていた。

「とりあえずビール」と注文しながら三人が奥の座敷を見ると、曽根がひとり飲んでいた。

「トウカツ、どうしたんですか」と声をかけた五藤に、「んん、うち帰りづらくてな。謹慎くらったなんて、言えないだろ」と、曽根はハゲ頭をなでた。

すっかり消沈している曽根の姿に、三人は顔を見合わせた。

「水臭いな。それなら誘ってくださいよ」と、日野はわざと明るく言って、三人は曽根を囲んで飲み始めた。店の活気と、三人の明るさに、次第に曽根も、少しは元気を取り戻したようだった。

「無事に定年迎えられると女房は信じ込んでるし……俺だって、まさかここで謹慎なんて夢にも思

「そうですよね。あの松平も、今度はさすがにへコんだでしょう」と言った五藤に、つい日野は「それならいいんだけど……」とボソッと言ってしまう。

「なんだよ！」と、曽根は途端に不安そうな顔つきになって日野を見た。

「いや、大丈夫ですよ」

「何が大丈夫なんだよ」

「きっと今頃、『謹慎上等〜』とか言って、のびのびと羽伸ばしてますよ」と、日野はごまかそうと曽根にお酌した。

「それが一番やばいじゃないか。あいつは狙った獲物には絶対に食らいついて離れない……ま、俺も昔はそうだったけどよお」と、曽根があまりにもしんみりした口調で言ったので、三人もしんみりと、静かに酒を飲んだ。

「……あの時は、僕も悔しかったです」三木がポツリと言う。「三年前、僕はナサケに来たばっかりで、トウカツのあとついて回って、一緒に靴の底すり減らしました」

「そうだったな……」

三木は悔しそうに顔をしかめた。「折角あそこまで追い詰めたのに……悔しいな。ほんとにあと少しだったんだよな」

「京徳学園の理事長の顔、今でも、夢に出てくるんだよ。札束に埋もれて笑ってやがる。真面目に税金払ってる庶民を、嘲笑《あざわら》ってやがる」曽根はふつふつと込み上げてきた怒りに、空《くう》をじっと睨みつけ、グッと酒をあおった。

日野、五藤、三木の三人も、ジワジワと沸き上がる怒りに、グッと酒を喉に流し込んだ。

その頃、料亭では、安居酒屋の肴とは雲泥の差の高級懐石料理を前に、門倉と春山はニヤニヤした笑みを浮かべ向かい合っていた。

――あれは、間違いなく悪い金の話をしている顔だな。

松子は石垣に隠れるようにして、買ったばかりの焼き芋をホクホク食べながら、中庭の植え込みの隙間から、じっと会食の様子を見ていた。

ふいに門倉が立ち上がった。どうやら帰るつもりらしい。松子は急いで表に回ると、店の前に寄せられたベンツに乗り込もうとしている門倉に近づいていった。

「国税局の、松本君だったかな?」と、門倉は松子に気づいて言った。

「……松平です」

門倉は松子が持っていた焼き芋を一瞥《いちべつ》すると、嘲笑うような笑みを浮かべた。「夕食は焼き芋か。大変だね、君も」

「そっちはいいですね。毎晩こういうところで裏口入学の相談してるんですか?」

「松沢君」

「松平です」

「親は子どもを金持ちにしたくて、ウチの学園に入れたがるが、本当に金持ちになるためにはどうしたらいいか、わかるかね」

「さあ……教えてください」

するると、門倉は不敵に笑った。

「税金を払わないことだよ」

──っ‼

松子は全身が怒りで震えるのがわかった。

門倉は嫌な笑みを浮かべたままベンツに乗り込んだ。松子は走り去っていくベンツを追おうと、急いで自転車に飛び乗ろうとした。

「待て！　松平」

と、突然名前を呼ばれて振り返ると、いつの間にか、新田が立っていた。

「おまえは謹慎中だ。動くな」

「あんなヤツ、野放しにするんですか！」

──あの野郎の挑戦、イチバンだって聞いたはずだろ⁈

だが、新田は答えなかった。

「どこから圧力かかってるんですか？　官僚の上司ですか？　政治家ですか？　エリートって、そうやって持ちつ持たれつ、よろしくやってるんですよね」

松子が詰め寄っても、新田は渋い顔のまま、何も答えない。それがいっそう腹立たしくて、松子は足をバンッと踏み鳴らした。

「何が軍隊よ。どうせイチバンは、次の人事で財務省に戻るんでしょ？　出世の踏み台として、現場を軽く覗いてみて、ああ、こんなもんだとわかったような顔して、次のステップ上がっていく。そんな人の命令に従ってられませんよ！」

新田はムスッと黙ったまま、なんの反論もしてこない。

「あたしが腐ったミカンなら、あんたは温室のメロンよ！　外に出すと、腐って枯れちゃうんですよね」松子は、精いっぱいの皮肉であおった。

「……言いたいことは、それだけか」

「それだけです！」松子は吐き捨てるように言って自転車を出した。ペダルを漕ぐ足に怒りをぶつけるように、夜の街を走り抜けた。だが、怒りは収まらなかった。

松子は、友也に電話をかけ、ある依頼をした。

今度はちょっとややこしい仕事だったが、それでも引き受けてくれるかたずねると、友也は『はい、やります！』と即答してくれた。

――権力だろうが圧力だろうが、あたしには関係ない。門倉の野郎、いつまでもぬくぬくと守られてると思ったら、大間違いだ！


新田には、松子の怒りが充分伝わっていたし、同じような気持ちでもあった。門倉のように、「金持ちになる方法は、税金を払わないことだ」などという下劣な考えの輩《やから》が野放し状態でいるのは、全く許し難い事実だった。

新田は予定していた上司の退官パーティへの出席を止め、東京国税局へと戻った。廊下を査察部に向かって歩いていると、次長《ニバン》である遠山幸男が駆け寄ってきた。

「どうされたんですか？　丸山次官の退官パーティ行かれなかったんですか？」

「ああ」

一つおきに蛍光灯が消された廊下は薄暗く、切れかけた蛍光灯がチカチカ、ついたり消えたりしているのが妙に目立った。

「経費削減はわかりますけど、この薄暗い廊下には、どうも馴染めません。早く霞ヶ関に戻りたいですね」と、ウンザリしたように言って遠山は笑ったが、新田は何も答えず足を速めた。

すでに就業時間が過ぎた第十八部門には、一美と二宮だけが残っていた。

「至急、調べてほしい案件がある」

突然入ってきた新田の言葉に、一美は立ち上がった。「なんでしょうか」

「過去五年間、京徳学園初等部に子どもを入学させた親の口座を全て洗ってくれ」

「部長……」

一美も二宮もひどく驚いたようだったが、「極秘に頼む」という新田の指示に、「わかりました」と、大きく頷いて応えた。

「五年間の入学者は一〇〇〇人。その中から、入学時期の前後に多額の現金の移動があった保護者を洗い出してくれ」

数日後、一美と二宮は、査察部長室にやってきた。

「条件に当てはまる保護者が一〇三名いました。入試の前後に1000万以上を口座から引き出しています」と、一美は報告し、二宮が持っているリストを示した。

あとは、この一〇三人の金と門倉の繋がりをどうやって証明するか、だ。新田は二宮から受け取ったリストのページを繰りながら思案すると、おもむろに電話の受話器を取り、ダイヤルした。

その頃、いつもの居酒屋では、曽根と三木が昼食の焼魚定食を突ついてた。

すると曽根の携帯が鳴った。

「はい、もしもし？　あ、新田部長」と言って、曽根はバネがついたように正座し直し「エッ、本当ですか！」と、大声を出した。

『そこで、トウカツのお力をお借りしたい』と、電話の向こうで新田は続ける。

「しかし、部長、私は謹慎中ですが」

『わかってます。部下に指示を出してください』

「ハイッ！　わかりました！　ありがとうございます」と、深々頭を下げて電話を切った。そして三木に近づくよう手招きすると、興奮で声が大きくなりそうなのを、必死で抑え、声を低くして告げる。「京徳学園、もう一度着手するぞ」

「本当ですか！」と、三木は身を乗り出した。

「おまえは河尻建設、調べてくれ」

「京徳学園と癒着してる建設会社ですね。わかりました！」三木はさっと自分の分の代金を置いて、飛ぶように店を出ていった。

それから曽根は、第十八部門に電話をかける。

『トウカツ、どうしたんですか』と、電話に出た久米は、驚いた声を出した。

「久米、イチバンのＯＫが出た。京徳学園のこの三年分の授業料と寄付金、徹底的に調べてくれ」

『わかりました！』

そして五藤に電話を代わってもらい、「おまえは京徳学園が新設した保養所、学園名義で買った車、調べろ」と指示を出す。

『はい！』と、五藤も気合いの入った返事を返した。

曽根は電話を切ると、闘志みなぎる表情でスクッと立ち上がった。


「部長、この先は……」

査察部長室で新田と曽根とのやりとりを聞いていた一美は新田を見た。

「一軒一軒、しらみ潰しにあたるだけだ」新田は立ち上がった。

「ええっ部長、一〇三件ですよ！」と二宮は声を裏返したが、新田はかまわず部屋を出ていく。

「行くわよ」と、一美は二宮を促して、さっそくリストにある在校生たちの住所をあたり始めた。

だが、京徳学園の名前を出すと、どの家もあからさまに拒絶反応を示し、何も応えてはくれない。いってみれば、子どもを人質に取られているようなものだから、応えるわけがなかった。

だが新田は、日が落ちても調査を続けた。歩いて歩いて、数十件の家を回り、断られても断られても、インターフォンを鳴らし続けた。

京徳学園にかつて在学していた吉村という生徒の家のインターフォンを押すと、父親らしき中年の男が玄関から顔を出した。

「ただいま、学校法人について調査を行っております。京徳学園について、お話をうかがえないでしょうか」と、新田はその日何十回目かの質問を繰り返した。

「うちはもう、あの学校とは関係ないので……」と、吉村はドアを閉めようとする。

「お嬢さんはなぜ、学校を変わられたのか、お聞かせ願えませんか」と新田は食い下がった。だが、吉村は「すいません。失礼します」と、ドアを閉めてしまった。

さて松子はといえば、謹慎だろうがなんだろうが、いつもどおり独自の調査を繰り広げていた。都内のお受験塾を訪れ、備品整理をしている講師の男を捕まえて聞き込みを開始した。

「あのぉ、ひだまり塾の特Aコースについて、ウワサをお聞きになったことありませんか。一〇〇％合格できるって、本当ですかね」

「通学訓練という、特殊な体験レッスンがあるとか」と、その講師は答えながら備品の入ったダンボール箱を抱えて、別の教室へと移動した。松子はそれを追いかけて、さらに質問を重ねる。

「通学訓練？　それはどういう……」

「年収の高い家庭の子どもたちで構成された特Aクラスの中でも、さらに厳選された子どもたちが参加させてもらうものらしいですよ」

「レッスンの内容は？」

「あそこの塾はまともな授業なんかやってませんよ」と、講師の男は呆れたような口調で言った。

──ふーん、なるほどね。

松子はついでに、ひだまり塾から移ってきた子どもを聞き出し、授業が終わるのを待った。

「あのぉ、ひだまり塾から、こちらに移られたそうですね」と、子どもの手を引いて塾の階段を降りてきた母親に声をかけた。

母親は「ええ」と、警戒した様子もなく答える。「あそこの特Aに通ってたんですけど、うちの子は通学訓練から外されたんです。優秀な生徒だけに声かけてるなんてウソです。あそこはお金で子どもをランク付けするんですから」

「ええっ⁈　それは許せないですね！　……ところでその通学訓練なんですけど、どんな内容か、お聞きになったことないですか」

「実際にバスに乗って、登下校を体験するそうです」

「へぇ」

――バスか。


松子はそこで、友也に協力を仰ぐことにした。それを聞いていた恭子が「私も手伝う！」と乗ってきたので、彼女にも別の役目をお願いすることにした。

計画はこうだ。まず、恭子が清掃員のふりをしてひだまり塾に潜入し、ひだまり塾が通学訓練のために業務委託しているバス会社の名前を調べ出す。そしてそのバス会社に、友也がクリーニングの営業のふりをして行き、うまく隙を見て通学訓練参加者の名簿を持ち出す。

あとはうまくいくのを祈るばかり――。ヘタしたら、あの子たちもヤバい……。

松子の携帯に、友也から連絡が入った。

『もしもし、ネエさん。過去三年間の通学訓練を受けた生徒の住所がわかりましたよ』

「お手柄！」

『全部あたるんですか？』と、驚いたように聞いた友也に、「あとは大丈夫だから」と言って、松子は生徒たちの住所をメモした。

友也の情報をもとに、松子は一件ずつ家をあたっていった。だが一美たちの時と同様、京徳学園の名前を出した途端、皆、口を閉ざしてしまう。

——クソっ。

そう思いながらも、松子は自転車にまたがり、次の住所を探した。

その、吉村という名前の家にたどり着いた時、松子は意外な光景を目撃した。新田がいたのだ。新田は吉村の家の前で、じっと立っている。子どもが学園に通っていない吉村なら、何か話してくれるのではないかと、望みをかけて訪ねて来たのだ。

「イチバン……？」

その時、玄関のドアが開いて中年の男が顔を出した。父親だ。

「何度来ていただいても困るんです」

——イチバンは、何度もここを訪ねてるのか？

「お願いします。お話だけでも」と、新田は食い下がった。

吉村はしばらく迷っていたようだったが、観念したようにため息をつくと、ポツリポツリ話し始めた。「……あそこは、うちのような家庭の子が入れる学校じゃなかったんです。娘の将来を思う一心で、借金までして金かき集めて、なんとか合格はできたんですが……その先も寄付金やらなんやら、ついていけませんでした……。娘は今は公立に移って、元気に通学しています。どうかそっとしておいてください」と、吉村は頭を下げ、戻ろうとした。

「入学金や寄付金の他に、不正なお金を請求されませんでしたか」と、新田は、吉村の背中に声をかける。「お嬢さんや親御さんのプライバシーは絶対に守ります。だから、証言していただけませんか」

吉村は足を止めたが、答えるべきか躊躇しているようだった。

「お願いします」と、新田は深く頭を下げた。

それを見て、松子はひどく驚いた。エリートで出世のことにしか興味ないんだとばかり思っていた新田が、頭を下げて頼み込んでいる。しかも、上から圧力がかかっているアンタッチャブルな京徳学園に関する証言を取るためにだ。

まだ渋っている吉村に、「お願いします！」と、新田は頭を下げ続けた。


その数日後の、カラリとよく晴れわたった日。

東京国税局の大会議室に査察官たちは集められ、ガサビラが配られた。

「明朝八時、強制調査を行う！　嫌疑者は、京徳学園の理事長・門倉要！」と、捜査官たちの前に立った新田が言い放つ。

門倉が嫌疑者だと聞いて、査察官たちからざわめきが起こった。一方、松子と第十八部門《ナサケ》の面々は、よーし、と、気合いの入った表情になった。

新田の隣に立っている日野が告げる。「着手先は、京徳学園、門倉要宅、ひだまり塾、特殊関係人である谷綾子、北村れいこの両宅」

「徹底して捜索を行ってください」と檄を飛ばした新田に、全員「はい‼」と声を揃えた。

「以上！」と新田が言ったのを合図に、査察官たちはそれぞれ大会議室を出ていく。

第十八部門《ナサケ》の面々が集まっているところにやってきた新田は、「曽根トウカツを呼び戻してください」と指示を出した。

それを聞いて、皆、パッと明るい笑顔を見せる。

「はい！」と久米は答えると、三木に視線を送る。それを受けた三木は力強くうなずいて、大会議室を一足先に出ていった。

新田が松子に気づいた。当然のようにガサビラを手にして、この場にいる松子をジロリと見て言う。「君はなんでもう出勤してるんだ」

「エーッ？　だって、もうそろそろ謹慎解かれる頃かなぁって思って」と、松子はごまかし笑いをした。

そして、新田が、呆れたような表情で去ろうとしたのを、「アッ！」と、引き止めた。

「一言、お詫びします。この間は、腐ったメロンなんて言って、すいませんでした」と、松子は頭を下げる。

「おまえ、そんなこと言ったのか！」と、五藤は驚愕のあまり声を裏返した。

「部長、申し訳ありません！」と、久米は焦って振り返ったが、新田はすでに去った後だった。

その夜、『鉄子の部屋』で、いつものように皆とカラオケで盛り上がっていた友也は、いつまでたっても松子が店に来ないので、カウンターの中でチビチビ酒を飲んでいる鉄子に、聞いた。「今日、ネエさん来ないの？」

「仕事が忙しいんでしょ」と答えて、鉄子は冷酒を飲む。

ふいに友也は、ずっと気になっていたことを切り出した。「……ネエさんって、本当は何してるの？」

「何って、何？」

「マチキンの取り立て屋じゃないっしょ」

「まあ、それに似たようなもんよ。金持ちからカツアゲやってんのよ、あの娘《こ》は」

「ふーん」

——わかったような、わからないような……。

「ネエさん、お金大嫌いだって言ってたけど」

「全部ウソ。私も松子も、本当はお金が大好きさ。でもね、金持ちってヤツは大っ嫌いなんだよ。特に松子は、イヤな金持ち、散々見てきちゃったからねぇ」

「そうなんだ……」と、友也はビールを飲んだ。

「あの娘の親父は貿易商で、結構ブイブイ言わせてたんだよ。だから高校までは何不自由なく、バブリーなお嬢様学校に通ってたそうよ。でも親父の会社が倒産して、大きな借金抱えて、親父はそのまま失踪……。そしたら、親戚も知り合いも、みんな蜘蛛《くも》の子散らすようにバーッと離れてったって……」

「おふくろさんは？」

「あの娘が高校生の時に、親父の借金返すために働きすぎて、先いっちゃった……」と、鉄子はしんみり、溜息をついた。「もう、私が最初に会った時は、あの娘、そりゃもう、荒れてて、ひどいもんだったわよ。だから私はね、一から十まで鍛え直してやったんだ。そしてやっと今、一人前のね……」

鉄子は独り言のように言うと、誇らしそうにフフフと笑って酒を飲んだ。

翌朝。査察官たちが嫌疑者・門倉の関係各所に向かっている頃、東京国税局に一本の電話が入った。

査察部長室で新田が資料に目をとおしていると、「部長、文部科学省からお電話です」と、遠山が血相を変えて駆け込んできた。

「……わかった」新田は意を決して、受話器を取った。「お電話代わりました。新田です」

『秘書官の小山です。実は大臣から、内々の意向を受けまして、お電話させていただきました――』

きたか、と、新田は眉間にしわを寄せた。

そして、同じ頃、門倉の携帯にも、一本の電話が入っていた。門倉にとっては救いの、けれど松子たちにとっては裏切りの……。

「もしもし」と、門倉が携帯に出ると、『門倉理事長ですか』と、電話の向こうから聞き覚えのない男の声が聞こえてきた。『今日八時、学園に強制調査が入ります』と男は告げて、電話を切った。

門倉は慌てて学園に電話をかける。

「すぐに金庫の中の物を隠せ！　重要書類もだ！」

午前八時。査察官たちは予定どおり、強制調査に着手した。

ひだまり塾にやってきた査察官たちは、塾長の春山と職員たちがミーティングをしているオフィスに踏み込んだ。

「東京国税局です！　強制調査を行います！」

「こ、国税局！」と、春山も職員たちも、途端に書類をかき集めてアタフタ逃げようとする。

「そのまま動かないでください！　電話も禁止です！」と雨宮に厳しい口調で命令され、春山たちは仕方なく動きを止めた。

それを確認し、査察官たちはテキパキと作業に取りかかった。

一方、京徳学園の前で待機していた日野たちは、門倉の乗ったベンツが門の前に止まったのを見計らって、一斉に車を取り囲んだ。

「なんですか、あなたたち！」とうろたえる守衛に、日野は「東京国税局査察部です！」と告げた。

そして、ベンツから降りて来た門倉の前に令状を掲げる。「所得税法違反で強制調査します」

「どうぞ、お調べください」と、門倉は静かに答えた。

日野を先頭に、学園内に踏み込んだ査察官たちだったが、理事長室を調べても、隠し口座の通帳も印鑑も現金も、タマリは特に何も出てこない。

そのうち、棚の後ろの奥まった場所から金庫が出てきた。

「金庫を開けていただけますか」と言った日野に、門倉はガサに入られた嫌疑者にしては奇妙なほど落ち着き払った余裕の態度で秘書に開けるよう指示をした。

金庫のドアを開けて、焦ったのは日野たちの方だった。そこには何もなかった。金庫の中は空だったのだ。事前に門倉が隠させたのだ。

東京国税局の本部室では、現場からタマリ発見の連絡が一向に入らないので、曽根たち査察官たちの間に、じりじりと焦った空気が充満していた。

「まだブツは何も出ないのか！」と、曽根は声を荒げる。

「ひだまり塾からは、裏口入学のリストが出ましたと、電話に出ていた一美が報告した。

「そうか……まさか、京徳学園にガサ入れの情報、漏れたんじゃないだろうな」

そうボヤいた曽根の言葉で、一同に動揺が走った。新田はこのガサ入れの成功を祈るように、静かに目をつぶった。


さてその頃、松子は、三木と一緒に、京徳学園の通学路の途中で、スクールバスがやってくるのを待っていた。今日は、ひだまり塾の特Aクラスのお金持ちの子どもたちが京徳学園を訪れる、通学訓練の日なのだ。松子が退屈し始めた頃、スクールバスが松子たちの方に近づいてくるのが見えた。

——ようやく来たか。

松子はバスを止めるタイミングを計りながら、いつでも飛び出せる体勢を取っていた。

ところが、予想外の展開になった。あと一〇〇メートルという手前までやってきたバスは、突然ブレーキ音を響かせて、子どもたちを乗せたまま、ぐるりとUターンをして引き返したのだ。

この展開に、思わず松子は三木と顔を見合わせた。

——クソッ。逃がすか！

松子は急いで自転車に飛び乗った。そして脇道を通って先回りすると、自転車から降りて、スピードを上げてやってくるバスの前に躊躇せずに飛び出した。

耳をつんざくような急ブレーキ音を響かせて、バスは間一髪、両手を広げて立ちふさがっている松子のほんの数十センチ先で止まった。

「危ないじゃないかっ！」と、運転手が叫ぶのも気にせず、松子はまるでバスジャックのように乗り込むと、お行儀良く座っている子どもたちの前に立った。

「良い子のみなさん、おはようございます！」

「おはようございまーす！」子どもたちはピンと右手を上に伸ばし、元気よく声を揃えた。

「あなた、なんなんですか⁉」と助手席に座っていた本間がヒステリックに言ったところに、ようやく三木が追いつき、息を切らせて駆け込んむと、調査令状を突きつけた。

「みんな、ランドセルの中に何が入ってるか見せてくれるかな？」と、松子が言うと、さすがしっかりしつけられた子どもたちは、「ハーイ！」と良い返事をして、膝の上に置いていたランドセルの蓋を一斉に開けた。

今にも失神しそうなほど青ざめている本間は、ひどく狼狽して「やめなさい！」と悲鳴をあげた。だが松子は本間の制止など当然かまわず、「ちょっとごめんね」と、一人の子どものランドセルの中を見た。一番上に載せられた弁当箱やハンカチをどけると、そこにはいく束もの札束が、びっしり詰め込まれていた。

三木も「ごめんね」と言いながら、次々子どもたちのランドセルを開けていく。その結果、なんとバスに乗っていた二〇人全員のランドセルが、札束で満たされていた。

三木はさっそく本部へと連絡を入れ、子どもたち二〇人のランドセルに、それぞれ1000万円ずつ、合計2億円の現金が出たことを伝えた。

——子どもたちを、金を運ばせる道具にするなんて……。

松子は、憤りをとおり越し、呆れ返って言葉を失った。

門倉と春山は東京国税局に連行され、すぐに取り調べが開始された。

ベテランの曽根の取り調べにも、門倉はずっと「知らない」「関係ない」と否認を続け、その一方で、春山も口を割ろうとしなかった。

「京徳学園の理事長は、あなたの塾とは一切関係ないと言っています。寄付も裏口入学も、それに関わる1000万円の裏金も、全く知らないと突っぱねています」

雨宮が、門倉の裏切りを告げるが、春山はじっと黙秘《かた》を続ける。日野が静かに脅しをかけた。

「このままだと、あなたが勝手に京徳学園の名前を騙って、親たちから寄付金を集め、着服したことになる。詐欺罪で告訴されるかもしれませんよ！　真実を話してください」

春山は明らかに動揺したようだった。だが、「理事長のおっしゃるとおり、私の一存でやったことです。京徳学園は関係ありません」と、言いはった。

それを聞いて、日野も雨宮も、長い溜息をついた。

門倉も春山も、どちらも真実を語ろうとしないことに、第十八部門《ナサケ》の面々も焦りを覚え始めていた。

「塾としては、詐欺罪で実刑くらっても、ほとぼりが冷めたら、また京徳学園と癒着してやっていこうとしてるんでしょ」と、一美がポツリと言った。

――ダメだ。絶対に門倉みたいなヤツは、許しちゃいけない！

松子はじっと見つめていた封筒を握りしめ、部屋を出た。そして門倉が取り調べを受けている調室に行き、バンッと勢いよくドアを開けた。

松子は門倉の前に仁王立ちになって、封筒に入っていた手紙を広げ、机の上にバンッと置いた。

「これ、ランドセルから1000万と一緒に出てきた手紙です。

『門倉理事長様　お約束どおり、この1000万円で、どうか息子を合格させてください』」

松子が読み上げた自筆の手紙の最後には、必死な思いでこれを書いたであろう、母親の署名が入っていた。

「門倉さん、学園や自宅、何箇所も捜索して、裏金の証拠は全部揃ってんですよ！」と、曽根は再び詰め寄った。ところが、門倉はふてぶてしい表情で言い切った。

「私は京徳学園の名誉のために、何年かけても戦う」

そのどこまでも腐った門倉の根性に、松子はブチ切れ、デスクを思い切りバシンッと叩いた。「ふざけんじゃないよ！　親たちの必死な気持ち利用して、子どもに札束背負わせるなんて……おまえなんか、日本の道路歩くな‼」

その後、残りのタマリも発見され――。
門倉要　所得税法違反
追徴金　約5億5000万円
延滞税　約1億7000万円
住民税　約1億円
計　　　約8億2000万円
その後の裁判

判決　懲役一年六ヶ月
罰金　2億円

調室から松子が階段を上っていくと、帰宅する新田がちょうど階段を降りてくるところだった。

松子は「お疲れさまでした」と会釈して新田とすれ違ったが、ふと足を止めて振り返った。

「エリートって、階段上ることしか考えてないと思ってたけど、イチバンは違うみたいですね」

松子の言葉に、新田は足を止めて言った。「君に新しい知識を一つ提供しよう。私は富山の貧しい漁師の小倅だ」

「エッ?!」

「東大もハーバードも、奨学金のおかげで行けた。100円のありがたみも、100円がない惨めさも、君よりずっとよく知っている」

――富山のボンボンのエリート一家じゃなかったんだ……。

「だから、エレベーターに落ちている百円玉は拾う」新田は松子を振り返ると、挑むかのように言って、階段を降りていった。

松子はしばらくその背中を見送っていたが、「セコいなぁ」と思わず、クスッと笑った。それから軽い足取りで、階段を一段飛ばしに上った。外は、雨が降り出していた。

客のいない『鉄子の部屋』は、ひどく暇そうだった。

外の様子を見て戻ってきた鉄子は、「ひどい雨だ。これじゃ今日は、お客さん来ないわね」と、大きな溜息をつくと、カウンター席に座って冷酒を飲み始めた。

「ママ、パーッと歌いましょ」と、ミドリはカラオケのリモコンを手に取る。

「やるか、お天気祭り！　よーし、やろうやろう！」

ステージに上ってマイクを握りしめた二人は、「よいしょ〜」という絶妙な合いの手を入れながら、『兄弟船』を大熱唱し始める。

いつまでも、雨は降り止む気配を見せなかった。


土をすくう音がこだまする闇夜に、大粒の雨が激しく打ちつけていた。

ヘッドライトを照らした車のそばに立っている幼い友也は、目の前で執拗に金を踏みつける男を、震えながらじっと見つめていた。鬼の形相をした、その百瀬徹男の顔を――。

徹男はスコップで土をすくっては金の上にぶちまけ、またすくってはぶちまけた。雨にずぶ濡れになり、息を荒げながら、何度も何度も繰り返した。それから、スコップの背を叩きつけて地面をならすと、額の汗を拭《ぬぐ》ってスコップを投げ捨てた。そして、恐怖と不安に怯えている幼い友也の手を握りしめ、土深く埋めた金に背を向けた。


この世には二種類の金がある。キレイな金と、汚い金。

いや、もう一つ。

表に出てはいけない金――。

# 第４話　畑に５億を埋める夜泣き婆

ザクッ、ザクッ、ザクッ――。どこからともなく、土を掘り返す音が聞こえてくる。とっぷりと夜が更《ふ》け、あたり一面闇に覆われた山間のここまでは、街の光も届かず、民家の明かりもぽつり、ぽつり。土を掘る音に混じり、すすり泣く声が寂しく響く。

ザクッ、ザクッ、ザクッ――。シク、シク、シク――。

畑が連なるこの地域には、いわずと知れた都市伝説がある。そう、ちょうど今日のような、月が異様に明るい夜――。

「夜泣き婆？」

「このへん出るってウワサ。満月の夜、モンペはいた夜泣き婆が、すごい形相で畑になんか埋めるんだって」

畑に囲まれた一本道を、車を走らせながら、若いカップルは田舎町にありがちな怪談話で盛り上がっていた。

「ナンかって？」

「……死体じゃね？」

「やっだー、シュンちゃんてば、怖がらせないでよ」と、女は運転席の彼氏にじゃれかかった。

と、ある方向を見た女は、目を大きく見開いて、みるみる青ざめた。「どうした？」と、彼女の視線の先を見た男も、途端に震え出す。

「……出た」

ヘッドライトの光に照らされた先には、モンペをはいた腰の曲がった老婆が一心不乱に鍬を振り上げている。ぼんやりと浮かび上がった老婆の、眉を吊り上げたすさまじい形相を見て、女は悲鳴をあげた。

月明かりの下、畑を掘る老婆のそばには、油紙で包まれた塊が、いくつも置かれていた。老婆はそれらを掘ったばかりの穴の中に丁寧に並べ始める。老婆が埋めている塊、それはいくつもの万札の束である——。

「どうもぉ」

ナンバープレートを胸につけた松子は、にこっと可愛らしい笑顔で小首を傾げ、プロフィールを書いた自己紹介カードを差し出した。

「こういうパーティ、初めてなんで緊張します」と松子の向かいに座った若い男は、妙に演技じみた言い方で言って、松子のカードと自分の持っていたそれを交換した。その男、よく見れば、東京国税局・査察部・情報部門査察官の二宮である。

松子と横並びに座って同じようにナンバープレートをつけているのは、同じく情報部門査察官・ナナだ。「よろしくお願いします」と、向かいに座った男性にカードを差し出した。

松子たち査察第十八部門の四人は、結婚相談所『ピュアマリッジ』の内偵調査のため、同社主催の婚活パーティに参加していた。

「はじめまして」と、情報部門主査・一美も、向かいに座っている田舎くさい雰囲気の漂う、いまいち冴えない小太りの中年男——小田健太郎《おだけんたろう》にカードを差し出した。

「今夜は来てよかったです。いや、驚いたなー。こんな美人も婚活するなんて……」と、健太郎は緊張しているのか、額の汗を拭き吹きぎこちないしゃべり方で言って、デレッとした笑顔をみせた。

——おっ、ヌシが微笑んでる。若干、引きつってるけど……。

松子がチラッと隣を盗み見ると、普段はあまりにこやかな表情をみせない一美は、それなりに愛想よく微笑み返していた。

健太郎は一美のプロフィールを見て、「へー、公務員ですか。キャリアウーマンって感じだもんなー」と感心したように言った。

だが一美は、目の前の男よりも内偵のことで頭がいっぱいだった。査察官の目つきで、会場をさりげなく見回す。

——男性８０００円、女性６０００円の会費で男女合計五〇人、一晩で合計35万円。経費は……。

だが、そんな一美の事情など全く知る由もない健太郎は、ひとりしゃべり続ける。「私は山梨で桃園と葡萄園やってまして。農家の長男っていうと、すぐ逃げられちゃうんだけど……やっぱり嫌ですか、農家は？」

「いえ」と、一美は上の空で答えた。

その途端、健太郎はパッと顔を輝かせて身を乗り出した。「農家の長男でもＯＫですか?!」

——会場費が四時間で６万円、食べ物はサンドイッチ、柿ピー、サキイカ、チョコ、どう高く見積もっても一人500円。飲み物は……。

一美はそう査定しながら、今度は飲み物コーナーに用意されているワインを見た。それを見て、てっきりワインに興味があるもんだとカンチガイした健太郎は、「あ、ワイン、お好きですか」と、さらに続ける。

「ぜひ一度うちに来てください。おふくろがやたら元気で、葡萄園の隣にワイナリー作って、その上、空いてる土地にマンション七つもおったてちまって、おまけに親父の残した古いビルもあって」

――ワイナリーとビルにマンション七つ！　農業以外に相当な現金収入有り……ニオウ。デカイ金がニオウ！

健太郎の言葉に反応したのは、一美ではなく、隣の松子だった。

「おふくろもトシだから、自分の目の黒いうちに嫁連れてこいってせっつかれてて。これからは農家の嫁もあなたのような知性と教養のある女性が必要なんです」

と、突然健太郎は立ち上がり、ギュッと目をつぶって胸ポケットに挿《さ》してあったバラを一美に差し出した。「十三番、小田健太郎、四〇歳。一目惚れです。よろしくお願いします！」

一美が固まっていると、隣から松子がひょいっと手を伸ばしてそのバラを受け取った。

「どうも。二〇番、松平松子、三十五歳。公務員です」と、松子は目をキラキラさせて健太郎を見つめた。

「いや、あなたじゃなくて……」

「あぁ、今夜は来てよかったぁ。こんな素敵な男性にめぐり会えるなんて……そんな予感してたんですぅ」

二宮もナナも、アングリ口を開けて松子を見ている。一美は唖然として、席を立った。

「私を、健太郎さんの葡萄園に連れて行ってください」と、松子は立ち上がって、自分の紹介カードを健太郎に差し出した……というより、無理矢理押し付けた。

「お気持ちは嬉しいんですけど、私《わたくし》も誰でもいいってわけではないので……」と、健太郎は一美を探しに席を立ってしまう。

——コイツ、このあたしをフルのかっ?!

二宮がククと笑ったので、松子は余計にムカッときて手に持っていたバラを二宮に投げつけた。

一方、一美は、飲み物コーナーで試飲をしていた。

——チリ産のサンタモンテス、一ダース３０００円。

「アッ、いた！　十九番のあなたっ！」と、健太郎はようやく見つけた一美に駆け寄ろうとした。ところが、その前に、松子が立ちはだかる。「こういうお高く止まってる人より、私みたいな女の方が気楽でいいですって」

「あなたみたいなタイプは、ゴメンナサイです」と、健太郎は申し訳なさそうにペコッと頭を下げ、一美の方へ行こうとする。だが、満面の笑顔の松子が再び遮ったので、健太郎は渋々、別の方へと離れて行った。それでもなお健太郎を追おうとする松子を、一美は慌てて引き止めた。

「ちょっと、あんた、何やってるのよ！　内偵中よ」と、一美は声をひそめた。

松子はその手を解いて、健太郎の背中をカッと見据えると「絶対、逃がさない」と、執拗に後を追った。

会場を出た健太郎は、意気消沈したようにネクタイをむしり取って、駐車場に停めてある白いバンに乗り込んだ。それを陰から見ていた松子は、走り去る車体に書かれた文字をじっと見送った。

——山梨の『小田葡萄園』だな。待ってろよ。

翌朝、東京国税局・査察部第十八部門では、情報部門統括官である曽根のデスクの前に第十八部門の査察官たちが集まって、内偵調査の報告が行われていた。

「結婚相談所『ピュアマリッジ』の経営者・立花信也《たちばなしんや》の内偵について。婚活パーティの食事代は一人500円未満。飲み物は格安の発泡酒とチリ産のワイン。ぎりぎりまで経費切り詰めています」

「それで、女性6000円、男性8000円？　荒稼ぎだな」と、一美の報告を聞いた情報部門チーフ主査の久米は唸った。

「領収書も出してません」

「参加者の人数も不特定」と、ナナと二宮も報告する。

「あの婚活パーティは脱税の宝庫です——」

報告が続く中、情報部門査察官の三木は皆からひとり離れて電話をしていた。

「はい。言われたとおり小田葡萄園のことを調べました。隠れた資産家です。十二ヘクタールの葡萄園、ワイナリー、持ち家の他にマンション七棟、駅前にビル三棟。すべて母親の名義ですけど」

『母親って？』と、電話の向こうから返したのは松子だ。

「小田タキ・七十五歳。一〇年前、夫に先立たれ、自宅の土地家屋、農園など全財産を相続」と、三木は小田タキに関する資料を読み上げる。

『他に家族は?』

「同じ敷地の離れに、次男夫婦。小田康夫《やすお》とサチ」と、三木が電話で話している後ろで、内偵報告のミーティングは終わろうとしていた。

「引き続き、内偵継続」と指示した曽根に、「はい」と第十八部門《ナサケ》の面々は声を揃えた。

「で、あいつはなにコソコソ電話してんだ?」と言った曽根の言葉を受けて、全員、三木の方を振り返った。

けれど三木は、注目されていることに気づかずに電話を続ける。「エッ? もう山梨まで行っちゃったんですか……まずいですよ。トウカツにバレたら……」と、そこまで言って、ようやく皆が自分を取り囲んでいることに気づいた――。

その頃、松子は携帯を片手に、田舎道にポツンと建てられた『小田葡萄園』の看板の前に立って、その後ろに広がる広大な畑に目をギラつかせていた。

「他に情報は?」と、小田葡萄園の葡萄畑の中をウロウロと観察しながら三木に問いかけたのだが、電話口から聞こえてきたのは、『山梨? 三木君、どういうこと?』という一美のヒステリックな声と、『また松平が暴走してますよ!』という五藤の叫び声、それから、『あいつ、病欠ってさっき連絡あったぞ!』という曽根の怒鳴り声、そして『すいません!』という三木の悲鳴とともに、電話はブツッと唐突に切られてしまった。

「え? もしもーし? ナンだよ、勝手に切るんじゃないよ」

松子はチッと舌打ちして立ち上がろうとした。と、その時、ふいに背後から襟首を掴まれ、引っぱり上げられた。

「イッターイ！　何すんだよっ」

松子が手を払って振り返ると、そこには七〇半ばぐらいの、モンペにくすんだ薄紫色の割烹着をつけた老婆が、松子をギロリと睨みつけて立っていた。

「人の農園でナニやってるんだ！」

――「人の農園」？　あ、このババアが小田タキか！

「はじめまして。健太郎さんのお母様ですか。ゆうべ婚活パーティで健太郎さんと意気投合した、松平松子です」と、松子はパッと笑顔を作って言うと、値踏みするようにジロジロ見ているタキにペコッと頭を下げた。


――あの女、どこまで身勝手なのかしら。

東京国税局の廊下を、結婚相談所の資料を取りに資料室に向かいながら、一美はほとほと松子の自由さに嫌気がさしていた。それで、資料室の閲覧デスクで資料に目をとおしている新田の姿を見て、つい言わずにはいられなかった。

「部長、ここへいらした時、最初におっしゃいましたよね。査察官《サカン》に求められる三つの能力は、分析力、想像力、対人能力。そのどれか一つ欠けても査察官失格だと」

「ああ。君はその全てを兼ね備えた優秀な査察官だと思うが……？」と、新田は資料から視線を上げて答えた。

一美はそれ以上言うべきかどうかわからずに、資料の入った箱を棚から取り出した。

「何かトラブルでも？」

「……対人能力ゼロの査察官に、ウチの部は全員振り回されてます」

「また松平か……」新田は眼鏡を外すと、眉間に手を当て嘆息を漏らした。

「今日も有休とって、伸び伸びと出張調査だそうです」

「え？」

「部長は目をかけていらっしゃるみたいですけど、はっきり言って疲れます」と、次第に腹立たしくなってきた一美は、新田に向かって、つい責めるような口調で言ってしまう。

「君まで私に噛みつくのか？」

「……失礼します」一美は一礼し、資料を抱えて足早に出て行った。


「おいしい！」

小田家の居間で、タキに振る舞われた赤ワインを一口飲んで、松子は思わず言った。演技ではなく、本当においしかった。

「うちの自慢の三年ものだよ」と、タキは自慢げに言った。

――これだけおいしければ、そりゃ、自慢したくもなるな。

松子がそんなふうに感心していると、「母ちゃん、何やってんだよ？」と、畑から帰ってきた健太郎が居間に顔を出した。そして松子の顔を見るなり、「ああっ!!」と大声を上げ、迷惑そうに顔をしかめた。

「おまえと意気投合したとかって……違うのかい？」と、タキは不思議そうな顔をした。

「こういう図々しいのは俺のタイプじゃないってば」

――図々しくて悪かったな。

「どうせね、おまえの好みの女にはフラれたんだろ」

――うんうん、さすが母親。よくわかってるな。

「ま、それはそうだけど……」と、健太郎は肩を落とした。

「四〇にもなって贅沢いえた身分じゃないだろ。このいき遅れで、手を打ったらどうだ」と、タキは顎で松子を示した。

「お母様……」と、松子は必死で笑顔を保った。

――誰がいき遅れだっ！

「あんたねぇ、こんなむさ苦しい息子の、どこが気に入ったんだ？」

松子は身を乗り出して、目をキラキラさせて言う。「私の一目惚れですっ」

「ウソだろ」と、タキは間髪入れずに言った。

――チッ、信じねぇのかよ。

「財産目当てかもしれないけど、うちには畑はあっても金はないよ！」

――そうきたか。

「そうですかぁ？」と、松子はさりげなく家の中を見回した。

平屋作りの家は確かに広いが、ところどころリフォームされているとはいえ、相当な築年数を感じさせる。目につくところの家具や調度品といってもタンスやテーブル、食器棚、仏壇ぐらいで、電化製品も最新型どころか新型のものも見当たらない。

――年代物ばっかりで、金目なものはない。現金にしてどっかに溜め込んでるな……。

「じゃ、働いてもらおうか」とタキは唐突に言って、バンッとテーブルを叩くとスクッと立ち上がった。松子はワイングラスを傾けたまま、「え？」とタキを見上げた。

そして数十分後――。

松子はモンペにほっかぶりという「農作業ルック」で、葡萄と格闘していた。たわわに実ったワイン用の葡萄の前にしゃがみこんで葡萄の房を切り離した松子は、それを面倒くさそうにホイッと籠の中に投げ入れた。

それを見ていたタキは、「乱暴だね。もっと丁寧に」と叱咤する。

「はーい、お母様」と、松子は作業振りとは一転、愛想のいい笑顔で返事した。

「本当にうちの嫁になる気があるのかい」

「はーい、お母様」

その時、「松平さん、何してるんですか？」と、言う声が近づき、数時間前には東京にいたはずの三木が、不機嫌そうに松子の隣にしゃがみこんだ。「至急連れ戻せと言われて来たんですよ。もう、早く帰りますよ！」

松子は咄嗟《とっさ》に、「よく来たねー！　コースケ」と遮るように言うと、親しみを込めたていで三木の肩に手を回した。

「あなた、どなた？」

「弟の松平コースケです。早速、健太郎さんとお母様にご挨拶しに来たんです」と、松子は怪訝《けげん》そうに近づいてきたタキに紹介しながら、「ハ？」と混乱している三木の背中をつねって黙らせた。

本当のことを言おうとした三木だったが、ギロリと自分を睨んでいるタキのあまりの迫力と松子の気持ち悪いほどの笑顔に、顔を引きつらせて凍りついた。

タキから、農具の片付けを命じられた松子は、それは三木に押しつけて、自分は物置の物色に『着手』した。

籠をせっせと運びながら、「なんで俺がこんなこと……」とぶつぶつ文句を言っている三木のことなどおかまいなしで、松子は「金のニオイがする～」と、ものすごい勢いで箱という箱、棚という棚、漬け物桶の中もガサゴソ引っ掻き回した。

ふと視線を上げた松子は、「あれ?」と、目を輝かせ、吸い寄せられるように鍬に近づいていった。泥まみれの鍬の刃に、何かがへばりついている。つまみ取ってよく見ると、それは油紙の切れ端だった。

「やっぱり怪《あや》しいな」

「ただの紙じゃないですか」松子がしげしげ見ている手元を覗いた三木は、なんだ、と、ガッカリした様子で言う。

「これ、何に使うと思う?」

「テカった時に使う、これでしょ」と、三木はポケットから油取り紙を出した。

「男のくせになんでそんなもの持ってんの。油取り紙じゃなくて、油紙よ」

と、その時。「道具片付けるのに、いつまでかかってんだ」と、タキが顔を出した。

「はーい、お母様」と、松子はさっと油紙の切れ端をしまって、なに食わぬ顔で返事をした。

「次は夕飯の支度だよ!」

「はーい、お母様」

そう返事をしたものの、普段全く料理などしない松子は、今度は大根と格闘する羽目になった。

大根の千六本を命じられた松子は、白い割烹着に着替えて、今にも手を切りそうになりながら大根を切った。だが、細い千六本というよりも、拍子木切りといった太さになってしまっている。

横から見ていた、タキはまた小言を言う。「何やらせても雑だね。こんなゴロゴロした千六本があるかい！」

「すいません、お母様」と、ひきつった笑顔で返した松子は、再び大根に向かうと、ブスッとした顔で格闘を再開した。

ふと視線を上げると、若い女が玄関のドアに隠れてじっと松子の方を見ていた。バッチリメイクに、キレイにカールした茶髪、それにキラキラ光るデコレーションネイル。牧歌的な田舎の風景からは、異様に浮いてみえる。

「サチ、どうしたんだ」と、洗濯カゴを抱えた三十五歳ぐらいの男が顔を出した。

――次男の康夫と、嫁のサチか。

「知らないお客さんが来てる」

「アニキの嫁さん候補らしいぞ。おふくろがシゴいてるところだ」と康夫が言った途端、急にサチは目つきを変えて、キッと松子を睨んだ。

「あ、よろしかったら、夕食ご一緒にいかがですか」と、松子は台所から声をかけた。

「余計なこと言わなくていいから！」と、タキは松子を制したが、すでにサチは「ごちそうになりまーす」と遠慮する様子もなく居間に上がっていた。

「農家の嫁が、あんなキャバクラ嬢みたいな爪して、畑耕せるのかね」と、タキは憎々しそうにサチを見て言った。

——ふーん、弟嫁のサチとタキ、うまくいってないんだな。

松子は咄嗟に家事をしていないのがバレバレの自分の爪を隠しながら、居間でネイルを気にしているサチを観察した。


さて、夕飯時の小田家では、一家と一緒に松子と三木が食卓を囲んでいた。ひどく居心地悪そうにしている三木の横で、松子は、煮物に焼き物、サラダに漬け物と、何種類も並んだ料理に次々箸を伸ばしていた。

「これおいしいです、お母様。あ、これも最高！」と、松子はパクパク、夢中で料理を口に運んでいる。

「ひょっとして、妊娠してます？」と、松子の向かいに座ったサチが聞いた。

「は？」

——なんで？

「いや、あんまりよく召し上がるので……ひょっとしたら、デキちゃった結婚かなって」と、康夫はサチをフォローするように言う。

それを聞いて、三木は思わずむせてしまった。一方の松子はといえば、平然として、上品にお味噌汁をすすっている。

——なーるほど。

「な、ナニ言ってんだよ！　ゆうべ婚活パーティで会ったばっかりで、なんで子どもがデキるんだ」

そう健太郎が慌てて否定したのを聞いて、「マジ？　なぁんだ」「そっかそっか。それならいいんだ」と、サチと康夫はホッと顔を見合わせた。

「あのー、もしデキてたら、お二人に都合の悪いことでもあるんですか？」と、松子は試しに聞いてみた。

「遺産だろ」と、言葉に詰まったサチと康夫に代わり、タキが答えた。

「遺産！」松子は目を輝かせ、三木を押しのけるほど、身を乗り出した。

「おまえたちの腹の中はわかってるんだ。孫ができたら、自分たちの取り分が減ると思ってるんだろ」

「あのぅ、失礼ですけど、遺産ってそんなにおありになるんですか」と、松子は食いついた。

「ないよ！　こいつらが勝手にあると思い込んでるだけだ」

「ナニ言ってんだよ。俺たちは母ちゃんにずっと長生きしてもらいたいって思ってるよ。なあ、サチ」

「そうですよ、お義母さん」と、康夫もサチも、ごまかすように笑う。

「へー。この家と土地売ったらいくらになるか、不動産屋に見積もり出させたそうじゃないか」

――この弟夫婦、なかなか抜け目ないな。

「康夫、本当か！　母ちゃん、まだこんなにピンピンしてんのに、ナニ考えてんだ」

「期待しても無駄だよ。私はこんなでき損ないの息子たちには、びた一文、残す気はないからね」

と、タキがビシッと威厳たっぷりに言い切ったので、康夫もサチもバツが悪そうに黙ってしまった。

すっかりこわばった空気が充満する食卓になり、全員、黙々と箸を動かした。その中で、松子だけが宝物を見つけた子供のようなキラキラして目で、若夫婦に尋ねた。

「それで、見積もりって、いくらでした？」

松子の質問があまりにあけすけだったので、三木は味噌汁をふきだしかけた。

「どいつもこいつも遺産目当てか」

タキは溜息をついて、ウンザリしたように吐き捨てた。


我慢の限界に達した三木は、松子を小田家から無理矢理、引きずり出した。

「やめろー！　あの家、イヤな金のニオイがするんだよ」

「カンとニオイだけじゃダメなんですよ！　ほら乗って！」

松子はかなり暴れて抵抗したが、結局、三木が東京からはるばる運転してきたハイエースに押し込まれてしまった。

「松平さん、こんなことしてたらね、いつか刺されますよ！　結婚できない男の弱みに付け込んで、結婚詐欺みたいな手口で捜査するなんて、人として間違ってるでしょ」

松子はブスッとして、ダッシュボードの上に足を載せた。

「もう、足載せない！　シートベルトしてください！　行きますよ」と、三木は車を出した。

畑に囲まれた田舎の一本道には街灯もなく、ひどく真っ暗で不気味な雰囲気が漂っている。時折ヘッドライトの光に浮かび上がる案山子《かかし》を見ては、三木はヒィッと小さく悲鳴をあげた。

「……確かにこのへん、なんか出そうですね。ヘンなウワサ聞いたんですよ。夜泣き婆が出るって」

「ええ。夜中に畑で髪振り乱して、ナニか埋めている夜泣き婆を何人も見たとかって……切り刻んだ死体じゃないかってウワサも……」

「夜泣き婆？」

──埋める？　埋める……鍬……油紙……あっ！

「死体じゃなくて、お金だっ！　停めて！」

三木は言われるままに車を停めた。松子は車を降りると、大急ぎで小田家の畑へと引き返した。するとと、とっぷり暗い闇の中に、微かに光がちらつくのが見えた。その光の中に、動くシルエットがある。そっと近づくと、シルエットが次第にはっきりとしてきた。

それは、鍬を振り下ろして穴を掘っている夜泣き婆──ではなく、タキだった。タキは穴を掘る手を止めると、そばに置いてある油紙に包まれた塊を手に取り、何か思いを込めるように愛おしそうに抱きしめて丁寧に穴に埋めていっている。

「小田タキさん」と、松子がゆっくりと近づいていきながら声をかけると、タキはギョッとした表情で振り返った。

「あなた、脱税してますね。お札を土に埋める時は、ビニールやラップじゃなくて、油紙が一番良いそうですね。何十年埋めておいても、お札が劣化しない」

タキは予想外の松子の登場に、微かにうろたえている。

松子は、ネコ車の中に入れられている油紙に包まれた塊を手に取って、ざっと重さを量ると、「これ一つが1千万……ってことは、1億？　いや、それ以上ありそうですね」と、穴の中に隙間なくぎっしり詰められている束を見て言った。

「……あんた、いったい何者なんだ」

「東京国税局の松平松子です」と、松子は、どうも、と頭を下げた。

「国税局？　……ササツか！　婚活じゃなくて、ササツだったのか」タキはアッハッハと豪快に笑い出した。手を叩きながら、いかにも楽しくてしかたがないというその大笑いは、しばらく続いた。


松子はタキに連れられて、地下にあるワイナリーにやってきた。コンクリート造りの、ひんやりとした薄暗い蔵はかなりの広さがあり、立派な樽がいくつも連なっている。そしてそこには、歳月の放ついまにも目に見えそうな粒子のようなものが満ちていた。それは、静かに、そして大切に熟成されてきた葡萄たちの発する呼吸かもしれないと、松子は思った。

「一杯おごるよ」と、タキは樽から赤ワインをグラスに注ぎ、ひとつを松子に差し出した。

「口止め料だったら、お断りします」

「言っとくけど、私は脱税なんかしてないよ。さっきのお金は、タンス預金と同じ。自分の金をタンスに隠すのと、地面の中に隠すのと同じことだろ。

あの土地は先祖代々うちのものだし、いまどき、銀行なんて信用できないからね。土の中なら銀行みたいに倒産することもない」

「……本当ですか」

「あんたもササツなら、国税局に帰って調べてごらん。全部申告してあるキレイなお金さ。あの隠し場所は誰も知らない。あんたと私だけの秘密だよ」と、タキはじっと松子の目を見て言った。そして再び松子にワイングラスを差し出し、「その口止め料だ。乾杯しよう」と、微笑んだ。

松子の直感が、この人はウソをついていない、と、言っていた。

松子はフッと笑顔になって、ワイングラスを受け取ると、カチンッとグラスを合わせた。

そして、ワインを一口飲んだ松子は驚いた。「おいしい……こんなにおいしいワイン、初めて飲みました」

——昼間、飲んだワインもおいしかったけど、これは全然違う、もっと、もっとずっと……肝っ玉なあったかさがある。

「当たり前だ。一九七〇年のヴィンテージ、私が魂込めて作った宝物だ」と、タキは自慢げにフンッと鼻を鳴らすと、よっこらしょっと息をついて椅子に座った。「それにしても、残念だよ。健太郎には、あんたみたいな押しの強い嫁がぴったりだと思ったのに」

「え？」と、松子は笑って聞く。

「あの子は小さい頃から不器用でやさしくてね、自分の欲しいものも、ナンでも弟に譲っちゃうんだ……あれじゃ、競争社会には生き残れない。嫁の来手《きて》もないかもしれない……でも、まあ、あいつには葡萄がある……ここで一生、この味を守ってくれるだろう」タキはグラスの中のワインを見つめながらしみじみ言うと、今、自分が口にした言葉を噛み締めるようにワインを味わった。

——本当に、健太郎さんのことが大切なんだな。いいな、お母さんって……。

「あんたも国税局なんかやめちゃって、うちに来たら？　毎晩、私と酒盛りできるよ」

「いいですねぇ」

「あ、無理か。健太郎のタイプじゃないからね」タキは少女のようないたずらっぽい目をして笑った。

松子はわざと、フンッと、そっぽを向いてみせる。それから二人して顔を見合わせて笑った。

ワイナリーを出て葡萄畑の中の道を歩いているうちに、うっすらと空が白み始めた。松子はハイエースに乗り込むと、運転席でぐっすり眠りこけている三木を叩き起こした。

「帰るよ」

三木は寝ぼけながら「ふぁい」と返事をして、車を発進させる。山梨の山間に広がる葡萄畑がバックミラーに遠ざかっていくのを見ながら、二人は東京に戻った。

東京国税局に戻った松子は、資料室でタキの過去の申告書類を調べていた。と、そこに結婚相談所の資料を取りに、一美がやってきた。

「まだそんなの調べてるの？　タレコミも根拠も証拠もないのに、いつまで内偵ゴッコしてるのよ」「まあまあ、センパイ。脱税の疑いは晴れましたから」と、松子は棚の隙間から顔をのぞかせて茶目っけたっぷりに言うと、軽い足取りで資料室を出ていった。

「センパイ⁉」一美は手にしていた資料を閉じると、馴れ馴れしい女っ！　と、バシンッとデスクに叩きつけた。


その夜、新田は、都内のある中華料理店を訪れていた。担々麺と紹興酒が並んだテーブルを挟み、向かいに座っているのは財務官僚の宮部《みやべ》である。

「こちらから呼び出したのに、こんなところですまない。近頃、一番やっかいなのは、仕分け人と民意だからな。経費削減、民意民意」宮部はわずかに疲労の色をにじませたように言い、紹興酒を飲んだ。

「いえ、私は新橋の料亭よりは、こういった店の方が落ち着きます」

「変わってるな、君は」と、宮部はおかしそうに笑う。

新田は、いただきます、と合掌して、担々麺をすすった。宮部も担々麺に手をつける。

「で、大手町は何年になる？」

「二年です」

「二年か。そろそろだな。もう地場は充分見ただろう」そう言った宮部の口調は極めて穏やかだったが、その視線には妙に冷え冷えとしたものがあった。

「……宮部さん、お話はなんでしょう？」

「一言忠告しておく。君は国家を担う人間だ。安っぽい正義感なんぞ捨てろ。先日の京徳学園だったかな？　大臣から横槍が入るような案件には、二度と手を出すな」宮部はそう言うと、新田のグラスと自分のグラスに紹興酒を注いだ。その侮蔑を含んだ声音《こわね》に、新田は反発を覚えずにはいられなかった。

「……何がおっしゃりたいんでしょう」

「そう遠くない時期に、人事が動く」とだけ宮部は答えて、静かに紹興酒を飲んだ。

この時の新田には、この言葉をどう捉えるべきか、まだ測りかねていた。

同じ頃。『鉄子の部屋』で松子が後輩ヤンキーたちと盛り上がっていたところに、「金拾っちゃった！」と、友也が興奮して駆け込んできた。

「ヤバイ、万札じゃん！」と、恭子は驚きのあまり甲高い声を出した。

松子の前に立った友也は、妙に真剣な顔をして、「ネエさん、おごりますよ」と胸を張った。

恭子たちは「やった！　ラーメン食べに行こうよ」などと一気に盛り上がる。

「ダメだよ。ちゃんと交番に届けなきゃ――」と、松子が言いかけた時。

「ちょっと見せて。それ、案外、偽札じゃないの？　あたしが預かっとくわ」と、鉄子が、ひょいっと横からくすねて行ってしまう。

「エー‼」と騒ぐ友也たちに、鉄子は説教でもするように口を尖らせて言う。

「いいですか。もしこれを交番に届けないでラーメンを食べたら、あんたたちは『拾得物横領《しゅうとくぶつおうりょう》』という立派な罪を犯すことになるんだよ」

だが、友也たちのブーイングは収まらない。親指を下に向けて、「ブーブー」と声を揃えた。

「あのねぇ、ポチが拾った大判小判を役人に届けなかった『花咲か爺さん』も、今の法律じゃ、立派な犯罪者なんだよ」

「花咲か爺さん？」と、松子は不思議そうに鉄子を見た。

「あら、どんな話だったかしら？」と、ミドリも首を傾げる。

「あんたたち知らないの？」と、鉄子はツッコんだが、友也や恭子たちにはそんな話、どうでもよかった。

「鉄子ババア、万札ネコババする気だ！」と、恭子は鉄子を指差した。

「誰がババアですって？」

「あんたは、ジジイだろ」すかさず松子はツッコんだ。

「誰がジジイだってー！」と、鉄子はキーッと目を吊り上げる。

「つか、金返してよー」と諦めない友也に、「うるさい！」と鉄子は目の前にあったポップコーンを投げつけた。それを見たミドリは、「あら、妖怪砂かけババア」と笑う。

「誰が妖怪だって！」と、鉄子はさらにキーッと怒り、プルプル顔を震わせて攻撃した。

松子は笑い転げながら、友也たちと鉄子の攻防戦に加わった。

東京国税局・査察第十八部門による結婚相談所への内偵調査が大詰めを迎えようとしていた日。

「今夜は今年最大の婚活パーティです。結婚相談所のホームページでも大々的に宣伝打って、飛び込みの参加者からも会費を集めようとしています。男性1万5000円、女性1万3000円」

「また会費上がってんじゃないか」

一美の報告を聞いた曽根は皆を代弁し、呆れたように言った。

と、そこに、五藤が駆け込んできた。

「今入った情報によると、山梨県勝沼の資産家が急死したそうです。相当な相続税が動くと思われます」

「勝沼!?」三木は立ち上がり、五藤の方へ身を乗り出す。

「名前は？」松子も詰め寄るように五藤を見た。

「小田タキ、七十五歳。死因は、急性心不全」

――そんな……。

それから数時間後、松子は喪服に着替え、三木とともに山梨へと向かっていた。

通夜が執《と》り行われている小田家の前には、焼香にやってきた人の長い列ができており、タキの人望の厚さを証明していた。

部屋に入ると、たくさんの花で飾られた祭壇から、ニカッと豪快に笑っているタキの遺影が、松子と三木を迎えた。だが松子は、それを見てもまだ、タキが死んだことが信じられなかった。

遺影に手を合わせ、松子は親族席の健太郎、康夫、そしてサチに向き直った。

「このたびは突然のことで……さぞかしお力落としのこと……」

「わざわざ、ありがとうございます」

健太郎は悄然として、そう応えるのが精いっぱいのようだった。

焼香が一段落した頃、康夫とサチが健太郎を別の部屋へと連れて行くのに気づいた松子は、三木とともにそっと後を尾けた。

「母さんの通帳、まだ見つからないのか」

「現金が全然ないなんて、困ったわね……」と、康夫とサチはじれったそうに健太郎に詰め寄った。

──親が死んだばかりだっていうのに、もう金の話か……。

隣の部屋で聞いていた松子は、ひどく物悲しい気持ちになり、怒りがふつふつと湧き上がってくるのを感じていた。

「明日にでも葬儀社に金払わないといけないのに、アニキ、どうすんだよ」

健太郎は何も答えなかった。どうしたらいいのかわからない、そんな様子でうつむいている。

「遺言書は？　引き出しとか調べたか？」

「いい加減にしろ！　通夜の最中に……棺桶ん中で、母ちゃん、泣いてるぞ」と、健太郎は泣き顔で怒鳴りつけ、葬儀に戻っていった。

——ところであの土の中の現金は、どうなったんだ？　本当にタンス預金代わりだったのか？

それとも、何か意図があったのか……？

ナニか裏がある……そう直感した松子は、タキの部屋を覗いた。厳格で吝嗇《りんしょく》なタキらしい、必要最低限のものだけが揃えられた質素な部屋だった。部屋をざっと見た松子は、ふと文机の上に分厚い『税務六法』の本があるのに目を留めた。松子たちのような仕事をしていれば馴染み深い本だが、一般家庭によくあるような本ではない。しかもボロボロになるほど、よく読み込まれている。

と、ふいに廊下の方から康夫の声がして、松子は咄嗟に襖の裏に隠れた。

「サチ、遺言書見つかったぞ」

「どれ?!」

サチは康夫から封筒を受け取ると、待ちきれないというふうにすぐさま開けた——。


それから数日後。

東京国税局・査察第十八部門では、タキの遺産相続に関する検討会議が行われた。

ホワイトボードに描き出された相続分与図をもとに、久米が説明する。

「提出された報告書によると、小田タキの遺言によって遺産は次のように分配されました。本家の家屋と畑は長男の健太郎に。マンション、ビル、借地、有価証券などは次男の康夫に。そして現預金は兄弟で半分。合計の評価額10億2000万」

その評価額の高さに、査察官たちは「おお」と感嘆の声を漏らす。

「しかし、現預金については数百万しか申告されていません」

「これだけの資産家が、そんなわけないだろ」と曽根は頭をなでて唸った。

「生前の金の流れを調べたところ、収入が溜まって1000万を超えると、銀行口座から引き出されてます」

「逆L字形。怪しい預金の典型的なパターンね」と、五藤の報告に一美が加えた。

通帳は、左から「出金」「入金」「残高」の順で記載され、出金が続き、残高が減ると入金するというのが、通常の商売の場合だ。それを記帳するとLの文字になる。入金が続き、金が溜まると一気に出金というパターンがこれの逆、逆L字形と呼ばれ、脱税者にしばしば見られるパターンだ。

「ええ。ただ、その先がわからないんですよね」と、五藤は首をひねる。

「おまえたち、家に上がり込んだんだろ？」と、曽根は松子と三木を指差して言った。

「母親が元気なうちから遺産の話でもめてました。松平さんはイヤな金のニオイがするって言ってましたよね」三木は松子を見た。

——ゲ、あたしに振るわけ⁈　言えないんだから勘弁しろよなぁ、もう。

「松平、なんとか言え」

「別に」

「勝手に内偵に行って、何もつかまずに帰って来たわけ⁉」と、一美は呆れたように言った。

「ま、そういうことです」

「犬養、松平と組んでこの件、調べてこい」

曽根の予想外の命令に、一美は「えっ⁈」と目を見開く。

「三木じゃ、こいつの暴走止められねえだろ」と、曽根は松子を横目で見た。

「……わかりました」一美は声に不服の色をにじませて、松子に不安気な視線を向けた。

松子はそれに、どうも、と会釈してみせた。

こうして思いがけずチームを組むことになった二人は、さっそく調査に向かった。

「あの、センパイ」廊下をさっさと先に歩いて行く一美のご機嫌をうかがうように、松子は声をかけた。

「あなたの先輩になった覚えはありません」と、一美は早口で、冷たく言い放った。

「じゃ、一美さん」

「馴れ馴れしい！」

――じゃ、ナンならいいんだよ。

松子は心の中で舌打ちをしながら、本題に入る。「小田健太郎さんにお金もらったかどうか、ぶっちゃけ聞いてもらえませんか」

「なんで私が」

「だって、彼、一美さんと結婚したがってたから、『お互いの秘密を打ち明け合いましょう』とかなんとか調子こいて――」

「調子こくわけないでしょう！　私はあなたとは違うの。女の武器使うなんて、最低っ！」

一美は突然立ち止まって松子の顔に怒鳴った。その剣幕に、廊下を歩いていた査察官たちがギョッとして二人を見た。

――アレレ、怒らせちゃったよ。

「あなたには査察官の誇りがないの?!」

「誇り?」松子は、うーん、と考えて、「確かにあんまりないですねぇ」と素直に答える。

「ない!?」

「誇りより、タマリですよ、タマリ」と、松子はニヤッと笑い、親指と人差し指で輪を作ってみせると、スキップするような軽い足取りでエレベーターに向かった。

一美は怒りが収まらないらしく、足を踏み鳴らしながら松子の後に続く。

「あの二人、組ませて大丈夫かよ。相性最悪だぞ」と、ちょうど廊下の死角になった陰に潜んで二人のやり取りを聞いていた日野は、思わず雨宮に漏らす。

「ですね……」と、雨宮も引きつった顔で、二人を見送った。

エレベーターのドアが開くと、新田が乗っていた。松子と一美は会釈をして乗り込んだ。

何かひどく気づまりな空気の中、三人は無言で、どんどん数が減っていく電子表示盤を、救いを求めるように見上げていた。


一方、二宮とチームを組んだ三木は、聞き込みのために山梨を訪れていた。小田家の近所にある食堂に入り、セールスマンを装って聞き込みをした。

「あんたたち、車のセールス?」と、いかにもウワサ好きそうに、店のおばさんが聞いてきた。

「そうなんですよ」と、二宮はニコッと笑って答える。

「あそこの長男は車なんて買えないわよ。うちに来たって、注文するのは、いつも素うどんかほうとうだし」

「では、弟の康夫さんは?」と、すかさず三木は聞いてみる。

「次男はお金持ってるよ。なんで兄弟でああ違うのかねぇ」

三木と二宮は、ほおー、と、視線をかわした。

一方、東京――。

その夜、日野はいつものお気に入りのキャバクラに、五藤を連れてやってきていた。

「ここ、日野さんよく来るんですか?」

おしぼりで顔を拭いていた日野は、周囲の様子をうかがって声をひそめた。「例のナサケが調べてる山梨の資産家に、ここの元キャバ嬢が嫁いでるんだ。サッちゃんっていうんだけどね」と、涙ぐんだ。

「どうしたんですか?」

「いや……」日野は目頭を押さえている。このキャバクラで働いていた小田タキの次男の嫁、サチは、日野の一番のお気に入りだったのだ。だから、農家の嫁になった、それも相当な大地主の家に、と聞いたときには、「やっぱり女は金か」と、ひどくショックを受け、今でもそれを思うと涙が出てくるのだ。

「失礼しました。内偵協力していただいて――」と、ふと別のテーブルを見た五藤は、突然、ハッと息をのんだ。「あのキャバ嬢!」

五藤の視線の先のテーブルを見た日野も「うわっ!」と、おしぼりで顔を隠した。そのテーブルで水割りを作っている白いドレスのキャバ嬢は、なんと松子だった。一美と別れた後、松子はサチのことを探りにこの店にやってきていたのだが……。

「ああ、マツコちゃん。お客さんなんだけど人気者になっちゃって。呼びましょうか？」松子に釘付けになっている二人を見て、まりが言った。

「絶対呼ばないで」と、日野は咄嗟に言うと、そっとおしぼりの陰から、やけに堂々と馴れた様子で客たちを盛り上げている松子の方を見た。

松子は二人に目撃されていることに気づいていない様子で、「血液型何型？」と聞いた客に、「ひみつのアッコちゃーん」などと戯《おど》けてみせている。

「客にしちゃ、貫禄ありすぎるだろ」

「マツコ・デラックスかよ」

「え、今のツッコミ何？」

「いいえ、なんでもありません。今のは忘れてください」と、五藤は慌ててごまかした。

閉店後、松子は本来の目的、サチの聞き込みを開始した。

「サッちゃんって子が前にいたでしょ？」

「最近またよく遊びに来るよ」と、まりは教えてくれる。

「そうなんだ」

「うん。私もホストクラブおごってもらっちゃった」と、ゆみも答える。

「やっぱり農家ってけっこう金入りいいんだねー」

「私たち、ITとか言ってる場合じゃなかったね」と、まりとゆみは残念そうに頷き合っている。

「なるほど」と、松子も深く頷く。

――やっぱり小田家で金が動いてるニオイがするな。

キャバクラを出て松子が『鉄子の部屋』にやってくると、鉄子は常連客の中年男に訓戒を垂れているところだった。

「子どもにお金残そうだなんて、あなた、そのことがもう間違ってるわよ。生きてる間にパーッと使う、それが親の義務よ」

「うん、それもそうだな」

「そうよ！　よし、今夜はパーッと、パーッと、ペトリウスでも開けちゃいますか！　よし、開けちゃお、開けちゃお」と、鉄子はパンパン手を叩いた。

「ハーイ。ありがとうございまーす」と、ミドリは歓声をあげたが、常連客はひどく慌てて財布を取り出し、「あ、ちょっと急用思い出しちゃった。お勘定置いとくよ」と、金を置いてあたふた逃げていった。

「もうナニよ、西郷隆盛も言ってるじゃない。子孫のためには貯金を使えって」と、鉄子は逃げた魚に文句をぶつける。

「ぼったくりバーってウワサになるよ」と、カウンター席でビールを飲みながら聞いていた松子は言った。

「日本にはもう右肩上がりの景気のいい時代は来ない……そう思うから、みんなお金にしがみつくんだ」と、鉄子は溜息まじりに言って、常連客が置いていった金をしまった。

「親は子どもに1円でも多く残そうって思うもんでしょ」

「ナニ言ってるの。遺産なんてろくなもんじゃないわよ」

「どうして？」

「もらったお金っていうのはね、人と分けにくいのよ。親がヘタに遺産残そうもんなら、兄弟姉妹、お互い盗人に見えて憎しみ合う。親の心子知らずってやつよ」

「まあね」

「あーあ、私は身寄りのないオカマでよかった」と、鉄子があまりにもしみじみ言うので、松子はプッと笑ってしまう。

「あ、そうだ。花咲か爺さんって、どんな話だっけ？」

「ポチがここ掘れワンワンって。大判小判がザックザクよぉ」と、テーブルを片付けていたミドリが言う。

「いいえ。あの話にはね、実は仕掛けがあるのよ。あれはね、大好きなお爺さんのために、ポチが一生懸命、大判小判拾って、裏の畑に埋めたのよ。お爺さんに拾わせるためにね。健気《けなげ》な話だわ」

常連客がやってきたので、鉄子は慌てて「あら、どうもぉ」と愛想のよい声を出して出迎えに行った。

「へぇ、拾わせるためにねぇ。……ん？　拾わせる？　……」松子はビールを飲みながら、何か引っかかるものの正体に考えを巡らせた。

翌朝。東京国税局・査察第十八部門では、小田家に関する調査報告が行われていた。

「小田タキさんの口座から生前引き出され続けた合計5億円が丸々消えてしまった……息子たちが相続税を逃れるために隠匿した疑いがあります」と、一美が報告した。

「でも、長男はお金に困っているみたいなんですよ。葬式代もローンで払ったそうです」

「次男と嫁は派手に遊んでるんでしょ?」と、ナナは三木に聞く。

「長男はほとぼりが冷めるまで、金に手をつけずになんとかしのぐつもりなんじゃないですかね」

と、五藤が言った。

「海外でマネーロンダリングする可能性もあるから、急いでガサに入りましょう」と、一美は曽根を振り返った。

「ようし、令状取ろう」

曽根のその決断に、久米は不安そうに言う。「しかし、タマリは見つかるんでしょうか? 前橋の資産家の時みたいに、何も出なかったらまずいですよ」

曽根は、ウーン、と唸った。「そうだよな。あの時は死人に口なしで、タマリも証拠も出なくて、結局は、ヤブの中……」

ずっと黙って聞いていた松子はついに決意して、息をフッと吐き出した。「ヤブの中じゃないです。私、見たんです。ヤブの中じゃなくて、畑の中に現金が埋まってるのを」

「畑!?」と、三木は怪訝そうに繰り返した。

「なんでそれをもっと早く言わないの!」と、一美は声を荒げる。

「……亡くなった小田タキさんとの約束だったから……」

松子はあの時飲んだワインの素晴らしく美味しい味と、タキと交わした約束を思い出していた。

『あんたと私だけの秘密だよ』

――ごめんね、タキさん……。

「畑って、どこだ！」と、五藤はさっと地図を広げた。

全員が覗き込む中、松子はあの畑の場所を指差した。


早朝の静かな『小田葡萄園』に、査察官たちが続々と降り立った。

「ごめんくださーい！　小田さーん！」と、日野は小田家の玄関ドアをノックした。

ドアをガラガラと開けた健太郎に、日野は令状を見せる。「東京国税局査察部です！　相続税法違反の疑いで、強制調査します」

「国税局⁉」と、状況がよく理解できずにいる健太郎を押しのけ、日野たちは家に入った。

同じ頃、一美は康夫とサチが住んでいる離れの玄関ドアをノックした。「東京国税局査察部です。相続税法違反の疑いで、強制調査します」

「なんなんですか、あんたたち！」と騒ぐ康夫にかまわず、ガサ入れは開始された。

下着が入っているタンスの引き出しまでもが勝手に開けられ、引っ掻き回されて、サチは憤然として怒鳴る。「なんで私たちがこんな目にあうのよ！」

「農家をいじめやがって！」と、康夫も怒りをむき出しにして壁を殴る。

査察官たちがガサ入れを進める中、一美は横目で、二人が何かサインを出さないか偵察していた。

さて、小田家では、隅々まで引っ掻き回す査察官たちを尻目に、健太郎は仏壇の前に座って、笑顔で写ったタキの遺影に向かっていた。

「母ちゃん……なんでこんなことになっちゃったんだ……この家と畑とワインだけは絶対守ろうと思ったけど、もうダメかもしれない……相続税と固定資産税払うのもやっとなのに、これ以上取られたら……もう無理だってば……ごめんな、母ちゃん、俺がだらしないから、こんなことに……」

「失礼しまーす」と、日野と査察官の男は健太郎をどかして、仏壇の中を調べ始めた。

健太郎は、その様子を呆気にとられて見ているしかなかった。

ところで、松子はといえば、「こっちこっちー」と、ショベルカーを畑の中に誘導していた。

「ここです！　ここに油紙で包んだお札が埋まってます」

ショベルカーはアームを振り下ろし、グサッと勢いよく畑にバケットの先端を突き刺した。土を掘り起こすと、先端に油紙が引っかかっていた。だが、穴の中を覗いても何もない。

「もっともっと深～くお願いします！」と指示を出して、松子は下がった。

だが、どんなに深く掘っても、一向に札束は出てこない。

どんどん大きくなっていく穴を覗き込んで、松子は首を傾げた。

「松平さん、場所間違えてませんか？」

「間違えてませんよ！　ちょっと、スコップ貸して！」と、査察官のスコップを奪うと、穴の中に降りて「よいしょ」と土を掘り返してみた。けれど出てくるのは油紙ばかりで、万札は一枚もない。

「ちょっと、なんで畑なんか掘り起こすんですか！」と、日野に連れられてきた健太郎は、血相を変えて松子の方に駆け寄った。

松子はそれには答えず、何も出てこない土を見て、ウーン、と頭をかきむしった。

――おかしいなぁ。あれだけの札束が、どこに消えちまったんだ？

結局、離れの家からも、何も出なかった。

「家中ひっくり返したあげく、金なんかどこにもないじゃないか！」

「あんたたち私の下着まで見たでしょ！　どうやって責任取るのよ！」サチは、リビングに立っていた査察官の一人を思いっきり突き飛ばした。

その拍子に、キッチンのテーブルの上に置いてあったビンが落ち、ガシャンと大きな音を立てて割れた。あたりに赤ワインが飛び散った。

それを見て、康夫とサチが、アッと、焦ったように顔を見合わせたのを、一美は見逃さなかった。すぐに割れたビンのそばに駆け寄り、こぼれたワインを指ですくって確かめてみる。

「一九七〇年のヴィンテージ。こんな貴重なワインが、どうしてこんなところにあるんですか」

ビンには、ラベルもなにも貼られていないが、数年間ワインの鑑定を続けてきた経歴のある一美の舌は、そのワインが一九七〇年のヴィンテージに間違いないと確信していた。

「違いますよ。うちの畑でとれた安物のワインです」と、サチは動揺を隠すようにぎこちない笑顔で言った。康夫もごまかすように笑って頷いている。

「ワイン蔵はどこ？」と一美は立ち上がって、ワイナリーに向かった。

査察官たちがワイナリーに続々入って行くのを見て、健太郎はワイナリーに駆け込んだ。

「あんたたち、仏壇の中まで手突っ込んで、畑ひっくり返して、まだ気がすまないのか！」

その時、査察官たちがワイン樽に手を伸ばした。それを見た健太郎は、抑えに抑えていた怒りをついに爆発させた。

「それは、おふくろの宝物だ！」

叫ぶような怒鳴り声が、蔵中に響いた。その樽は、一九七〇年のビンテージが入った樽だった。

「……お母さんが飲ませてくださったワイン、本当に最高でした」と、松子は静かに声をかけた。

「おふくろがどれだけ魂を込めて作ったワインか、おふくろがどんな人間だったか、これを飲めば、あんたたちにもわかるはずだ」と、健太郎は査察官たちを見回して言うと、デカンタを手に取って樽の前に立った。そして、ゆっくり栓をひねった。ところが、ワインは出てこない。

「あれっ？」と、健太郎はワインの樽を叩いた。

その音を聞いて、松子は驚愕する。「入ってない……」

――どういうことだ。あの夜、確かにこの樽にはワインが入っていた。それがたかが数日で消えるなんて……。

そこへ駆け込んで来た一美が叫んだ。「その樽を調べて！」

あたりを見回すと、すぐ後ろに木槌《きづち》があった。松子はそれを手に取り、思いっきり振り上げて樽を叩き割った。すると――。

中から、雪崩《なだれ》落ちてきたのは、万札の束。樽の中には、大切なビンテージのワインの代わりに、ぎっしりと万札が詰め込まれていた。

健太郎は何がなんだかわからない様子で、呆然としてそれを見ている。そして、ちょうど駆けつけたサチが、「イヤーーッ!!」と絶叫し、康夫も「やめろーッ!!」と怒声をあげた。

――金だけじゃなく、お母さんのワインまで……こいつら、許さないっ!!

松子は絶望したようにへたり込むサチと康夫を、怒りを燃えたぎらせた目で睨みつけた。

「……脱税するヤツは、日本の空気を吸うな」

「おふくろが埋めた金を見つけたのは、サチです」

東京国税局の調室に連れてこられた康夫は、そう白状した。生前、タキが金を埋める様子を、こっそり見たというのだ。

「あんなところにお金埋めてたら、危ないから移動しただけよ」と、別室で日野から取り調べを受けているサチは、平然として言い放った。

「そうですか。危ないからね……」と、日野は静かに言って、調書に書き込む。

「お金なんか使わなきゃ、存在する意味ないじゃない」

「おまえの金じゃない‼　汗水たらして溜めた、小田タキさんの金だ‼」

世の中をなめ、義理の母への愛情のひとかけらも感じないサチのせりふに、日野は憤り、声を荒げた。

小田康夫　相続税法違反
追徴金　約1億7000万円
延滞税　約500万円
計　約1億7500万円
その後の裁判
判決　懲役一年

罰金　　1億円
小田サチ　相続税法違反の共犯
判決　懲役一〇ヶ月
執行猶予　三年

「おふくろは、どうしてここに埋めたんですかね」

タキが金を埋めた畑を呆然と見つめて、健太郎はポツリと言った。

「あなたに拾ってもらいたかったんだと思います」と、松子は答える。

「拾う?」

「遺産として残したら、相続税が四、五割かかると思います。5億円のお金が2億ちょっとに減ってしまう……1円でも多く、あなたの手に渡る方法を、お母さんは考えたんですよ」

「はあ?」と、健太郎はよく意味が理解できないというふうに怪訝な顔で松子を見返した。

「これ、お母さんの部屋にあった本です」と、松子は抱きかかえていた『税務六法』を健太郎に渡した。

「あなたがこの畑で、何も知らずに5億円拾って届け出れば、三ヶ月後、あなたの手に戻ってきて、約1億円多くあなたの手に残るって思ったんだろうな」

「まさか、そんな……」と、健太郎は読み込まれて、端っこが反り上がってしまった分厚い『税務六法』を開いてページをめくって見た。すると、赤鉛筆で何本も線が引かれたページがある。所得税に関して書かれたページだった。その中の、「遺失物の拾得又は埋蔵物の発見」に関する項目のところが、赤鉛筆で四角く囲まれている。

「おふくろの遺言は、俺にたったひと言……『畑をしっかり耕せ』って……」と、健太郎は声を震わせた。

「健太郎さんだったら、必ず交番に届けるって、お母さんは確信してたんですよ、きっと。そうすれば、当然持ち主のいない5億円の内、3億円程度が息子の元に戻ってくる。それを見越して、最後のプレゼントをここに埋めたんですね」と、松子は微笑んで静かに言いながら、あの夜、ワイナリーで聞いたタキの言葉を思い出していた。——あの子は小さい頃から不器用でやさしくてね、自分の欲しいものも、何でも弟に譲っちゃうんだ……ここで一生、この味を守ってくれるだろう——

そう言って、タキは宝物のワインを見つめていた。

「母ちゃん……」と、健太郎は堪《こら》えきれずに涙を流した。顔をくしゃくしゃにして、いつまでも泣いた。


それから数日後の東京国税局・査察第十八部門。

「お手柄だったな」と、曽根は小田家の案件の報告書を一美から受け取って、ねぎらいの言葉をかけた。

「ありがとうございます」

「おまえら、結構いいコンビじゃないか」曽根はニヤッとして、松子と一美を交互に見た。

「利き酒できるなんて、センパイ、さすが元鑑定官ですね」と、松子は一美をチョンと突く。

「あなたこそ――」と、一美ははにかんだように、珍しく松子を認めようとした時、「あそこの嫁にぴったりですよ。健太郎さん、待ってますよー」と、松子は遮って、おちゃらけたように言った。

「あなたが行けばいいでしょ！」

「センパイさしおいて、行けませんよぉ」松子は、どうぞどうぞ、とジェスチャーしながら一美のそばから離れていく。

「トウカツ、私、この人と組むのだけは二度とゴメンですから！」と、一美はキッと曽根を振り返った。だが曽根も、他の面々も皆、目を伏せて仕事に戻っていってしまう。

松子はペロっと舌を出して、部屋を出て行った。


ネオンが美しく輝く夜の街中を、松子は友也と一緒に歩いていた。

「ここ、こんなにでっかいビル、建っちゃったんだ」と、友也は高層ビルを見上げて呟いた。

「友也、来たことあるの？」

「俺、まだ全然ちっちゃい頃……雨が降ってて……」

友也の脳裏に、あのどしゃ降りの雨の夜がチラついた――ヘッドライトの光の中、恐ろしい形相で金を埋めていた男の姿が。

「雨？」

「……あんまりいい思い出じゃないし、よく憶えてないんだけど……」友也は足を止めた。「……ネエさんも、ひとりぼっちなんだよね」

ふいにそう聞かれて、松子は「え？」と友也の顔を見た。その横顔には、どこか翳りが見えた。

「俺、ガキの時に父さんが死んで、そのあと母さんも死んじゃって……母さんとスッゲー苦労してる時、なんか生きてるのバカらしくなったことがあったんだ……いつか、どうせ俺も死ぬのにって……」

「そんなこと言ったら、鉄子ママにブッ飛ばされるよ」と、松子は友也の目を真っ直ぐ見て言った。そして、「私もそうだったから」と、フッと笑った。

「えっ？」

「どうせ死ぬのに、なんて言うヤツは何も食うんじゃないよ！　食べても、どうせ腹はへるんだからって。目の前にさ、炊きたての白いゴハン置かれて、思わず食べちゃったけどね……ああ、あの時のゴハン、涙が出るほどおいしかったな」と、松子はその味を思い出して、しみじみ言った。

友也は視線を落として、黙っていた。

松子はそんな友也を元気づけるように、肩にガシッと腕を回した。「友也、きっとそれが、『生きてる』ってことなんだよ……つらいことがあっても、生きてるだけで丸儲け、だよなっ」

松子は「なっ」と、友也に心からの笑顔を向ける。それを見て、友也も笑顔になった。

「あー、なんか急におなかすいてきた。ラーメン食べに行こう」松子は友也の頭をクシャっとなでて、歩き出す。その背中に向かって友也は言った。

「俺、ネエさん、好きだよ」

「マジ？　じゃ、結婚してあげよっか」と、松子は振り返って、いたずらっぽい顔をする。

「それだけは勘弁してください」と、友也は松子を追い越して逃げて行く。

「エーッ、なんでだよ。ふざけんな。コラ、待て！」松子は笑って追いかけた。

外は雨が降り出していた。

店で鉄子が常連客たちと一緒に、盛り上がっていると、「ただいまー」と、ミドリがお使いから戻ってきた。

「ママ、また雨降ってきちゃったわ。やあねえ……見かけない顔ね」と、ミドリはカウンターの片隅でひっそり静かに飲んでいる男性客に気づいて言った。

「……ご新規さんよ」と、鉄子はわずかに声を曇らせて言ったが、ミドリはそれに気づかなかった。

「こんばんわぁ」と、ミドリは愛想よく挨拶をしてカウンターの中に入っていく。

「こんなお店ですけど、どうぞこれからご贔屓に。お願いいたします」と、鉄子も笑顔を作って頭を下げてみせた。

それに応えるように、男は顔を上げ、鉄子の方に黙礼した。新田だった。

数秒の間、新田は鉄子の顔をじっと見つめた。その眼鏡の奥から何かを読み取ろうとしている視線に耐えきれず、鉄子は思わず目をそらした。

新田は視線を戻し、静かにグラスを傾ける。

その横顔に、鉄子は警戒の眼差しを向けた――。

# 第5話　きれいな金、汚い金、表に出てはいけない金

馴染みの食堂で『大田原建設《おおたわら》』のトラックを停めた村田は、ようやく遅い昼食にありつこうとしていた。

定食のメンチカツに食らいついた時。

「ここいいっすか」と、女の声がして視線を上げると、メンチカツ定食のトレーを持って、ニカッと笑顔の女——松子が立っていた。その隣には、地味なスーツ姿でレバニラ定食を持った男——情報部門査察官・三木が、同じようにニカッと笑って立っていた。

その頃——東京国税局・査察第十八部門では、内偵調査の報告ミーティングが行われていた。

ホワイトボードに描き出された、『大田原建設』と、その関連会社『山井興業《やまい》』の脱税チャートを示しながら、情報部門主査である一美が説明する。

「内偵調査したこの三年間で、大田原建設は山井興業と癒着し、タマリとして3億円あまりをプールしていると思われます。脱税の手口は、工事費の水増しと、残土の不正流用などで——」

その時、統括官デスクの電話が鳴った。

「はい、曽根……ああ、三木か……ナニィ！　大田原建設の運転手と接触した⁉」統括官の曽根は大声を出して立ち上がった。

「で、松平は？」

『今、その運ちゃんと盛り上がってます』

三木の報告どおり、食堂では、村田と相席することに成功した松子が盛り上がっていた。

「ねえねえ、アレ、彼氏？」と、村田は離れて電話をしている三木を指差す。

「彼氏？　違う違う。アイツはただの弟ですってば」

「弟！　なんだ、そうか。弟かあ」

「彼氏にするなら、あたしは運転手さんみたいにたくましい男がタイプですってば♡」松子はウフッと可愛らしくウィンクし、身体をくねらせた。

その松子の仕草に、村田は疑いもなく見惚れ、ウッヘッヘッと喜びのあまり、ソースがドボドボ、キャベツを溺れさせているのにさえ少しも気づかなかった。そして実に残念そうに「いやぁ、仕事中じゃなきゃ、千葉まで送ってやるんだけどな」と言った。

「エッ？　あのトラック、千葉まで行かないんですか」松子は駐車場に停めてある『大田原建設』の文字が入ったトラックを指差した。

「そう」

「じゃ、どこ行くの？」

「横浜」

「横浜！」と、松子は三木に聞こえるように大声で繰り返した。

それを聞いて、三木は電話で曽根に伝える。「やっぱり、行き先違うみたいですね。残土積んだまま、千葉じゃなくて横浜の別の現場に向かうようです」

そんなふうに三木が電話をしているうちに、村田は会計を済ませて、食堂を出て行ってしまった。

そして、松子もまた「待ってオニイさーん」と、追いかけて出て行く。

「なんだか急に私も横浜行きたくなっちゃったな。お別れするのさみしいし」と、男が確実にデレッとなる自信があるとっておきの上目遣いで、松子は村田を見た。どこの角度から見つめられたら、男が確実にデレッとなるか、これでも結構心得ている自信がある。

案の定、村田はまたウッヘッヘッと喜んで「さみしがりやだなぁ。じゃあ、途中まで、ドライブすっか」と、カッコつけてキーをジャラジャラ指にかけて回してみせた。

「やったー！」と、松子はピョンピョン飛び跳ね、ピョンピョンしながら何気なくトラックの後ろに回りこんで荷台によじ登ると、積まれた残土を調べた。

離れたところで電話をしていた三木は、アングリ口を開けて、唖然としてその様子を見ていた。

『おい、三木！　聞いてんのか？　横浜のどこに運ぶか、追跡しろ！』

曽根の声でハッと我に返った三木は、「ああ、はい、了解しました」と答えて、松子とともに、まんまと『大田原建設』のトラックに乗り込んだ。弟、として……。


横浜の工事現場の手前で、松子と三木はトラックから降ろされた。

「ドライブ楽しかったよー！　ありがとう！」と、松子は村田に手を振り、村田も思い切り心残りの表情を隠そうともせず、手を振り返した。

トラックはそのままフェンスで囲まれた工事現場に入って行き、警備員たちによってゲートはすぐに閉じられた。

三木はすぐに第十八部門に連絡を入れる。「大田原建設の現場じゃないです。やっぱり、残土の横流ししてますね。現場の住所は、神奈川県横浜市――アッ」

見ると、いつの間にか勝手にフェンスを越えて、現場を走っていく松子の姿があった。

「ちょっと、松平さん！　もう、すぐどこか行っちゃうんだから」と、三木はブツブツ文句を言いながら自分もフェンスをよじ登った。

現場では、村田の運転してきたトラックから残土がちょうど流し落とされているところだった。堆積した残土の小山の陰からヒョイッと顔を出した松子は、カシャッ、カシャッと、携帯のカメラで現場の証拠写真を次々撮っていく。ようやく追いついた三木は、ハラハラしてあたりを見回した。

案の定、松子は見つかってしまった。「おい、なんだあの女？」「女が入ってきたぞ！」「危ないから入ってきちゃダメだよ」などと、作業員たちがぞろぞろと二人の方へ駆け寄ってくる。

「おい、ネエちゃん！　何やってんだよ、こんなところで。ここは立入禁止だぞ！」と、村田も血相を変えて松子に駆け寄ってきた。

「オニイさん、今日の思い出に記念写真いいですか」と、松子はレンズを村田に向ける。

村田は「ダメだよ、ダメだって」と言いながらも、バッチリチーズをしている。

「もう一枚。今度はツーショットで」

「えー、もうしょうがないなあ」と、村田はデレッとして松子の隣に並んだ。

「はい、チーズ」、カシャッ。「はい、チーズ」、カシャッ。松子は村田を撮るふりをして、さらに現場に近づき、写真を撮りまくった。

隠れて見ていた三木は松子に半ば呆れながらも、自分もシャラーンと携帯で写真を撮った。

松子が事務所として使われているらしいプレハブ小屋を覗くと、ロンゲの男が現場長らしき中年男から、残土の代金を受け取っていた――カシャッ。

その三〇歳ぐらいの肩まで髪がある大田原建設の男――萩原拓馬《はぎわらたくま》は事務所から出てくると、「残土の運搬なんて、ゴミを札束に変えるようなもんだよな」と部下に言いながら、封筒の中に入っていたそれなりの枚数の万札を、パラパラと確認した。

――クソっ。なめやがって。

松子はその様子も、カシャッと携帯に収める。

そこに、男たちに摘まれて、三木が連れてこられた。

「おい、どうした?」

「こいつ、写真なんか撮ってましたよ」と、部下は萩原に三木の携帯を渡した。

萩原は画像を見て、三木を睨みつけた。「おまえ、何やってたんだ?!」

「あ、すいません。ちょっと……バードウォッチングを!」

「バードウォッチング? このへんはカラスしか飛ばねぇよ――」

と、三木は隙をついて、携帯を奪い返し、走り出した。男たちは「待てこらー!」と怒号を飛ばして追いかける。

その様子を、松子は「アララ」と見守った。

必死で残土の小山を駆け上がった三木だったが、男たちに捕まって体勢を崩し、そのままゴロゴロと転げ落ちた。

松子は思わず目を覆った。

「痛ぃぃぃ。なんでこんなことになんのお〜」と、下まで転げ落ちた上に、水たまりにはまってしまった三木は泣きべそをかいた。

――あ〜あ。あの顔、たまらんなぁ。

松子はククククと笑って、泥まみれの三木をカシャッと撮った。

赤川クリーニングでは、男が持ち込んだスーツを見て、恭子がほとほと困り果てていた。そのグレーのスーツには、そこら中にしっかりとシミがついてしまっているのだ。

「このシミ、落ちるかな……」

店の奥でアイロンをかけていた友也は、「見せて」とスーツを確認する。

「なんとかお願いします。成人式の時、おふくろが買ってくれた一張羅《いっちょうら》なんです。ずっとハケンで、スーツなんか着ることなかったけど、やっと正社員になれそうで」

「へー」

「就職が決まったら、バリッとこれ着て行こうと思って」と、男は嬉しそうな、どこか照れくささそうな笑顔を見せた。

「わかりました。できるだけきれいに仕上げます」と、友也は笑顔で引き受けた。

男はパッと顔をほころばせた。「よかった。前の店では、断られちゃって……。おいくらですか？」

「スーツが1200円で、シミ抜きが――」

「シミ抜きはサービスしますよ」と、友也は恭子を遮って言った。

「助かります！　じゃあ、お願いします」と、男は友也に金を渡し、嬉しそうに店を出て行った。

友也は受け取った千円札と百円玉を見た。汗がしみこんで、千円札は皺クチャになっている。その温かな重さに、友也は心がジンワリするのを感じ、「ヨシッ」と、元気に仕事に戻った。

いつものように、自転車で東京国税局に出勤した松子は、すぐに会議室で第十八部《ナサケ》門の面々に、先日の大田原建設への潜入調査の報告を始めた。

プロジェクターで次々とスクリーンに大きく映し出される画像を、全員食い入るように見た。

「この男たちは？」と、現場長から現金を受け取っている萩原の写真を見て、一美が言った。

「このロンゲが大田原建設の人間で、もう一人が砂利業者です」松子は画像をアップにして説明する。「一〇トントラック一杯分の残土で約30万ほど水増ししてるようです」さらに、萩原が封筒から金を出して数えている写真も見せる。

「おお、よく撮ったなあ！」と、久米は感心した。

「これで、大田原建設の息の根止められますよ」と、五藤も、他の査察官たちも、一気に活気づく。

松子はピッと次の画像に切り替えた。

その途端、全員「あら？」と、画面に見入った。

スクリーンにデカデカと映し出されているのは、泥まみれで泣きべそをかいた三木の写真だった。

「あ！　ちょっと、やめてください、やめてください！　消してください！」と、三木は慌てて立ち上がった。

「失礼しました。関係ない写真が紛れ込んでて」と、松子はスクリーンの前に立つと、プロジェクターの電源を落とし「以上でーす」と、お辞儀をした。

会議室はすっかり笑いに包まれ、「今のって、三木さんじゃなかったですか？」と、皆が三木に注目した。

「証拠写真撮るためにここまで体張るなんて、見直したわ」と、一美は温かい言葉をかける。

「僕も見習います」と、二宮は立ち上がり、羨望の眼差しを三木に向けた。だが、当の三木は、勘弁してくれよなぁ、と、どっぷり落ち込んでいる。

「大丈夫か？　査察は刑事みたいに身分明かせないからな……よく頑張った」と、曽根は三木の肩をポンッと叩いてねぎらった。

三木は思わず、うぅっ、と泣きそうになる。

「ドンマイ。あんたは体張る捜査は向いてないけど、根性あるよ」と、松子も三木の背中をバーンと叩いて励ます。そして、ホラホラ、と元気を出させようと軽く突いた（と、いうよりは、小突き回してもてあそんだに近いのだが……）。

「やめてください！」と、三木は松子の手を振り払い、会議室を飛び出していった。そのいじけた様子に、全員からまた、朗らかな笑いが起こった。


地下の資料室の閲覧デスクで、山積みにした大田原建設の資料を松子が片っ端から調べていると、資料を抱えた一美がやってきた。

「大田原建設は、三木君が品川北税務署にいた頃から追いかけてる案件なのよ」

「へー！　そうだったんですか」

「税務調査で現金の支払が異常に多い大田原建設に目をつけて、あと一歩ってとこまでいったんだけど、詰めきれなくて。査察官《サカン》になったら自分の手であげてやろうって……そういうターゲット、皆あるでしょ」と、一美は資料をしまいながら話した。

「わかりました。じゃ、また熱くなって残土に頭から突っ込まれたりしないように、ちゃんと見張ってまーす」

「そうじゃなくて、気持ちよ気持ち！」と、新田が顔を出したのにも気づかずに、一美は珍しく熱く言った。

「何よ……」

「先輩って、意外と後輩思いなんですね」と、松子は一美の顔をじっと見つめた。

「あ、そっか、三木君と、デキてるんだ」と、突然ニタッと笑って言い出した松子に、ついに一美はキレた。

「あんた、なんの内偵してるのよ！」

松子はクックックと笑って「ハート」を指で作りながら、ウィンクしてみせる。新田はそんな二人のやり取りに嘆息し、黙って出て行った。


よく晴れ渡って太陽がサンサンと降り注ぐ工事現場の飯場の屋根に、松子と三木は這いつくばっていた。大田原建設の工事現場への張り込みの真っ最中である。

「あーなんだよ、日焼けしちゃうなあ」松子は太陽を見上げてぼやいた。

「これ、使ってください」と、双眼鏡を覗いていた三木は、さっと日焼止めをポケットから出して渡した。

「おお、三木ちゃん、さすが！　男のくせに気が利くね」と、松子は遠慮なく日焼止めを塗り、サンキューと返す。三木は、それをすぐにポケットにしまった。

「あれ、塗んないの？」

「僕は『日焼け上等』なんで」と、三木は意気込んでまた双眼鏡を覗いた。

「へ？」

「いやあ、松平さん見てて、査察官《サカン》は体張ってなんぼってわかったんです」

「……そっか」と、松子はなんだか照れくさくなって、フフンと鼻を鳴らした。

「あ！」と、突然、三木が指差した。見ると、工事現場にまた一台、大田原建設のトラックが入ってきたところだった。二人はさっと身を低くして、状況を窺った。

トラックは、荷台に積んでいた大量の残土をザーッと流し落としている。

「やっぱりなぁ」


その頃、東京国税局――。

新田はエレベーターを待ちながら、今しがた資料室から持ってきた大田原建設と山井興業の資料をめくっていた。

「部長、どうしたんですか。そんな古い資料……」と、次長・遠山が資料を覗き込んだ。「山井興業？　ああ、今、内偵してる大田原建設の関連のゼネコンですか」

「ん……プールしたタマリが、どこに流れたか」

「裏金？　……政治献金ですか?!」

新田は厳しい顔で唸っただけで、やってきたエレベーターに乗り込んだ。遠山は新田に会釈をすると、ドアが閉まった後もじっと一点を見つめていた。


「これで、お願いします！」

いつものように『鉄子の部屋』に集合した友也や恭子たちヤンキーは、一斉に五百円玉をカウンターに置いて、鉄子を拝んだ。

「ちょっと、ママ！」と、ミドリが顔をしかめて鉄子を見る。

「しょうがない、いいわ、用意してやって」と、鉄子が言うと、ヤンキーたちは「キャッホー」と歓声を上げた。

「ネエさん、最近、ずっと来ないね」友也はポツリ言った。

「そうね。あの娘《こ》も貧乏暇なしなんだろ」と、鉄子は答える。

「うちらも全員ピーピーしてんだよー」と、恭子は救いを求めるように言った。

ミドリはそんなヤンキーたちに渋々ビールを出してやると、「ちょっとママ、『鉄子の部屋』は、いつからワンコインバーになっちゃったのかしら？」と嘆きながらも五百円玉をかき集めた。

「あんたたち言っとくけどね、今夜限りよ。うちはね、避難小屋や公民館じゃないんだからね」

「はーい。イタダキマース！」とヤンキーたちは元気よく返事をして乾杯した。

ふと鉄子は思い出して聞いてみる。「そうそう。あんたたち、お金あげるって言ったら、いくら欲しい?」

「くれんの!」と恭子は飛び跳ねた。

「俺、アパートの家賃溜めちゃったから7万円!」とノリが言うと、「どうせもらうなら、でっかく30万!」「車欲しいから100万」「私マンション欲しいから500万」「あたし結婚したいから300万!」と、皆、次々と答える。

「はいはい、あたし、1億エーン!」と恭子もはしゃいだ。

「私は1000万、欲しいわ」と、ミドリは結構、切実に言った。

だが、友也はビールを飲んで、黙っていた。

「ねえ、友也はいくら欲しい?」

「エ、俺? ……金なんていらねえ。なんとか食えてるし」

「あら、友也君は草食系ねぇ?」と、ミドリはしみじみ唸った。

「友也、1億円あったら~とか、思わない?!」恭子が言う。

「……まあ、ちょっとでも溜まったら、一度、海外とか行ってみたいけど」と、友也がはにかんだので、ヤンキーたちは、ヒューと、はやし立てる。

「まあまあ、欲のないこと。そうやって一生、草でも食ってなさい、草食系はっ!」

そう鉄子が言ったので、「うっせぇよ」と、友也は笑って返した。

鉄子の前に進み出たノリは、「ねえ、ママ、早く」と、物欲しそうに手を出した。

「何言ってんだよ。お金は自分で稼ぐんだよ! 今のはテスト」と、鉄子はその手をピシャッと叩いた。

「なんのテスト?」と、友也は聞く。

「その人にとって、本当に必要なお金はいくらかかっていうテストよ。人間っていうのはね、分不相応なお金を持つと、地獄に堕ちるんだよ。それがお金の正体さ」

「なにそれ?」恭子はキョトンとして言った。

「喉が渇いたら人間は水を飲む、おいしいお水をね。でもいっぱいあるからって、海の水を飲んだら、喉が渇いていっくらでも水が飲みたくなる。そのうちぶくぶく太って、ドザエモンみたいになって地獄に堕ちて行くってわけさ。あ、この中にもドザエモン候補がいるぞ~」と、鉄子は不気味な笑いを浮かべて皆を指差した。

そこに、常連客がやってきた。

「あら~、倉持さん、お久しぶりぃ」

「ママ、今日、万馬券当たったから、これチップ」と、倉持は財布から1万円札を抜き出して、気前よく鉄子に渡す。

「まあ、嬉しい! 神様仏様お客様」と、鉄子は拝んだ。それから「もう一枚っ、あ、もう一枚っ」と、小躍りをしたので、倉持はウーンと唸って、仕方なくもう一枚、鉄子に渡した。

「ママ……地獄に堕ちるわよ」と、ミドリは冷ややかに言ったが、鉄子は望むところだといわんばかりに、「ハイハーイ」と高らかに声を響かせた。

そんな鉄子を見て皆は笑ったが、なぜか友也は今しがた聞いた金の話が妙に気になり、フッと笑顔を消して鉄子をじっと見つめた。

その夜。東京国税局の大会議室には、ガサ入れ会議のために二〇〇〇人を超える査察官たちが集められていた。

「今回の嫌疑者は、株式会社大田原建設。手口は、工事費の水増し、残土の不正流用などで、3億円の脱税が見込まれます」と、日野がガサ入れ内容を説明する。

「明朝八時半、強制調査を行う！」と、新田が檄を飛ばすと、一同は「はい！」と声を揃え、続々と会議室を出て行った。

新田はしばらく残っていたが、タイミングを見計らうように、三木に声をかけた。

「三木君」

「ハイッ！」と、唐突に新田に声をかけらた三木は、緊張して立ち上がった。

第十八部《ナサケ》門の面々も、何ごとかと二人を振り返った。

「明日は何も躊躇するな。品川北署以来、よくねばったな」

そう言って、新田は笑顔をみせた。

「ハッ、ハイ！　部長、ありがとうございます！　明日は命がけで頑張ります！」と、三木は深々と頭を下げ続けた。だが、すでに新田は会議室を去っている。

「とっくにいないよ、イチバン」と、ニヤニヤ見ていた第十八部《ナサケ》門の面々を代表して松子が言った。

「あ……」

「三木ちゃ～ん、あんまり張り切らないでね。明日、頑張るのは情報部《ナサケ》門じゃなくて、僕たち実施部《ミノリ》門だから」と、日野がチャカして言うと、その場にいた査察官たちの間に、ドッと笑いが起こった。

三木はムッとした顔をしたが、その目にはしっかりとやる気が燃えたぎっていた。

そして翌朝。

大田原建設の社屋前に停まった黒塗りの社長車から、大田原建設社長・大田原寅男《とらお》が降り立った。

すると突然、四方から査察官たちが現れ、大田原を一斉に取り囲んだ。

「なんだ、おまえたち！」と、大田原は声を荒げたが、日野は令状を掲げて冷たく言い放つ。

「大田原社長ですね。東京国税局査察部です」

査察官たちは大田原の身柄を捕捉すると、ダッとビルに踏み込んだ。

ところが、日野たちよりも一足先にオフィスに駆け込んだ大田原建設の社員がいた。

「国税局の査察だ！　裏帳簿早く隠して！　データ消去しろ！」

その指示に、社員たちは一斉にバタバタと動き始める。ファイルの束を持ってトイレに走る社員。書類をシュレッダーにかける社員。パソコンのデータを消去する社員――。

「はい、動かないで！　そのまま動かないで‼」階段を駆け上がってきた日野たちは、オフィスになだれ込み、社員たちの動きを封じる。

一方、山井興業の本社にも、査察官たちが一斉に踏み込んでいた。

「東京国税局査察部です！　強制調査を行います！」との宣言に、常務の藤野をはじめ、会議をしていた役員たちは動揺して逃げ惑った。

大田原建設の工事現場でも、ガサ入れは着手された。

そして、それら各所へのガサ入れ着手の連絡は、すぐさま東京国税局の本部室へと入れられた。

「八時三十一分、大田原寅男、身柄確保！　本社着手！」と曽根は叫ぶ。

「大田原の自宅にも今、入りました！」別の連絡を受けた久米も叫んだ。

「工事現場にも入ったぞ！」

「八時四〇分、山井興業着手！」と、続々と報告が飛ぶ。

新田は、強制調査が無事に実るよう、祈るように見守っていた。


さて、日野たちに制圧された大田原建設のオフィスだったが、隙を見て逃げ出した社員がいた。それに気づいた三木は、「待ちなさい！」と、懸命にその男の後を追って階段を駆け上がった。と、上から松子が降りてきた。

「すいませーん。その上着の中のパソコン、見せてもらえますか？」

二人に挟まれ立ち往生した男は、腰を抜かしたようにしゃがみ込むと、おとなしく観念した。

三木は早速、本部室へ報告を入れる。

「よーし、三木、よくやった！　大田原建設、裏帳簿発見！」と、それを受けた曽根が言うと、本部室全体が一気に沸き立った。

だが新田は、それでは納得いかない様子だった。「……現金はまだ出ませんか」

「他のタマリはまだか？」曽根が電話口に言う。

大田原建設の工事現場でガサ入れに立ち会っている五藤も、焦っていた。土を掘り起こしても、事務所の中をそこらじゅうひっくり返しても、タマリはまだ出てきていない。

五藤はいかつい男たちに睨まれながらも、電話で報告する。「事務所も飯場も、地面までごっそり掘り返してやってるんですけど、まだタマリは出てきませんっ！」


昼を過ぎても、決め手となるタマリはまだ出なかった。

「犬養、大田原社長の自宅はどうだ？」と曽根は電話の向こうの一美に聞いた。

『こっちも徹底的にやってますけど、出ません』

それを聞いた新田は目をつぶり、長い溜息をついて渋い顔をさらに歪めた。

大田原建設の本社でも、まだタマリは出ていなかった。

「急げ！　まだ現金が出てないぞ」と、日野は檄を飛ばす。

三木は焦って、松子に駆け寄った。「肝心の現金がどこからも出てないんです。このままだとナガシになっちゃいます！」

その焦りは松子も同じだった。何も出てこなかったファイルをバンッと乱暴に閉じ、窓外に目をやった。

と、駐車場を横切って行く二つの影が見えた。「三木ちゃん」と松子に呼ばれ、三木は彼女が指差す駐車場の方を見た。

ダンボール箱を抱えて車に乗り込む男のうち、一人はあの萩原だ。

松子はすぐさま走り出し、三木もそれに続いた。

先に三木が駐車場についた時、ちょうど萩原たちは車を急発進させようとしているところだった。

「待て！」と、咄嗟《とっさ》に三木は、エンジンを加速する車の前に立ちふさがる。だが、車はスピードを落とすどころか、むしろアクセルを踏み込んだ。

「危ない⁉」と、駐車場に出てきた松子は、三木に飛びついた。

間一髪、あと数センチという距離に迫ったところで二人は車を避け、地面に転がった。

萩原の乗った車は、スピードを上げて走り去って行く。

ビルから出てきた日野と雨宮は、大慌てで停めてあるハイエースに乗り込み、後を追った。

三木も追おうと身体を起こし、松子を見た。すると、松子の膝あたりのズボンが破け、脚にかなり大きい傷ができ派手に血が流れているのが目に入った。額からも血を流している。

「松平さん、大丈夫ですか⁉」

「平気平気。あーあ、このパンツ、給料日に買ったばっかりなのに。イッタイなぁ。チクショウっ！」

昔からケンカの生傷が絶えなかった松子にとっては、傷よりもパンツの傷の方がはるかに精神的なダメージが大きかった。けれど立ち上がろうとして、やっぱり脚も痛いと、松子はようやく気づいた。

一方、疾走する萩原たちの車を、日野と雨宮はなんとか見失わないように追跡していた。助手席の日野は、デジカメで萩原の車の情報を押さえる。

ところが、ハイエースよりも萩原たちの車の方がはるかに高性能で、馬力が違うらしい。グングン日野たちは引き離されてしまう。

「おい、もっとスピード出ないのかよ！」

「いっぱいいっぱいです！」と、雨宮は苛立って答える。

ちょうど信号が赤に変わった瞬間、萩原たちは強引に交差点を走り抜けて、行ってしまった。赤信号で停まる羽目になった日野たちは、完全に引き離されてしまった。いくら追跡中だとはいえ、警察と違ってさすがに赤信号を突っ切るわけにはいかない。二人は泣く泣く見送るしかなかった。

「クソーッ！」

「あーもう、すいません。排気量が全然違うもんで……」と、日野も雨宮も、悔しさのあまりダッシュボードをボカッと思い切り叩いた。

「まかれた?! おいおいおいおい、日野、何やってんだよ！」

夜、東京国税局に戻った日野の報告を聞いて、曽根は日野に詰め寄った。

「文句は車に言ってくださいよ！ 脱税してる方が、全然パワーの違う高級車に乗ってるんですから！」と、日野はふてくされて言い返す。

「逃がすと、いつも車のせいにしやがって」と、五藤はケッとぼやいた。

「五藤、今なんつった⁉ こらぁ！」と、日野はクルッと振り返ると、五藤に飛びかかった。

「まあまあ、ソウカツ」と、久米と二宮は二人を引き離した。

だが怒りの収まらない曽根は怒鳴る。「おまえ、何年かかって嫁に出したと思ってんだよ⁉」

「嫁入りした後は、ミノリ《うち》の仕事なんだから、ナサケの皆さんは口出さないでくださいよ」

「バカヤロー！ じゃあ、もっとタマリ取ってこいよ！」と、曽根は日野の襟首を摑み上げ、顔を真っ赤にして怒鳴った。

「まあまあ、トウカツ」と、久米は制しようとするが、曽根は聞かない。

「三木なんかな、残土に頭から突っ込んだんだ！　そっちも死ぬ気で頑張れ！」

「やってますよ！　そっちの詰めが甘かったんじゃないんですかあ？」

と、これにキレたのは、今まで「まあまあ」と仲裁していた久米だ。

「何?!　おい、今ナンつった‼　もういっぺん言ってみろ‼」と、曽根を押しのけて日野に掴み掛かった。それを皮切りに、ナサケ対ミノリで、揉み合いになる。

デスクで、ヤレヤレ、と見ていた一美は、ハッと入口を見て立ち上がった。新田がやってきたのだ。曽根も日野も久米もすぐにそれに気づき、全員、身なりを直して新田に向き直った。

「部長、申し訳ありません。現金、発見できませんでした」と、日野が頭を下げたのに続いて、「申し訳ありません」と、曽根も、他の査察官たちも頭を下げる。

「……ご苦労様でした。引き続き、嫌疑者の取り調べを続けてください」

その新田の思いやりある言い方に、一同はかえって申し訳ない思いを強くし、肩を落とした。

そこへ、医務室で治療してもらった松子が、脚をズーズーと引きずって戻ってきた。

「その脚、どうしたの！」と、一美はギョッとして、悲鳴のような声を出した。

「ちょっと転んじゃって。給料日に買ったばっかりのパンツ、破けちゃったんですけど、調査費で落ちませんかね」と、松子は意外と切実に訴えてみた。

だが、全員シラーッと松子を見返す。その皆の責めるような視線に、ようやく新田がいることに気づいた松子は、「アッ、ども」と、会釈をしてみた。が、遅かったらしい。新田は、一瞬でも心配して損をした、とでも言いたそうに、不機嫌な顔で部屋を出て行った。

査察官たちは、新田を黙礼して送ると、それぞれの仕事に戻っていった。

そんなことよりも、松子は、とにかくヤツが許せなかった。

「クソー。あのロンゲ野郎。絶対許さねーぞ」と、闘志をみなぎらせた。

その頃、第十八部門《ナサケ》の面々の行きつけである赤提灯居酒屋では、三木がトラックの運転手、村田の接待に励んでいた。

「わるいね、ご馳走になっちゃって。ヒッチハイクのお姉さん、元気?」と、村田は嬉しそうな笑顔を浮かべて言った。

「はい。運転手さんにヨロシクって言ってました」

「それにしても弟、あんた、あの時、大変だったな。現場監督に怒鳴られるわ、山から突き落とされるわでさあ」

「あのロンゲの男、現場監督ですか」

「嫌なヤツなんだ。いつもエバッてて」と、村田は胸くそ悪そうに言った。

「名前なんていうんですか?」

「萩原」

ふーん、と、三木は相槌を打ちながら、ビールを注いだ。

ジンジン痛む脚を引きずって、松子が『鉄子の部屋』を訪れると、すでに閉店準備をしているところだった。

「すいません。もう閉めちゃったんですけど……」

「ママ、一杯だけ」

鉄子は曇った松子の表情で状況を察したらしく、店に招き入れた。

「ちょっと、どうしたのその傷！　痛そう」と、ミドリはギョッとした。

「ケンカでもしちゃったかい」

「うん……」と、松子はカウンターに座った。

「まあ！　マチキンの取り立ても大変ね」と、ミドリは心底同情した声を出した。

「……ねえ、ミドリ、先にあがっていいわよ」と、鉄子が言ったので、ミドリは「ラッキー。じゃ、お先に失礼しまーす。マッチャンも、お先に」と、ルンルンした足取りで店を出ていった。

それを確認して、鉄子は切り出す。「嫁入りに失敗したかい。顔にそう書いてあるよ」

松子はそれには返さず、「友也は？」と、聞いた。

「あんたたちは、まるで恋人同士だね」と、鉄子はフッと笑う。

「え？」

「友也も同じこと聞いてたわよ。おネエさん来ないんで、さみしいって」と、鉄子は特製の豚汁を松子の前にそっと置いた。

「……ねえ、ママはいつから、友也の父親代わりやってるの？」

「それを言うなら、母親代わり！」と、鉄子はわざと軽口を叩く。

「……本当のお父さんって、どうして死んじゃったの？　友也が四つの頃ってことは、随分まだ若かったんじゃない？」

鉄子はふっと吐息をつくと、しんみりとした表情でポツリポツリ話し始める。「あいつの父親はね、闇のお金に、殺されたんだ……」

「……闇の金?」

「自殺したんだよ。裏金を運ぶ仕事をしてたんだ」

その意外な言葉に、松子は、エッ、と鉄子を見た。

「あんただったらもうわかるでしょ、世の中には表に出ちゃいけないお金があるってこと」

「脱税の裏金ってこと?! そんなもののために、友也のお父さん……」

「だからあいつは、お金をひどく憎んでる。それはいいんだけど、時々度が過ぎるんだよ……だから私も心配になってさ」と、鉄子は親の顔になって言った。

「汗水たらして働いて、ようやく手に入れるのが正しいお金だって、私はママから教わったよ。友也もだよ。だからあんなに一生懸命、クリーニング屋やってるんでしょ!」と、松子はしんみりした気持ちを割るように、パチンッと割り箸を割って、明るく言った。

「それはわかってるけどさ……心配になっちゃうんだよっ」と、鉄子はわずかに鼻をグスンと鳴らした。それをごまかすように、いそいそとグラスを拭き始める。

松子はあったかい豚汁をすすりながら、こんな風に自分たちを心配してくれる人の存在を、ジンワリ嬉しく思っていた。

深夜――。
シミ抜きをして見違えるようにきれいになったグレーのスーツに、友也は丁寧にアイロンをかけていた。

　ふいに誰かがドアをノックした。

「ネエさんかな？」と、友也は手を止め、鍵を開けた。

と、そこに立っていたのは、萩原だった。

「よお、友也。しばらく」

「萩原先輩……」

「元気そうだな。ちょっといいか」と、萩原はニヤついた笑顔をみせると、友也を押しのけて店の中にダンボールを三つ運び入れた。何が入っているのか、随分重そうだった。

「これさ、預かってくれないか」

「え？　ちょっと、なんですか、これ？」

「中身は言えねえよ」

「いや、ちょっと……」

　友也が躊躇すると、萩原の目が急にぎらついた。

「おまえが族を抜ける時、中に立ってとりなしてやったよな」と、萩原は嫌な笑みを浮かべて、戸惑っている友也の肩を摑んだ。

「……はい」

「おまえを見込んで頼んでるんだ。二、三日のうちに取りに来るから」

「……わかりました」友也はそう答えるしかなかった。

　萩原は、また片方の口角を引き上げてニヤッと笑い、赤川クリーニングを出て行った。

友也はダンボール箱から漂ってくる漠然とした不吉な予感を感じた。

東京国税局の調室では、大田原の取り調べが今日も行われている。

「横流しした残土と、水増しした工事の代金、合わせて3億円、どこかに隠してますね」と、雨宮は、大田原に裏帳簿を突きつけた。

「記憶にありません」

「忘れちゃいましたか……じゃあ、これ見て思い出しちゃいましょう」と、日野は残土代を受け取っている萩原の証拠写真を見せ、大田原に詰め寄った。「この男が3億持って、どっかに隠れてるんでしょう」

大田原は日野の顔をチラッと見ただけで、「3億なんて、知らないって言ってるでしょ」と、平然と返した。

そのやり取りを廊下で聞いていた松子は、「日本の道路歩くなっ」と、ボソッと言い捨て、第十八部門の部屋へと戻った。

そこでは、三木が曽根に食ってかかっていた。

「なんとかできないんですか！　このまま大田原社長が口割らないと、ナガシになっちゃいますよ！　部下の萩原って男がタマリ持って逃げてるのはわかってるんです！」

「おまえの気持ちはわかるが、査察官《サカン》は刑事じゃないんだよ。指名手配もできないし、逮捕権もないんだよ」

「いや、でも――」

「三木ちゃん、行くよ」と、松子は、曽根にまだ食い下がろうとする三木を連れ出した。

一方、査察部長室――。

「大田原建設の事案、ナガシになりますかねぇ」と、書類に押印する新田に、遠山は探るような視線を向けた。

新田は何も答えず、次の書類に目をとおしている。

「消えた3億円は政治資金に流れたということですか……余計なことに足をとられないで、我々はきれいに霞ヶ関に戻りたいですね」

「……そうだな」と、新田は感情の読み取れない口調で言って、押印した書類を差し出した。


「なかなか取りに来ないね。正社員になれなかったのかな」

赤川クリーニングで、仕上がった洋服と伝票を確認していた恭子は、すっかりシミも取れ、きれいにアイロンのかかっているグレーのスーツを見て言った。

「配達のついでに寄ってみる」と、友也は他に配達する洋服の上に、そのスーツを重ねた。

配達を済ませた友也は、グレーのスーツの持ち主である浜口の、伝票に書かれた住所にやってくると、決してきれいとはいえないその古びた木造アパートの階段を駆け上がった。

「浜口さん、クリーニング、お届けにあがりました」と、二階にある、手書きで「浜口」と書かれた表札のある部屋をノックした。

だが、返答はない。

――留守か。ドアノブにスーツかけておけばわかるよな。

そう思ってドアノブに触れると、ドアが開いた。

「浜口さん？」と、友也は思い切ってドアを開けてみた。

中に一歩足を踏み入れた瞬間、友也は息をのんだ。手から、スーツが落ちた。

天井からぶら下がっていたのは、すでに息絶えた浜口だった。首を吊ってから、それほど長い日数は経っていない様子だった。『職探しにも　派遣暮らしにも　貧乏にも　もう疲れました』と書かれた紙が落ちていた。

友也は転がるように廊下に這い出ると、震える手でなんとか、ようやく一一九番をダイヤルした。

「きゅ、救急車、お願いします」

友也の脳裏には、幼い頃に見た光景が蘇《よみがえ》っていた。それは、ギー、ギーと小さく軋んだ音を立て、ぶらーん、ぶらーんと天井から吊り下がって揺れている男――自殺した父親の姿だった。


友也のそんな事態など露知らず、松子は三木とともに、萩原の情報収集に走り回っていた。

「萩原の車、見つかりました！　おとといの夜、自損事故を起こしていたという目撃情報が！」二手に分かれて聞き込みをしていた三木が走ってきた。

松子は話を聞かせてもらっていた女性に礼を言い、三木と一緒に、その事故現場へと向かった。

「このガードレールにぶつかったんですね」

萩原がぶつけたらしいガードレールは、住宅街にある小さなコインパーキングの前だった。

「ええ、すごく急いでたみたいで、乱暴な運転で」と、現場を目撃したという男は三木に話した。

「運転してた人、見ましたか？」と、松子は聞いてみる。

「いえ、夜だったので……」

「そうですか。ありがとうございました」

それから松子と三木は、さらに聞き込みに走った。が、なかなかいい情報はつかめなかった。ふと松子は、赤川クリーニングの近くまで来ていることに気づいた。

「あ、そうだ。この近くに知り合いがいるんだ」と、松子は友也の店に向かった。

「松子さん」と、店番をしていた恭子が明るい声で松子を迎えた。

「友也いる？」

恭子が奥に声をかけると、すぐに友也が顔を出した。

「ネエさん、どうしたんですか」

「二人に訊《き》きたいことがあるの。おとといの夜、この近くの駐車場で事故起こした車があるんだけど。運転してたのは、この男。大田原建設の萩原拓馬っていう男なんだけど、見かけなかったかな？」と、松子は萩原の写真を見せた。

「ううん、知らない」と、恭子は首を振る。

「……俺も、知らない」と、友也も答えたが、なんだかいつもと様子が違っているように感じられた。それで松子は、じっと友也の顔を覗き込むようにして「……友也？」と声をかけた。

「ネエさん、なんでこんな刑事みたいなことしてるの」と、友也は視線をそらして、ごまかすように笑った。だがその笑いには、どことなく引きつったような不自然さがある。

まさかササッの調査だとは言えない松子は、「ごめん……今度ゆっくり話すから」と、なにか妙な胸騒ぎを覚えながらも逃げるように店を後にした。

その後も、有力な情報は出てこなかった。

大田原は全く証言せず、萩原の行方もわからない。萩原は実家とは一〇年以上音信不通で、身内からの情報は頼りにならなさそうだった。

この状況に、松子も第十八部《ナサケ》門の面々も、気を揉むばかりだった。そして、この件に大きな黒い闇の存在を感じている新田は、彼らよりもいっそう、焦燥感を募らせていた。


新田のその読みは正しかった。が、山井興業の常務・藤野と、代議士の秘書官の密談が、今まさに行われているということは、新田や松子たちは知る由もない。

「連日、大田原社長が大手町に強行に絞られていると聞いて、先生も心を痛めておられます」

「申し訳ありません。大田原社長が緘黙《かんもく》を守れば、累が及ぶおそれは決してございません。先生にそうお伝えください」と、藤野は粛々と述べた。

「わかりました。先生から、もう一つ伝言が……あの金は、眠らせてください」秘書はそう言い置くと、さっとオフィスから出て行った。

藤野はすぐさま電話をかけた。相手は、都内の狭いホテルに身をひそめている萩原である。

「あの金はもう表に出すな。おまえも金と一緒に、姿を消せ」


昼間の友也の様子が気になっていた松子は、真実を話す決意をして、友也を呼び出した。

「友也……ずっとウソついててごめん。あたし、マチキンじゃなくて、国税の査察官なんだ」

それを聞いて、友也がショックを受けたのが、松子にもひしひしと伝わってきた。「査察官?

なんでそんな仕事してるの」

「国家の手先なんて全然ガラじゃないと思ってたけど、汚い金つかんで、甘い汁吸ってるヤツら見ると、許せないいんだよね」と、松子はわざと明るい口調で言った。

　友也は黙って、視線を落としている。

　松子は真っ直ぐ友也を見て訊いた。「もう一度訊くよ。萩原っていう男、本当に知らない？」

「……査察官として、俺のこと疑ってるの？」と、友也は悲しそうに笑う。

「なんかさっき、友也、普通じゃなかったから」

「……今日、お店のお客さんが死んじゃったんだ。それで滅入っちゃってさ……」

「……そうだったんだ……」松子は暗い顔をしている友也のそばに寄った。「なんかあったら、言ってよ。友也には、鉄子ママとか、あたしとかもいるんだからさ」

「……わかってるよ」

　そう言って友也は、高くそびえるビルのネオンを見上げた。その横顔に少しは明るさが戻っているように見えて、松子はホッと微笑んだ。

「もっと広い世界を一緒に見ようって、ネエさん、最初に会った時、そう言ったよね」と、友也が唐突に言ったので、松子は、エ?、と、友也の顔を見た。

「族に入ってむちゃくちゃやってた俺に、もっと広い世界に飛び出せば、思いっきり冒険できるんだよって。俺、その言葉、信じてついてきたんだけどな」

「その言葉はウソじゃないよ……そうだ、今度、バーンと休み取って、どっか行こうよ！」

「公務員のくせに、無理すんなよ」

「大丈夫だよ。上司には、新婚旅行って言うから」

「マジ？」と、友也は思わずプッと笑った。

松子もプッと吹き出した。「やっぱ結婚しちゃおっか」

「いいね」と友也が応えたので、今度は松子が「マジ⁉」と目を見開いて笑った。

「ネエさんと結婚したら、毎日冒険みたいで退屈しないし」

「でしょう！　って、それどーゆー意味だよ！」と、松子は友也に飛びかかった。

「やめてやめて」と笑って逃げ回る友也は、すっかりいつもの晴れた笑顔をしていた。その笑顔に、松子もようやく、いつものように笑えた気がした。


その夜。昼間片付けられなかったシャツに友也がアイロンをかけていると、店の電話が鳴った。

「はい、赤川クリーニングです」

『友也……俺だ』と言った声を聞いて、友也は表情を強ばらせた。

「萩原先輩……」

『ちょっとやばいことになって、おまえに預けた荷物、取りに行けなくなった……俺は当分、姿消すから……』

「ちょ、ちょっと待ってください。俺、どうすればいいんですか……国税が萩原さんのこと探してます。この店にも来て——」

『その金のことは絶対にしゃべるな』萩原は友也を遮って言った。

「金⁉　どういうことっスか……」友也は完全に混乱していた。

——あのダンボールの中身が全部金なら、そんな大金をどうして萩原さんが……。

『世の中にはな、表に出しちゃいけない金ってもんがあるんだ』と、友也の動揺を察したのか、電話の向こうで萩原は言った。

「萩原さん？　大丈夫ですか」と、友也が言い終わらないうちに、萩原は電話を切ってしまった。

——いったい、あれはナンの金なんだ——。

友也はすぐさま、戸棚の洗剤の箱をかき分け、奥に隠しておいたダンボール箱を引きずり出した。ガムテープをむしり取って中を見る。

と、そこには、ぎっしり札束が詰め込まれていた。慌てて他の二つの箱も開けたが、同じように札束が詰め込まれている。

——この箱で５０００万、いや１億円……ということは、３億円⁉

友也は軽い目眩《めまい》を覚えた。あの雨の夜の光景が蘇った——スーツを着た見知らぬ男が、ずぶ濡れになりながら、スコップで金を埋めている。そしてその埋めた金を、男はひたすら踏みつけた。何度も何度も……車のヘッドライトにぼんやりと浮かんだ鬼のような泣き顔……あれは……そうだ、あれは鉄子ママだ。あの男は、鉄子ママだったんだ。

自分の手を引きながら、あの時、鉄子ママは何か言っていた。何か金のこと……そう、萩原が言ったのと同じ言葉だ。

——世の中には、表に出ちゃいけない金がある……こうして埋めてしまえば、どんな汚い金も、ただの土になる。よく覚えておきなさい。君のお父さんのように、こんなもののために死ぬのは間違いだ——。

友也はダンボール箱の中の札束を手に取った。

浜口が支払った皺クチャの千円札──首を吊っていた浜口の死に顔──あの雨の夜、鉄子が踏みつけて泥だらけになった札束──そしてギー、ギーと軋む音──友也の脳裏に、次々と過去の記憶がよぎった。

──腐った金は人まで腐らせる。でも、汗水たらしてキレイな金を稼いだって、浜口は死んだじゃないか……。

何かが音を立てて崩れた。友也の中の何かが、外れる音がした。

友也は物置にしまっておいた大きなスーツケースを引っぱり出した。そしてダンボールの中の札束を、全部移し替える。

──望むところだ。俺は絶対に幸せを摑んでやる！


翌日も東京国税局では、まだ大田原から何も有力な証言を引き出せない状況が続いていた。

──萩原の足取りも摑めず、３億円もこのまま消えるのか……。

新田がジリジリする思いで廊下を歩いていると、遠山が追いかけて来た。

「山井ルートで繋がっている政治家のリストを洗ってみましょうか」

新田は思わず立ち止まり、遠山を見た。「きれいに霞ヶ関に戻りたいんじゃなかったのか」

「脱税に聖域なしですよ」と言って、遠山は少し照れくさそうな顔をしている。

新田はその肩を叩き、二人は足早に歩き出した。

その頃、松子と三木は、萩原に関する聞き込みを続けていた。

「ああ、この人ね。見たよ」と、萩原の写真を見た中年主婦は言った。

「それで？」

「洗濯物取り込むの忘れてて夜中に窓開けたら、大きなみかん箱抱えて運んでたの」

「どこに？」

「ああ、ほら」と、主婦は指を差した。「この先の赤川クリーニングっていうクリーニング屋に入って行ったわよ」

松子は愕然とした。

――でも、友也は萩原のことなんて知らないって……。

松子はすぐに赤川クリーニングに走ったが、店のドアには鍵がかかっていて、店内の電気も落ちている。

「友也！　友也！」と松子はドアをガンガン叩いた。けれど誰も出てくる気配はない。友也の携帯を鳴らしても、友也がそれに応えることはもうなかった――。


松子からの電話は、なかなか切れなかった。

友也はじっと携帯を見たまま、出ようかどうしようか、躊躇していた。そのうち、着信音は鳴り止んだ。

友也は携帯の電源を切って、スーツのポケットにしまった。友也が着ているスーツは、浜口が一張羅だと言っていた、グレーのスーツだった。少しサイズが大きくてだぶついたが、それでも、これから起こす行動には、このスーツが一番いい気がしていた。

金を詰め込んだスーツケースを引きずるようにして、友也は気づくと『鉄子の部屋』の前まで来ていた。

まだ開店準備中の店は、風通しのためかドアが薄く開けられている。

「で、この間のテスト、ママはいくら欲しいの？」と、ミドリの声が洩れ聞こえてくる。

「あたし？　3万か4万あればいいんじゃない？」と、鉄子は答えたようだった。

「でも、それじゃ、まさかの時に困るでしょ」

「人生は毎日がまさかの連続じゃないの。立って半畳、寝て一畳、たらふく食べても二合半ってね。生きてるだけで丸儲けよ！」

二人の楽しそうに笑い合う声を聞いていた友也は、踵を返した。夕暮れの街にあふれる買い物客や仕事帰りの人々に紛れ、ずっしりとスーツケースの重さを感じながら、店から遠く離れていった。


その一時間後、『鉄子の部屋』に松子は駆け込んだ。

「友也、知らない？」

「あ、今日はまだよ」とミドリは呑気《のんき》に答えたが、鉄子は松子の様子にただならぬ気配を感じた
――やっぱりあの時……

一時間ほど前、ミドリと笑い合っていた時、ふいに友也の声が聞こえた気がした。鉄子は気になって外に飛び出したが、そこには誰もいなかったのだが――。

と、その時、店の電話が鳴った。

鉄子が受話器を取ると、恭子の動揺した声が聞こえてきた。『なんかヘンだよ。私が配達から帰っ

てきたら、バイト代が置いてあって、友也、いないの』

「パスポート探してごらん」と、鉄子は恭子を落ち着かせるように、なるべく穏やかに言った。

『ちょっと待って……見つかんないよ』

「パスポートないんだね、はい、わかった」と、鉄子は受話器を置いた。

松子は、頭がひどく混乱しきって、どうしたらいいのかわからなくなっているようだった。

そんな松子を見て、鉄子はポツリ言った。「……あの子、さっきここに来ていたはずよ」

松子は店を飛び出した。


――友也、本当は引き止めてもらいたいんだ。まだ間に合う。絶対に見つけ出して、あの子を連れ戻さなきゃ！

三木と合流した松子は、「成田に行く」と告げた。そしてすぐに曽根に電話をかけた。

「タマリの３億を持った男が、海外逃亡の危険性があります」

『なんだって⁉　名前は？　飛行機の便は？』と、大声で、曽根は矢継ぎ早に質問を返した。

「赤川友也、二十三歳。行先はわかりません。税関で押さえられますか？」

『ナンの証拠もないのに、税関で一般人を押さえることはできるわけないだろ』

――あたしが捕まえるしかないか。

「わかりました。これから三木と一緒に向かいます」と言って、松子は電話を切った。

「まさか、あの友也君が……僕、一緒にラーメン食べたことあるけど、いい青年じゃないですか！　きっと何かの間違いですよ」と、三木は励ますように言った。

「……お金は人を変える。だから、怖いのよ」

松子はそう言って、タクシーを止め、成田空港へと急いだ。

——お願い、間に合って！

成田空港の広い出発ロビーを、松子は必死に祈りながら友也を探した。

走って行くと、人混みに紛れて、搭乗ゲートに向かう友也の姿があった。

「友也！」

その声に、ハッと振り返った友也は、デイパックを肩にかけているだけだった。

——しまった、スーツケースはもう預けた後か。

松子は友也に駆け寄ろうとした。

「ネエさん、来ないで！」友也が叫んだので、咄嗟に松子は立ちすくんだ。

「ナニしてんのよ、友也。店ほったらかして、旅行？　おまけにスーツなんか着込んじゃって、どうしたの」と、松子は努めて明るく言った。

強ばった表情でじっと松子を見ていた友也は、フッと悲しい顔になった。「ネエさんは、俺を追っかけて来たの？　……それとも、金を追っかけて来たの？」

「あんたに決まってるでしょ！　あんたが持ってるのは、この世で一番汚れたお金よ。あんたまで腐っちゃうんだよ」松子は声を震わせた。

友也は何も言わず、真っ直ぐ松子を見ている。

「ほら友也、帰るよ！　一緒に帰ろう」

だが、友也は動かなかった。

「俺は、汚い金のせいで父さんを亡くして不幸になった。それなら、汚い金で、今度は幸せになったっていいじゃないか」と、友也は怒りと悲しみをいっぱいに溜めた目で松子に訴えた。

「そんなもので幸せになれると思ってるの?!」

「絶対なってやる……どうせ、あの金も、表に出ちゃいけない金なんでしょ?」

「……友也、間違ってるよ」

「俺の人生、最初から間違ってるよ」と、友也は自嘲《じちょう》するように吐き捨てた。

「そんなこと言うなよ!」松子の目から涙がこぼれた。

「……鉄子ママも、金で人生狂っちゃった人じゃないか」

「友也、何言ってるの?　どういうことよ」

「ごめんね、ネエさん……俺、やっぱりネエさんとは結婚できないや」

そう言って、クシャッとせつなく顔を歪ませた友也の目からも、涙がこぼれ落ちた。そして友也は、振り切るように搭乗ゲートに入って行く。

「友也!　待ちなさい!　友也!」と、松子は急いで走り出す。もっと速く走れないことが、もどかしかった。

「友也君!」と、三木も追った。

だが「ここから先はパスポートとチケットを見せてください」と空港警備員に止められてしまう。

と、ふいに友也は振り返った。

「俺は思いっきり冒険するんだ……あの金で」そう言った友也の目には、もうあの純真さも、陽気さも、光もなかった。あるのは憎しみと欲望、そして果てしない闇だった。そうして友也は、ゲートの中に消えた。

「誰か止めて！　その子、３億円持ってるから止めて‼」

松子は声の限り叫んで、警備員を突破しようと必死に抵抗した。

――行っちゃダメだ！　お願いだから行くな！　神様、頼むから友也を行かせないで‼

「誰かその子を止めて！　友也！　友也‼」

けれど、松子の叫びは虚しく響くばかりだった。

友也の姿は、他の搭乗客たちに紛れて、完全に見えなくなってしまった。

「友也ーーーッ‼」


『鉄子の部屋』のカウンター席に、鉄子はうつろに座り込んで、いつまでたっても鳴らない電話を見つめていた。

静まり返った店内に、ドアチャイムが鳴り響いた。

「いらっしゃい。あら、また来てくださったんですか」と、ミドリは鉄子に代わって声をかけた。

やってきた客は、新田だった。

「ママ！　この間のお客さん」

ミドリに肩を叩かれて、鉄子はようやく視線を上げ、「まあ、どうも、いらっしゃいませ」と、立ち上がって新田に頭を下げた。

「以前、どこかでお会いしたことは、ありませんか」新田は唐突に切り出した。

「こんなキタナいオカマ口説いてどうするんですか」鉄子は笑い、「さあ、どうぞどうぞ」とにこやかに席を勧める。

新田はそれ以上は聞かず、カウンターに座った。

「お飲物は、何になさいます？」

「……水割りを」

「ハイハイ」と新田に背を向け、棚のバーボンに手を伸ばした鉄子の表情からは、にこやかな笑顔が消え去っていた。

鉄子はゾッとするほど冷たい目で、新田を盗み見た――。

# 第6話　愛はお金で買えますか？

その泉の写真を待受画像にすれば必ずや運命の出会いがあり、その水は浴びればたちどころに異性を惹き付けるオーラとなり、そしてその水を飲めば最高の幸せを引き寄せる体質になる——。

今、最もホットなパワースポット、宗教法人『運命教会』の黄金の噴水、その名も『運命の泉』には、今日も縋れるものなら藁にでも縋りたいほど切実に出会いを求めている男女が大勢群がり、ご利益《りやく》を求めて次々と賽銭を投げ込んでいた。

シャラーン、という鈴の音が響き渡り、人々は一斉に祭壇を見上げた。

「この広い宇宙の片隅で人と人が出会い、恋に落ち、結婚する。その確率はとてつもなく低いものです。しかし、心配はいりません。運命の人は必ず存在するのです。そのたった一人の人との出会いが、あなたの、あなたの、あなたの人生を豊かなものにしてくれるです」

運命教会代表・三崎愛《みさきあい》は、黒い光沢のあるローブを身にまとい、どこか卑弥呼《ひみこ》を連想させるようなへアメイクで、祭壇の上から噴水の周りに集まっている信者たち一人一人に、シャランシャランと鈴を鳴らしながら、親身に語りかける。

「さあ、信じるのです！　信じるものは、めぐり逢う～‼」

信者たちは皆、陶酔したように愛を見つめ、熱心に拝んでいる。

「今日、『運命の泉』に参拝した皆さんは、大変好運です。運命の出会いを引き寄せるこのパワーストーン『運命のかけら』を、限定一〇個のみ、10万円で特別にお分けしましょう」と、脇に控えていた巫女の格好をした侍女――島田美恵《しまだみえ》は、抱えていた三方《さんぽう》を信者たちに恭しくかざした。赤と黒の文様が入ったストーンというよりガラス製のとんぼ玉ペンダントが丁寧に並べられている。

だが信者たちは、10万円という値段に躊躇していた。

「……ください！」と、四〇代ぐらいの地味な女性信者が意を決したように叫び、万札一〇枚を握りしめた手を祭壇の方へ差し出した。それを皮切りに、「ください！」「私も！」「俺もだ！」と、信者たちは競い合うように、札びらを握りしめた腕を高く伸ばす。

祭壇の上から愛はその光景を微笑ましく見渡して、自分の、一番近くに差し出された女の手から、10万円を受け取ろうと屈んだ。

ところが、その手は札を離そうとしなかった。見ると、三〇代半ばの女が、10万円の札束を差し出しておきながら、ぎらぎらした目で歯を食いしばり、ギューッと札にしがみついている。松平松子である。愛も、負けてたまるもんかとばかりに、宝石をジャラジャラつけた手に力を込めて、思いっきり引っぱった。だが、松子は離さない。

「本当にこの10万円で、めぐり逢えるんでしょうか」と、松子は今にも祭壇によじ登りそうな勢いで札にしがみつき、必死の形相で訴えた。

「信じなさい。信じなさい」と、愛は大きく頷いて、フンッと力んで引っぱる。

だが、松子も負けていない。未練がましいどころではなく、イーと歯を剝いてスッポンのように離さない。信者たちが唖然としているのもかまわず、愛は唸り声をあげながら、頬をプルプル震わせてとにかく力の限りに引っぱった。

そして万札が千切れそうになった瞬間――松子はついに手を離した。

愛はフゥと一息つくと、皺クチャになった10万円を伸ばしてにっこり微笑んだ。そして、松子の首に、『運命のかけら』のペンダントをかけた。

信者たちから、「オオ」と歓声が上がった。

松子はそのペンダントを複雑な思いで見て、「あ、領収書ください！」と、慌てて手を伸ばした。

すると愛は、「信じるものはめぐり逢う～」と、呪文でもかけるように松子の目の前で指を振った。

その途端、信者たちが一斉に「ください！」と祭壇に殺到したので、松子はギュウギュウともみくちゃにされてしまう。

あっという間にペンダントは売り切れた。

そうして愛たちは、ペンダントの代わりに札びらを大量に載せた三方を恭《うやうや》しく掲げ、鈴をシャラシャラン鳴らして扉の奥へと消えていった。

「ちょっと待って！　領収書‼」と松子は慌てて信者たちをかき分け愛たちの後を追った。だが、ちょうど松子の鼻先で、まるで金庫の扉のように重厚なそれは、ガラガラと閉ざされてしまい、松子は勢い余って、そのまま扉に激突した。

10万円分の領収書をついにもらい損ねた松子は、エーン、と、泣いた。

「松子さん、まさか10万、自腹切ったんですか？」一緒に内偵に来ていた情報部門査察官の三木は、呆れたように松子に声をかけた。

「調査費で落ちるよね？」

「無理じゃないですか」

松子は「フヘァ」と情けない声を出して、一気に青ざめた。「……給料日までどうしよう」と、三木にすがったが、三木は「さあ」と冷たい。その態度に松子はブチギれ、三木の襟首を締め上げて「どうしてくれんだよ！」と、思いっきり八つ当たりした。


その頃、東京国税局・査察第十八部門では、内偵調査の報告ミーティングが開かれていた。

情報部門主査の一美は査察官たちの前に立ち、ホワイトボードに描かれた『ふれあい産業』グループの脱税チャートを示して報告する。「ブライダル産業グループ『ふれあい産業』の代表・三崎愛は、『運命教会』の代表も兼任しています」

「なんだそりゃ？」と言ったのは、統括官である曽根だ。

「ま、表向きは教祖みたいなもんです。宗教法人を潜らせることによって、結婚紹介所、結婚式場、旅行代理店、不動産業など、事業利益の所得隠しをしていると思われます。推定脱税額は、過去三年間で約1億8000万円」

その金額に、一同は「おおー」と、感嘆を漏らした。


その『運命教会』の集会が終わって会場の外に出された松子は、重ねたダンボール箱の上に乗り、背伸びして高い塀の上から敷地内を覗き見ていた。

「結婚願望につけこんで、ボロい商売しやがって」と、松子はまだ、領収書をもらえなかったことに腹を立てていた。

「おい、そこで何してるんだ」と声がしたので振り返ると、警官が二人、松子を見上げていた。

――マズイッ。

「降りてきなさい」と警官に言われ、松子は渋々降りた。

「名前、トシ、住所」警官の一人が手帳を取り出して訊く。

「松平松子、三十五歳」

「なんだ、そのウソくさい名前」

「親に言ってくださいよ！」

「偽名だな」と、もう一人が言った。

「ハァ？」

「仕事は何してるんだ？」

「……公務員です」と、松子はボソっと答えた。

警官たちは、松子の頭からつま先まで一瞥した。

「ウソつくな」

「住所不定、無職」と、もう一人が書き留める。

――ウソじゃねーし、マジで公務員だし。

「不審な女が中を覗いてるって通報があった。盗みに入る気だったんだろ」と、警官たちは松子の腕を取って、パトカーに連れて行こうとする。

「エッ、ちょ、ちょっと待ってくださいよ！」松子は足を踏ん張った。

「話は署で聞く」

「もう、放して！」と、松子が軽く暴れた弾みで、松子は警官の一人を突き飛ばしてしまった。

――ゲッ、ヤバすぎる。

「あー！　公務執行妨害だ！」と、二人はさっきよりも強硬な態度になり、松子の腕をガシッと摑んで強引にパトカーに引きずって行く。

そこに、二人の弁当を買いに行っていた三木が、コンビニの袋を提げて戻ってきた。

「三木ちゃ〜ん」と、松子は情けない声で助けを求めたが、警官たちに無理矢理パトカーに押し込まれ、連れ去られてしまう。

三木は唖然として、走り去るパトカーを見送った。


外に設置されてた防犯カメラのモニター映像を通してその様子を見ていた愛は、満足そうに走り去るパトカーを見送った。

――領収書なんて出す宗教がどこにあるっていうのよ。ヘンな女。

愛は何ごともなかったかのように、三方の上に積み重ねられた万札の束を、紙幣カウンターにゴソッとセットした。すると機械がバラバラバラッと勢いよく万札を数え始める。

一応、カタチばかりの神棚が設置された社長室には、壁を取り囲むようにズラーッと三方が並べられていた。その上には、万札の束の山、山、山――。それを片っ端から紙幣カウンターにかけ、100万円の束をいくつも作りながら、愛は電話をかけた。

「もしもし、私です。あなた、今夜はどうされます？」

カウントした枚数を示すデジタルの数字は、ものすごい勢いで増えていく。四〇〇、六〇〇、八〇〇――そして、九九九〇〇〇〇〇、最高額で止まった。

さて、松子はといえば、途中、パトカーが赤信号で停まった隙に逃げ出そうと試みたものの、逃げ出せるはずもなく、曽根と三木が引き受けにくるまでの数時間、取調室に入れられて、ふてくされていた。

松子の慰労会と称して、三人はいつもの赤提灯居酒屋へと向かった。

「おまえ、ブタ箱入ったの何回目だ？」と、酔いが回り始めた赤ら顔の曽根が言った。

「初めてですよ」松子は心外だというふうに答える。

「ま、張り込みが下手な査察官《サカン》は、一回ぐらいお世話になってるんだ。これでおまえも一人前だ」と、曽根は陽気に笑い、ビールを注いでやる。「俺がもらい下げに行くまで、内偵のこと黙ってたのはほめてやるぞ」

「あたしが口割って内偵先にバレたら、皆の一年間の苦労が水の泡じゃないっスか」松子はビールをグビッと飲んだ。

その時、曽根の携帯が鳴った。

「あ、部長。今、引き取ってきました」と、曽根は報告する。

『ご苦労様……ところで、松平はいく日、休んでませんか』と、電話の向こうで新田は言う。

「えー、このひと月働きづめで、一日も休んでないかと」

「休みなんかいりませんよ、部長！」松子は新田に聞こえるように大声で言った。そして曽根の方に手を伸ばし、強引に曽根の携帯を借りて新田に言う。「それよりも、運命教会のペンダント、領収書ないけど、調査費で認めてください」

「領収書なきゃダメだろ！」と、曽根は小声で叱咤する。

「そんな！　10万もしたんですよっ！」と、松子は曽根に文句を言い続けようとしたが、『松平』と新田に呼ばれ、電話に戻った。

『とにかく、二、三日休め。これは命令だ』

「休みなんか定年までいりませんって！」

『謹慎したいのか？』と、新田は言いおいて、一方的に電話を切ってしまう。

「ちょっ、もしもし？　もしもーし！　……ったく、二言目には謹慎謹慎って、ふざけんじゃねえよ」松子は切れた電話にブーたれると、ビールをグビグビっと飲んだ。

「相変わらずだな」と、曽根はホッとしたように笑って松子を見つめている三木に耳打ちした。

「……いや、元気になってくれてよかったです」

ペンダントをいじりながら、またブツブツ文句を言っている松子を見て、曽根は「ああ」と頷いた。


――休みなんかもらってもな……。

なんとなく帰ってひとりになるのが嫌で『鉄子の部屋』にやってきた松子は、カウンターにダラッと肘をついてペンダントを眺めていた。

「松子さん」と呼ばれて振り返ると、カウンターの中に立っていたのは恭子だった。

「あれ、恭子……」

「私、ここでバイト始めたの。友也、帰ってこないし……オカマじゃないけど、よろしくっ」と、恭子はさびしさを隠せない笑顔で、けれど明るく言った。

「そっか」と、松子も笑顔を返した。

奥の席では、鉄子とミドリが「ドーンペリ、ドーンペリ」と盛り上がっていた。それに合わせて一緒に踊っているのは、六〇歳ぐらいのオーダーメイドスーツを着た陽気な常連客の男である。

「オーさん、すてき！　このご時世にピンクのドンペリなんて何年ぶりかしら！」と、鉄子ははしゃいでいる。

「もう金はどうでもいいんだ。女房にはとっくに先立たれたし、もう還暦だからね。よぼよぼになって介護してくれる人がいたら、金なんか全～部あげちゃう‼」と、オーさんはガッハッハと豪快に笑った。

「まあ、ステキ！」ミドリは手をパチパチ叩いた。

「あたし、立候補しようかしら」と鉄子が手を挙げて、三人は笑い合った。

「ねえねえ、そこのおネエさんも、一杯飲みませんか」と、オーさんは松子を誘った。

「あ……どうも」松子は軽く会釈を返した。

オーさんに言われ、鉄子は渋々、松子にもピンクのドンペリを注いでやった。松子はそれを、しかめ面で一気に飲み干す。

「水みたいに飲むんじゃないよ、バカッ。ピンクのドンペリがいくらすると思ってんの。それにドンペリっていうのはね、お姫様みたいな顔して飲むからドンペリっていうんだっ。ほら、ちゃんとお礼言いなさいよ」

「ごちそうさまでーす」と、松子は奥のテーブルに声をかけた。

「さて、私、そろそろ帰りますわ」と、オーさんは立ち上がった。

「じゃあ、いつもどおりツケときますね」

「うん。また来るよ」オーさんは手を挙げて、陽気な足取りで店を出て行った。

「ありがとうございます」と、鉄子は外まで送り出した。

戻ってきた鉄子は、急に怖い顔になって松子を見る。「もうっ、そんな辛気くさい顔して飲んでるなら、お帰り。こっちは陽気さ売って商売やってんだ」

「ママだって、友也君いなくなってから、お酒の量増えてるじゃない」と、ミドリはなだめるように横から口を挟んだ。

「あんな子のことなんか、とっくに忘れたわ。どっかで勝手に生きてればいいのよ……生きてれば」と、鉄子はぶっきらぼうに言ったが、その表情にはさびしさを隠しきれなかった。

――ホント、どっかでちゃんと生きてくれてりゃいいけどな。

松子も沈んだ気分でビールを飲んだ。

「あー」と、突然恭子が大声を出し、黒い鞄を抱えてきた。「これ、さっきのお客さんの」

「まあ、オーさんの?!　あら、これ意外と重いわね」受け取った鉄子は、その予想外の重さに鞄を落としかけてしまう。「やだ、開いちゃった」と、鉄子はカウンターの上にバッグを置いた。

開いちゃった、じゃなくてわざと開けたんだろ、とツッコもうと思った松子は、バッグの中を見て驚いた。

バッグの中には、ぎっしりと札束が詰まっていたのだ。

「まだ近くだよね？　届けてくる！」

「うん、お願い」

　松子は鞄を抱えて店を飛び出した。


　店の前の細い路地を曲がり、大通りに出た松子は、高級車の後部座席に乗り込もうとしているオーさんを見つけた。

「オーさん！　待ってください！　忘れ物です！」と、松子は大声で叫びながら駆け寄った。

「おお、うっかりしちゃったよ。ありがとう」と、オーさんはまたガッハッハッと笑って陽気に受け取った。

「鞄、重いですね。中身ナニ入ってるんですか？」

「命よりも大切なもの」

　松子は、ふーん、と微笑んでみせる。

　――ニオウ。

「恩に着るよ。じゃ」と言って、オーさんは車に乗り込んだ。

　松子は走り去る車を睨んで、「……脱税だあ」と呟いた。そしてすぐにタクシーを停め、オーさんを乗せた車を指差した。「あの車、追ってください！」

　ドアが閉まろうとした時――。

「忘れもんよ！」と、松子の鞄とコートを持って、鉄子が押し入ってきた。

「ママ⁉」

「気づかれないように、間に一台車挟んで追ってね」と、鉄子は運転手に指示をする。

オーさんは、あるマンションの前で車を降り、エントランスを入っていった。

松子と鉄子はタクシーを降り、マンションに小走りで近づいて、さっと生け垣に隠れる。

「ここ、オーさんの自宅じゃないわね」と、鉄子は低い声で言った。

建物を見上げると、二階の廊下を歩くオーさんの姿があった。

玄関のドアが開き、「いらっしゃい」と、四〇歳ぐらいの女が愛おしそうにオーさんを出迎えた。

「特殊関係人だ！」思わず松子は呟いた。

「還暦なのに、ご立派」

「あの札束届けに来たんだ。だとしたら、愛人兼金庫番、か」と、松子は、オーさんの鞄を受け取り、嬉しそうに中へと招き入れている女を見ながら言った。と、ドアを閉める前に周囲の様子を窺った女の正面顔を見て、松子は「アッ」と立ち上がった。

「運命教会の女だ！」

その女は、松子たちが潜入した日、侍女をやっていた美恵だった。

「あんた悪いけど、オーさんはうちの特上のお得意さんなんだから、ここからは私の指図に従って」

「勝手についていきて、ナニ言ってんだよ」と、松子は鉄子をシラーッと見た。

「ナニよ！」と、鉄子は鼻の穴を広げた。

それから三〇分後――。

松子と鉄子がマンションの前で寒さに震えていると、オーさんが部屋から出てきた。別れを惜しむように抱き合う二人を見て、松子は慌ててタクシーを探した。だが深夜の住宅街に、タクシーが通る気配はない。

「タクシーでしょ？　待たせてあるわよ」と、鉄子は松子を呼んだ。

鉄子が向かっていく先を見ると、先ほど乗ってきたタクシーが、角を曲がった近くに本当に待っていた。

——なんだ。じゃあ、タクシーの中で待ってれば暖かかったのに……。

「ねえ、ママ、なんでそんなに尾行に慣れてるの？」

「昔、探偵やってたのよ」

松子は思わずぶっと吹き出した。「ウソでしょ？」

二人がタクシーに乗り込んだ時、ちょうどオーさんを乗せた高級車が走り出した。

「すいません、あの車、追ってください！」と、鉄子はピシッと前方を指差す。


やがて、別のマンションの前でまた、オーさんは車を降りた。今度のマンションは、先ほどの美恵のマンションよりも新しいタイプだ。オーさんは、エントランスドアの前にあるオートロックの集中インターフォンで部屋番号を押し、「はーい」と出た女の声に、「遅くなってごめん」と声をかけた。すぐにエントランスドアが開いて、オーさんは中へと入っていく。

植え込みの中にしゃがんで見ていた鉄子は立ち上がり、ササササッとエントランスに走った。

「ちょっと、どうなってんの」と、松子は唖然としながら、鉄子を追った。

ドアが閉まる寸前、うまく侵入に成功した二人は、壁にへばりついて、上昇していくエレベーターの階数を確かめた。そして一気に、階段を駆け上がる。着物の裾を豪快にまくって一段飛ばしで駆け上がる鉄子を、松子は必死に追った。

二人は、廊下の角からそっと顔を覗かせ、息を切らしながらオーさんを見た。

ドアを開けて出てきたのは、美恵よりも若い、まだ三〇前ぐらいの女――小泉《こいずみ》しのぶだった。

「遅いぞ、オーちゃん」と、しのぶは可愛らしい笑顔で抱きつく。

「いったい何人いるの」松子は呆れた。

「お金が溜まると、人間は何すると思う？」

「愛人を作る？」

「そう。男は二号を囲い、女の経営者はツバメを囲う。結局、溜まっているお金の周りには、男も女も吸い寄せられてくるということ。それに金を拝んでる人間を見ると、自分が拝まれてるような気分になるからよ。そしてもう一つ。ツバメと二号は、脱税の隠し場所、つまりポケットにはもってこいだし」

「っていうか、ママ、なんでそんなに詳しいの？」松子は怪訝《けげん》そうに鉄子を見た。

「私？　私は昔ね、ツバメ二号だったのよ」と、鉄子は過去の苦々しさを思い出したのか、眉を吊り上げて言った。と、プッと破顔して、「ツバメ二号って、なんか夜行寝台みたいね」とイッヒッヒッヒッと笑った。

「はいはい」と、松子が呆れて溜息をついた時、すぐ横のドアが開いて、ズルズルのジャージを着たおばさんが出てきた。

「うるさい！　何時だと思ってんの！」

「失礼しました～」と、声を揃えた二人は、顔を見合わせてククと声を殺して笑った。

一方、その頃——。一美と三木は、愛の尾行をしていた。

「ふれあい産業の三崎愛、本当に2億も脱税してるんですかね？　やけに地味ですね」と、三木は思わずこぼした。

黒い光沢のあるローブを脱ぎ、濃い化粧を落とした愛は、大型量販店で安く買える地味なスカートに茶色いパンプス、それに辛子色のコートと、少しくたびれた影のある五〇歳前の女という風貌で、とても札束の山に縁がありそうには見えない。

「コートのデザインも一〇年以上も前のだわ。きっとがっぽり溜め込んでいるのよ」と、一美は目を鋭く光らせた。

「あれぐらい儲かってると、ナニ食べるんでしょう」三木はワクワクした足取りでついて行く。

と、ふいに愛が振り返った。

慌てて二人は引き返し、わずかに奥まった場所に身を潜めた。

なんとか気づかれずに済んだようで、愛は再び歩き出した。一美と三木は、ホッとつめていた息を吐き出し、再び愛の後ろを尾《つ》いていった。

愛が入って行ったのは、年季の入った定食屋だった。

「おじさん、いつものね」

「はいよ、焼魚定食ね。今日はサンマだよ」と、初老のオヤジは調理場から顔を覗かせて言った。

「サンマ、いいわね」と言いながら、愛はコートを脱いで席に座る。

その席から離れた席に、一美と三木は何食わぬ顔をして座り、同じ焼魚定食を頼んだ。

「ふれあい産業の代表が、500円の焼魚定食？」一美は、仕事の書類に目をとおしながらビールを飲み、サンマを突ついている愛を見て、どこか腑《ふ》に落ちない思いだった。

「この味噌汁、うまいっすね」と、三木は内偵そっちのけで目の前の定食にがっついた。


さて、情報部門査察官の五藤と二宮は、『運命教会　東京本部』として登録されている住所にやってきた。

「あった。このビルだ」と、雑居ビルの階段を上った五藤は、部屋の前に来て思わず「え、ここ？」と漏らした。

「これが、運命教会の本部？」と、二宮も怪訝そうに見る。

ドアに『運命教会　東京本部』の表示があるものの、どう見ても儲かっているようには見えない。それどころか郵便受けには電力会社や水道局からの催促状があふれ、契約解除通知も入っている。

「料金滞納して電気も水道も止められてますよ」と、二宮はそれらを拾い上げた。

ビルの管理人に部屋を開けてもらって中に入った二人は、さらに驚いた。中はガランとして、事務デスクが一つあるだけ。他には何もなかった。そのデスクの上には、しっかりと埃が積もっており、もう随分長い間人の出入りがなかったことを物語っている。

「大した本部だな……」と、五藤は肩をすくめた。

二人は東京国税局・査察第十八部門に戻り、その調査結果を報告した。

「本部は、からっぽ？」と、曽根は眉間にしわを寄せた。

「近所の人の話では、この何年か人の出入りは全くないそうです」と、二宮は報告する。

「要するに、儲かり過ぎて、三崎代表、税金逃れのために休眠状態だった『運命教会』を買い取ったんですよ」と、五藤が付け足す。

「休眠状態？」

「宗教法人の活動、つまり、お布施やお守り等には税金がかからない。でも、法人を作るには文化庁や都道府県の認証を得なければいけないから手間がかかる」

「だったら手っ取りばやく、休眠状態のところを買っちゃえって話よ」と、頭の上に大きなハテナマークを浮かべている査察官のナナに、チーフ主査である久米、それに一美が説明してやる。

「インターネットでも取引されてるよ」と、二宮はノートパソコンの画面を見せた。画面には、『宗教法人売ります。３億６０００万・古民家付き』などなど、物件情報がいくつも並んでいる。

「これ、三崎愛が書いた本です」と、三木は『運命教会』から刊行されている本を見せた。

「『あなたの運命を変える百の言霊《ことだま》集』？」五藤はページを開いた。各ページ一言ずつ、短いフレーズが、たいへん大きな文字で記されている。

「『運命の人はきっといます』、『自分に自信を持とう』、『夢はかなう』、『愛は勝つ』……って、これのどこが言霊なんだよ！」と五藤はキレた。

「まあ、言ったもん勝ちだから」と、一美はクールに言う。

「だったら、宗教法人は脱税じゃ挙げられないってことじゃないですか」と、二宮は一美を見た。

「だから、三崎代表の所得隠しを狙うのよ。『ふれあい産業』や宗教法人の関連事業で得られた収入を、個人の懐に入れている可能性が高いので、そこを突くしかないと思います」

「で、三崎代表、なんかボロ出したか？」と、曽根は三木に訊く。

「いやあ、それが、荒稼ぎしてるわりには、信じられないぐらい地味な生活してるんですよ。車も宝石も海外旅行も興味ないみたいだし、仕事場と自宅の往復だけで、夕食は毎晩、行きつけの食堂の焼魚定食――」

「そんな脱税者いるわけないでしょ。尾行がバレてたんじゃないの?」と、いつの間にか出勤していた松子が口を挟んだ。

「おまえ、まだ出てきちゃダメだろ!」

「もう充分静養しました!」

曽根は、やれやれ、と、頭をなで上げた。

「私がバレるような尾行するわけないでしょ」と、一美は、警察に連行されたあんたと一緒にしないで、と言いた気な不機嫌な口調で言った。

「ま、そりゃそうっすね。じゃあ、若いツバメとか、隠してんじゃないですか?」

「いや、そういうタイプには見えなかったな……」三木は首をひねる。

「還暦の彼氏ならいるわよ」と言った一美の言葉に、松子は「ハァ〜?」と間抜けな声を出した。

「『ふれあい産業』の創立者、大鳥清太郎《おおとりせいたろう》会長、六〇歳。三崎代表は小さな貸衣装屋の頃から会長を支えていた。二人が長年、内縁の関係であることは、社員なら誰でも知ってるわ」と、一美は二人の写真が大きく掲載された経済誌のページを見せた。

「ゲっ、オーさんじゃん!」と、写真を見た松子は思わず吹き出した。そこに写っていた大鳥清太郎は、愛人を二人も囲っているあのオーさんだった。

「愛人二人の上に、三崎代表まで……いやー、ご立派」

ひとりで勝手に感心している松子の周りで、皆「オーさん?」と訝《いぶか》っている。

「松平、ちゃんとわかるように説明しろ」曽根は片方の眉毛を引き上げ、松子をジロリと見た。

数日後、松子は、『ふれあい産業』グループの結婚式場にやってきていた。

試着室で着替えをすませた松子は、「コースケ～!」とまるで恋人を呼ぶように三木を呼びつけ、シャーッとカーテンを開けた。

「コースケ、ねえねえ、どう?」と、純白の豪華なウェディングドレスの裾を持って、松子はクルッと回転してみせる。

「よくお似合いですよ」と、にこやかに応対している式場の支配人は、大鳥の愛人・しのぶである。

松子は、なんとコメントすべきか戸惑っている三木の腕をグッと引き寄せた。

「『運命のカケラ』のペンダントのおかげで、おたくの結婚紹介所で彼と出会えたんです。イケてるでしょ。五コ年下」と、松子はしのぶに顔を近づけて言って、全く10万円の価値があるようにはみえない例のペンダントを愛おしそうになでた。

「それはおめでとうございます。披露宴のお日取りは、もうお決まりですか?」と、しのぶは疑う素振りも見せずに、全くよく次から次へとそんなウソが出てくるな、と、半ば呆れ気味に松子を見ていた三木を、にこにこっと見た。

「お、お日取りは……」と、三木は動揺して松子を見た。ところが松子は、別のドレスの方へとサササっと走って行ってしまう。

「うちのブライダルグループで、新婚旅行から新居まで、すべてご用意させていただきます!」と、しのぶはドサッとパンフレットを三木に渡した。パンフレットの表紙には、『ふれあいトラベル』『ふれあいホームズ』と、全てに『ふれあい』の文字が躍っている。

「コースケ、こっちのドレスはどう？」と、松子は内偵そっちのけではしゃいでいる。

三木はフッと笑顔になって、眩しそうにそんな松子を見た。


カジュアルな服装に黒ブチ眼鏡といういつもの格好に戻った松子は、東京国税局に戻って、結婚式場でもらってきたパンフレットを睨んでいた。

「さっきの支配人、大鳥会長の特殊関係人三号」と、松子はしのぶの顔写真が掲載されているページを出して、デスクの上に置いた。

「エッ？」と三木は驚く。

「で、これが特殊関係人二号。そして、一号はもちろん、三崎代表」と、松子は結婚紹介所のパンフレットの美恵の写真と、ブライダルグループ代表として写っている愛の写真を並べた。

三木は「エエッ！」とやたら驚いて、写真の女たちを凝視している。

「つまり、愛人三人をそれぞれ会社のトップに置いてるんだ。ふれあい産業グループは、大鳥会長のハーレムか」と、どこからか現れた実施部門総括主査の日野が話に入ってきた。

「全員美人だし」と、実施部門査察官の雨宮も、パンフレットを覗き込む。

「順番に若くなっていくし、木曜日のガサ入れが楽しみだなぁ」日野はニヒルな笑いを浮かべた。

「ママ、またあのお客さん。ママと話したいって」

テーブルで常連客と盛り上がっていた鉄子にミドリはそう耳打ちし、カウンターを示した。そこには、ひっそりバーボンを飲む新田の姿がある。

「あの人、辛気《しんき》くさくて苦手なのよ」

「そんなこと言わないで」

ミドリにせっつかれ、鉄子は渋々カウンターの中に戻った。

「どうも。お待たせしました。鉄子です」と、鉄子はあまり新田の顔を見ないようにして言った。

「……今日は折り入って、お訊ねしたいことがありましてね」黙礼した新田は、神妙な口ぶりで切り出した。

「ああ、私《わたくし》のことですか？　血液型はO型、星座は乙女座で、丑年《うし》ですのよ。よろしくお願いいたします」と、鉄子は笑ってみせる。

新田は苦笑いをした。「こちらに、大鳥清太郎会長がよくいらっしゃるそうですね」

「オーさん？　今日はまだお見えになりませんけど」

「『ふれあい産業』が全国的に結婚式場を開設するのに、大手ゼネコンや政界との深い癒着があった……という話、ご存じありませんか」新田は探るように鉄子を見た。

「ねえ、お客さん。ここはオカマバーなんですよ。ゼネコンよりもシリコンの話でワァっと盛り上がるところなんですよ。いじめないでくださいよ」と、鉄子は軽く笑って受け流す。

「お話をうかがえるまで、何度でも来ます」と、新田はバーボンの水割りを飲んだ。

「無駄じゃないんですか。ここには、ネタはネタでも、シモネタしか落ちておりませんよ。シモネタならいつでもお付き合いしますけど」鉄子は顔を合わせないようにして酒を飲んだ。

「うちの査察官《サカン》の松平が、いつもお世話になってます。東京国税局の、新田と申します」

そう言って頭を下げた新田を、鉄子は強ばった表情でまじまじと見た。


大鳥は、『三崎』の表札が掛かっている古い一戸建てのチャイムを鳴らした。

ドアを開けて「あら」嬉しそうな笑顔で出迎えたのは、地味な服装に地味なメイクの愛である。

「おっ、今夜は本丸の一号のところに泊まるんだ」と、少し離れたところに停めたバンから双眼鏡で二人を見ていた松子が言った。一美と一緒に、ガサ入れ前夜の張り込みの最中である。

「やあ、しばらく。いや、すまなかった。ここのところちょっと風邪気味でさぁ」と、大鳥はしばらく顔を出さなかったことを詫びたらしかった。

愛はその言葉を信じたようで、急に心配した表情になった。「まあ、風邪ですか。じゃ、今夜はお鍋にしましょう。生姜とネギ、いっぱい入れて」と、大鳥を中へ招き入れる。

「なーにが風邪気味だ」と、松子は肉まんにがぶっと食らいついた。

と、一美の携帯が鳴った。

「はい……言ったでしょ？　今日は無理」と、一美は小声で苛立ったように言って、携帯を切った。

「……男からですか？」松子はチラッと一美を見た。

一美は愛の家を見たまま、何も応えない。

「大丈夫ですか？」

「何が」

「いえ、サカンと一般人の恋愛って、障害多過ぎて無理って聞きましたけど」

「障害その一——」と、一美はいつも内偵報告をする時の淡々と読み上げるような口調で、唐突に述べ始めた。「デートの最中でも携帯で呼び出される。その二、内偵中はずっと着信拒否。その三、ゆうべどこにいたのか聞かれても答えられない。その四、出張先はいつも秘密。結果、完璧に浮気を疑われ、たいてい三ヶ月以内に破局」

「へー」

「その上、新しい出会いがあっても自分の職業は秘密。相手の誕生日だろうがクリスマスだろうが、ドタキャンは日常茶飯事」

「なるほど……だから、サカンって職場結婚が多いんだ……」

松子はハッとして期待たっぷりの目で一美を見つめた。「ひょっとして、先輩の男もサカン……？」

「あり得ない。査察官《サカン》やってればわかるわ。結婚や永遠の愛なんて貧乏人の妄想よ。男も女もお金が溜まると愛人を作る。それが現実」と、一美はまるで動揺を取り繕うかのように、いっそうクールに、吐き捨てるように言った。

「……そっスね」と、松子は残りの肉まんにかぶりついた。

今度は松子の携帯が鳴った。『非通知』の表示を見て、松子は飛びつくように出た。

「もしもし、友也?!」

『松平か』聞こえてきたのは曽根の声だった。

「なんだ、トウカツですか」

『なんだとはなんだよ。そっちどうだ？』

「大鳥会長、今夜は三崎代表の家に泊まるみたいです」

『そうか。じゃぁ、朝までは動かないだろう。二人とももう引き上げていいぞ。明日が勝負だからな』と、曽根は電話を切った。

——友也が電話してくるはず、ないか……。

頭ではわかっていても、もしかしたら、と、つい期待してしまう自分がいる。松子は落胆を隠せず小さく溜息をついた。


翌朝——。

ゴミを出しに家から出てきた愛に、査察官たちが一斉に駆け寄った。

「東京国税局、査察部です。強制調査を行います」と、日野が告げると、愛は突然ゴミの袋を思いっきり投げつけた。査察官たちを振り切って家の中に駆け込むと、急いで鍵をかける。

「東京国税局、査察部です」と愛の背後から一美が声をかけた。先に家の中に入っていたのだ。

愛は「ギャー」と悲鳴を上げ、履いていたツッカケを投げつけ、突き飛ばすようにして家の中へ駆け込んだ。

一美は極めて冷静に鍵を外して日野たちを入れ、自分も家に踏み込んだ。

同じ頃、運命教会支部の事務所にも、査察官たちが踏み込んでいた。

「東京国税局、査察部です。所得税法違反の嫌疑で強制調査を行います」

ちょうど『運命のかけら』を三方に載せて運んでいた美恵はギョッとして、咄嗟にペンダントを投げて抵抗した。査察官たちはそれをかわし、美恵の身柄を捕捉する。

そして、結婚式場でも、査察官たちは強制調査に着手、うろたえるしのぶの身柄を捕捉した。

東京国税局の本部室には、続々と連絡が入っていた。

「八時四分、三崎愛、身柄確保！」と、電話を受けた曽根は部屋に向かって叫ぶ。

「八時八分、ふれあい産業、着手！　大鳥会長の特殊関係人、島田美恵の身柄確保！」と、久米も報告する。

「特殊関係人、小泉しのぶの身柄も確保！」と、連絡は続く――。

その間にも、三崎家では、着々とガサ入れが進行していた。

家中引っ掻き回される様子を、愛はキッチンからじっと黙って見ていた。隣でじっと愛を監視していた日野が、ふと愛から注意をそらした。その瞬間、愛の視線が一瞬、床下を見た。さりげなく愛の様子を観察していた一美は、それを見逃さなかった。

「床下、調べて！」

愛はギョッとて、顔を引きつらせる。

査察官たちが床板を取り外すと、下は貯蔵庫になっていた。

一美は注意深く愛の表情を観察した。

査察官が漬け物桶に触れた瞬間、愛は一瞬だけひどく顔を歪めた。

「漬け物桶、調べて！」

「イヤーッ！」と、愛は、漬け物桶を開けようとした査察官を突き飛ばした。

「三崎さん、往生際悪いですよ」と押さえようとした日野をも、愛は思いっきり突き飛ばした。そしてその隙に愛は包丁を握りしめ、漬け物桶の前にしゃがんでいる一美に向けた。

査察官たちはハッと凍りついた。

「それ返して！　返してくれなきゃ、刺すわよ‼　本当よ‼」

一美は表情を変えず、包丁を自分に向けている愛をじっと見据えて、ゆっくりと立ち上がった。

「一ミリでも刺したら、一一〇番して」と、愛を見据えたまま、挑むように言った。

一美の、全てを見透かすような冷静な視線に、愛は観念したように包丁を落としその場にへたり込んだ。それを見て、一美はフッと身体の緊張を解いた。

漬け物桶の中には、万札の束がいくつも隠されていた。

さらに、テーブルの裏に張り付けられた何冊もの通帳が、将棋駒容れの中からは印鑑が、ベッドの下にはびっしり敷き詰められた現金が、ありとあらゆるところから、続々とタマリが出てくる。

愛は膝の上に猫を抱きかかえて、泣きそうになりながら、その様子を見ていた。ちなみにその隣では、猫が怖くて仕方がない日野が、ひたすら怯えていた。

三崎宅からタマリが発見されたことは、すぐさま東京国税局の本部室へと伝えられた。

「三崎愛の自宅からタマリ、裏帳簿、発見！」と五藤が告げると、一同からヨシと歓声が上がる。

だが、まだ肝心の大鳥清太郎の報告は、何一つ入ってきていなかった。

「大鳥清太郎は？」と、新田はしびれを切らしたように言う。

「ゆうべは自宅には戻ってません」と、久米が報告する。

曽根は、五藤と電話を変わると、「三木、大鳥会長、きのう三崎代表のとこに泊まったからよ、その辺のどっかに隠れてるはずだ。探せ！」と、三崎家にいる三木に指示を出した。

それを受けて、「大鳥会長、いませんか〜」と、三木とナナは、絶対そこに大人は入れないだろう棚の中まで、三崎家のドアというとドアを開けて大鳥を探した。だが、どこにも見つからなかった。

その頃、松子は、いつものように単独で動き回っていた。

「もしもし、トウカツ。大鳥会長の身柄、確保しなくていいんですか?」と、松子は携帯口に言う。

『それがどこにもいねえんだよ！』

「今、目の前で新しい愛人とイチャついてますけど」

『ナニィ⁉　すぐ捕捉して連れてこい！　逃がすなよ～』

松子は「リョウカーイ」と電話を切った。

松子は、スポーツジムのプールサイドにきていた。

水しぶきをあげてプールから上がった二〇歳そこそこの女は、デッキチェアから差し出されたタオルを受け取った。そのタオルを差し出した人物こそ、大鳥である。

「しゃぶしゃぶ食べに行きたいな。鞄と、靴も欲しいの」とねだる若い愛人四号・青山《あおやま》珠《たま》美《み》に、大鳥はデレッとした笑顔で「オッケーオッケー」と言っている。

「オーさん！」と、松子は満面の笑みで手を振りながら、大鳥の隣にちゃっかり座った。

「やあ、また会ったね……えーと、君は誰だったっけ?」

「東京国税局・査察部・松平松子です」

「サ、ササツ……」と、大鳥は絶句した。

「このたびはうちの者たちが、ずさんな税務申告でご面倒をおかけして申し訳ありません」

東京国税局の調室に連れて来られた大鳥は、担当官の日野と雨宮に、深々と頭を下げた。

「私は名ばかりの会長で、経営からはとっくに手を引いた隠居の身なんですよ。最近はねぇ、トシのせいか忘れっぽくてねぇ」と、大鳥はガッハッハと陽気に笑った。

日野は「ハハハ」と引きつった笑いを返し、キッと大鳥を睨みつけた。「トボケてみせてもダメですよ、会長。愛人兼金庫番を大勢お抱えのようで。今日はうちの調室、満杯ですわ」

大鳥は、ああそう、と、笑顔を微妙に引きつらせて頷いた。

別の調室では、一美が愛の取り調べをしていた。

だが、愛は、黙秘を決め込み、ハァと溜息をつくばかりで何も話そうとしない。

そしてまた別の調室には、美恵が連れてこられていた。

「島田さん、この際はっきり言っちゃいますけど、金庫番はあなただけじゃないですよ」と、日野は美恵に詰め寄った。

「でも、会長は私に通帳も印鑑も預けてくれました。私を一番愛してるって」と、美恵が余裕たっぷりに言ってのけたのを聞いて、立ち会っていた松子は、やれやれ、と、顔をしかめた。

そのまた別の調室に連れてこられているしのぶは、涙声で訴えた。

「会長は、私を一番愛してるって言いました！」

「隣で取り調べ受けてる島田美恵さんも、同じこと言ってましたよ」と、日野は呆れたように言う。

立ち会っている松子も、ウンウンと頷く。

「……トイレ」と、唐突にしのぶは言った。

「トイレに何か隠してるんですか？」

「違う。トイレ、行きたいの」

「お供して」と言った日野に、松子は顔を寄せ、耳元でこっそり提案する。

「もう面倒なんで、愛人一号二号三号、一度に鉢合わせさせちゃったらどうっスか」


ということで、トイレの個室から出てきた愛、美恵、しのぶの三人は、洗面所で鉢合わせする羽目になった。

「お疲れさまです」と、美恵は愛に声をかけた。

「あら、オバサンたち、まだ会長と別れてなかったの」と、しのぶは先ほどとは打って変わって、ふてぶてしい口調で、嘲笑《あざわら》うように言った。

「受付嬢あがりが、エラそうに！」と、美恵はしのぶを睨み下ろした。

「なによ、オバサン！」しのぶは美恵にビンタを張る。

「やったわね！」と、すかさず美恵も、パシンッと叩き返した。そのまま二人は「クソババア」「何すんのよ！」と、叩き合い、髪を引っぱり合い——激しい女のバトルが始まった。

愛はひとり平然と、手を洗っている。

トイレの入口からこっそり見ていた松子は、肩をすくめた。

一方、トイレ前の廊下で女性トイレの中の様子もわからず、パシーンッパシーンッと響くビンタの音や、「イターイ！」「何すんのよ！」「死ね！」などというヒステリックな悲鳴を聞かされている日野、雨宮、二宮の三人は、ビビって立ちすくんでいた。

ひとり平然と出てきた愛は、行くよ、と、顎で合図をして、二宮を引き連れ歩き去っていった。

ビンタ音も悲鳴も、まだ止む気配はない。

「女って、なんでこういう恐ろしい作戦、思いつくんだろうね……」日野はボソッと雨宮に言った。

永遠に止めようとしない美恵としのぶに、いい加減ウンザリした松子は、「お知らせがありまーす」と高らかに声をかけた。「大鳥会長に、新しい愛人四号ができました。皆さんはそろそろ、用済みかと思います」と、プールサイドでイチャついている大鳥と珠美の写真を二人に見せた——。

「結婚相談所の経費を水増ししてできた差額を、現金で三崎代表に渡してました」

調室に戻った美恵は、洗いざらいぶちまけた。左の頬に見事なビンタの手の跡がついている。

「あなたへのお手当は？」

「会長からもらってました」と、雨宮の質問に、美恵は素直に答える。

「もらってたのは、お手当だけじゃないですね」日野はさらに突っ込む。

「はい。会長とファーストクラスで海外旅行いっぱい行ったけど、全部、経費にしてたわ」

「ブランド物もいっぱい買ってもらってたんでしょうね。それも経費？」

「もちろん！」

そしてしのぶも、うっぷんでも晴らすかのように、ペラペラ話し始めた。彼女の頬にも、真っ赤な手の跡がばっちりついている。

「会長から切手みたいなもの預かってたんだけど、最近、急に引き上げたから、おかしいと思ってたのよね」

「切手？」と、雨宮は怪訝な顔をした。

「お金と同じなんだって。契約書とかに貼るやつで、これぐらいで1000万だって」と、しのぶは人差し指と親指で、一センチくらいの厚さを示して言った。

「収入印紙か⁉」

「そう、それ！」

「金額は⁉　何枚あった？」と、日野も雨宮も興奮して身を乗り出す。


一方、愛は、まだ黙秘を続けていた。

「他の愛人たちは、みんな口割りましたよ」

愛はそっぽを向いて、何も言わない。

「この期《ご》に及んで、まだ大島会長をかばうんですか」と、一美はわずかに辟易した色をにじませた。

「……あの、猫に餌をやりたいので、帰らせてもらえませんか」と、一美の言葉は完全に聞こえなかったかのように、愛は急に向き直って言った。

一美は溜息をついた。「しゃべるまで毎日来ていただきますよ」

「はい。失礼します」と愛はサッと立ち上がり、頭を下げて帰って行った。

そして取り調べを終えた日野と一美は、査察部長室を訪れ、新田に報告をした。

「残りのタマリ、収入印紙にして大島か三崎が隠してると思うんですが……」

「黙秘ですか」と、言葉を詰まらせた日野に、新田が言った。

「はい。三崎代表は時間がかかるかもしれません」と、一美は浮かない口調で報告する。

「……徹底してやってください」新田は期待を込めて言った。

とりあえず今日のところは解放された大鳥は、愛人四号の珠美を連れて、『鉄子の部屋』に来ていた。大鳥に買ってもらったのか、珠美は随分と年不相応な本物の毛皮のコートを羽織っている。

「いやはや、まいったまいった。うちの金庫番がしっかりしてないから、とんでもない目に遭っちゃってね。明日も朝から取り調べですよ」と、言うわりには、大鳥は陽気だった。

「それは御愁傷様」と、鉄子は同情した顔をした。

「いやあ、だからね、もう会社から身を引いて、この子と身を固めることにしたよ」と、珠美の肩を抱き寄せてガッハッハと笑った。「来週、ハワイで結婚式挙げることにしたんだ」と、婚姻届の用紙を見せる。そこにはすでに署名がされており、あとは提出するだけの状態だった。

「まあ、税金払っちゃったら一文なしだけどさ」と、大鳥はしょげたように言ってみせる。

「ウソつくんじゃねえよ。まだ、3億ばっか、隠し持ってんだろ」と、大鳥に背を向けたまま、鉄子は野太い男の声で言った。

大鳥は目をむいて、鉄子を見た。

と、鉄子はパッといつものオカマに戻って、「なーんて、冗談よお。素敵な若いフィアンセ連れてくるから、ヤキモチやいちゃった。はい、カンパーイ」と調子よく、大鳥とグラスを合わせた。

カウンターの中に隠れていた松子は、今の話を全部聞いていた。

「脱税するヤツは、日本の道路歩くな」松子は舌打ちして呟いた。

大鳥から電話をもらった愛は、スポーツジムのロッカーにやってきていた。

「ありました」と、愛は言われた番号のロッカーを開け、電話の向こうの大鳥に言った。中に封筒が入っている。

『おお、そうか。おまえを信じてるからな……その封筒だけは頼むぞ』

「わかってます。あと、あなた、墓地の申込みのことなんですが――」と、愛が先を続けようとした時、『オーちゃん、早くぅ』と言う若い女の声が微かに聞こえ、通話は唐突に切られてしまった。

――また別の若い女……。

愛はひとつ溜息をつくと、封筒を持って、スポーツジムを後にした。

その足でいつもの定食屋に行き、いつもの焼魚定食を注文して食べていると、「相席、いいですか」と女の声がした。見ると、査察官の松平松子だった。

「どっこいしょ」と言いながら、松子はすでに勝手に座っている。

「この女性、ご存知ですか」と、松子は写真を見せた。そこには、プールサイドでデレっと笑う大鳥と、珠美が写っている。

――さっきの女の声は、この子だったのね……。

「……うちの旅行代理店の受付です」

「そうでしたか」

「会長の女遊びは今に始まったことじゃありませんので」と、愛は淡々と言った。

「今度のは遊びじゃないみたいですよ。来週、ハワイで結婚式挙げるそうです」

さすがに愛の表情が、一瞬かたまった。

「会長の全財産、新しい奥さんにいっちゃいますね。そうなる前に、国税に収めてもらった方が、世のため人のためになると思うんですが」と、松子はジロジロと愛の顔を見て言った。

「……明日、国税局で全てお話しします」と、愛は答えて微笑んでみせた。

松子は意外そうな顔をしてしばらく愛を見ていたが、「じゃ、失礼します」と帰って行った。

——……若い女と結婚するなんて、ウソだ。だってきのう、あの人はうちに来て、あんなふうに言ってくれたんだもの——。


昨夜、久しぶりに愛の家にやってきた大鳥は、出してやった丹前《たんぜん》に着替え、鍋をつまみにおいしそうに酒を飲んでいた。

「風邪、大丈夫ですか」と、愛は帳簿に視線を落としたまま言った。

「治っちゃったよ。やっぱりここが一番くつろぐなぁ」と、大鳥は身体を伸ばした。

「一番？　……誰と比べてんのかしら？」と、つい愛は皮肉を言って、煙草を吹かした。

すると大鳥は慌てたように、「バカ、何言ってんだよ」と、愛のそばにやってきた。そして、しみじみとした口調で言った。「一緒の墓に、入ろうな。おまえにはさ、いろいろ苦労かけたからな……」

「……よしてください。縁起でもない」愛は思わず涙が出そうになるのをこらえて、わざとぶっきらぼうに言った。嬉しかった。大鳥がそんなふうに自分のことをちゃんと想っていてくれているのが、ひどく嬉しかった。

「煙草が過ぎるよ！　体に良くないよ、もう」と、大鳥は口を尖らせて、愛の吹かしていた煙草を取り上げ消した。

「帳簿なんかいいから、一緒に食べよう！」と、大鳥は愛の手を引いた。「ほら、おいで！　ひとりじゃさみしいんだ」

愛は嬉しそうに眼鏡を外し、大鳥と鍋を突つき酒を飲んだ。


家に帰りついても、大鳥が来週若い女と結婚するつもりだと言った松子の言葉が、愛の頭から離れなかった。

今朝のガサ入れのおかげで、家は荒れている。あの封筒も、落ちていた。大鳥と一緒に契約しようと思ってもらってきた、分譲霊園のパンフレットが入った封筒である。

パンフレットには、よく晴れた真っ青な空と、街を一望できる眺めのいい場所にある墓地の写真が載っている。

愛は、同封してあった申込書に、自分の名前と大鳥の名前を書いた。


愛が証言すると聞いた松子は、その言葉を信じ、安心していた。愛に接触した後、『ふれあい産業』の原点となった貸衣装屋のことを調べようと、東京国税局の資料室へと向かった。

かなり遅い時間にも関わらず、資料室の閲覧デスクには、新田の姿があった。松子はそっと背後に近づいていって、新田が何を調べているのか覗き見しようとした。一瞬『山井興業』という文字が見えた。

「なんだ」と、新田は松子に気づいて言った。

「いやあ……なんでいつも、3億円なんですかね……同じ人間に流れてるってことですか？」

「前から言おうと思ってたんだがな、おまえは嫌疑者に近づき過ぎる。追い詰められた嫌疑者は、何をするかわからん。おまえのやり方は危険だ」

「はーい。気をつけます」と、松子は資料の入った箱を引っぱり出しながら言った。

新田は立ち上がり、出て行こうとする。松子は、その背中に向かって自信たっぷりに告げた。「明日、三崎代表、オチますよ」

新田は何か言おうとしたらしかったが、結局何も言わずにそのまま出て行った。

そして翌日――。

「今日は話していただけますね」

愛は頷いて、話を切り出した。「実は……あと3億円の裏金があるんですが」

「3億?!」と、日野は驚いて繰り返した。

「関連会社の売上金から除外して……私が横領しました」

日野も、調室の隅で聞いていた松子も、「エッ」と愛を見た。

「全部、私が使っちゃいました」

「何言ってんですか？　ちょっと待ってください！」と、思わず日野は立ち上がった。

「全て私の一存で、大鳥会長は何も知りません。1円も会長の手には渡っていません」と、愛は早口に捲したてた。

「あんた、自分が何言ってるかわかってるんですか！　横領罪になりますよ!?」

愛はわずかに動揺したようだったが「どうぞ、警察に引き渡してください」と、開き直った。

――なんでこういう展開になるかなぁ……。

松子はハァと溜息をついた。

この愛の大暴露の報告を聞いた曽根は「おい、どうなってんだ！　話が全然違うだろ！」と、松子を廊下に連れ出し、詰め寄った。

「オチるどころか、開き直ってんじゃないか！」と、日野も松子を責める。

「……社長と、二人で話させてください」

そこへ、三木が走って来た。「郵便局と金券ショップ調べて見つけました」

「大鳥清太郎らしき者が、収入印紙を大量に購入しています！」と、一美も報告した。

――やっぱり大鳥のためのウソか！

松子はひとりで調室に戻った。

「ひとりで罪かぶるなんて間違ってますよ！　このままだと、会長にとって最高に都合のいい女になっちゃいますよ」松子は愛の顔を覗き込んで言った。

だが、愛は松子の顔をチラッと見ただけで、何も答えなかった。

「あなたと会長、もうお金でしか繋がってないじゃないですか」

松子のこの言葉に「あら」と、愛は笑った。「お金より強い絆なんてあるんですか？」

「エッ？」

「お金より大切なものがあるとか言いたいわけ？」と、愛は笑った。「そういうこと言う人、よくいるけど、その人間が逆にどれだけお金に執着してるかってことでしょ⁉　あんただって、その一人でしょうが！　きれいごと言うんじゃないわよ‼」

松子はじっと愛を見つめたまま、言い返す言葉を探していた。だが、見つからなかった。狭い部屋は、重苦しい沈黙に覆われる。

松子の脳裏をよぎったのは、友也の顔だった。屈託のない笑顔をみせていた大切な友也が、あんなふうにさびし気で、暗い闇にのみ込まれてしまうなんて――。

「……お金は人を変える……あんなお金がなければ、ずっと一緒に歩いていけたはずなのに……」

と、松子はつい声を震わせた。

松子はそんな悔しさを払拭するように、愛と向かい合って座った。

「あなたと大鳥さんって、小さな貸衣装屋さんから始めたんですって？　大鳥さんを陰で支えて、会社をあんなに大きくして、もうお二人には、手に入らないものは何もないんですよね……でもあなたは、自分が変わっちゃうのが怖かったんじゃないですか？　だから、今でも貧しかった頃のことを忘れないようにしてるんだ……」

ふと愛は何か言いたそうな表情で松子を見たが、また顔をそむけてしまう。

松子は続けた。「あの食堂、昔よく大鳥さんと二人で行かれたそうですね。その頃のあなたが一番幸せだったんじゃないですか？　いつもそばに大鳥さんがいて、二人で同じ夢を追いかけて……」

「……あの頃には戻れないわ……だって、あの人、変わっちゃったもの」と、愛はポツリ、さみしそうに言った。

「戻れますよ！　あんな金さえなければ……」

愛は、エッ、と、松子の顔を見た。何か思案している様子で、じっと黙っていた。松子はそれを忍耐強く見守った。

長い沈黙の後、ふいに愛は、「あの」と口を開いた。「……一服させてもらってもいいかしら。喫煙所、ある？」


ビルの屋上にある喫煙所に、松子は愛を案内した。

街を見下ろして煙草の煙を吐き出す愛を、離れたところから松子とともに第十八部門の面々と、日野、雨宮は見守った。

愛はおもむろにバッグから封筒を取り出して、ライターの火を近づけた。

「止めて！　早く！」と、それを見た一美が咄嗟に叫んだ。

「3億、燃やすぞ‼」と、日野も叫び、「燃やすなー！」「やめなさい‼」「やめろ‼」と、全員が一斉に愛の方へと走り出した。

「あ⁉　燃やした……」

封筒の角からちりちりと燃え始めた火は、あっという間に封筒全体に燃え広がっていく。

「やめなさい‼」と、ようやく松子は愛に駆け寄った。

愛は、嘲笑うような笑みを浮かべて、どんどん燃えていく封筒を落とした。

雨宮は急いで封筒の火を踏み消す。だが、もう封筒は半分以上が燃えてしまっていた。

「3億円が燃えちゃったぞ……」と、日野は情けない声を出した。

「うるさいわねぇ！　あんたたちが探してるものは、これでしょ」と、愛はバッグから別の封筒を出した。それを受け取ろうとした松子の横から、日野がひったくった。

中には、1センチぐらいの厚さ分ほどの、収入印紙の束が入っていた。

「あった！　収入印紙だ‼　3億円あったぞー‼」日野は皆にそれを見せた。一同は一気に沸き立つ。

「ナニを燃やしたの？」と、松子はふと燃えた封筒を拾った。

「いらなくなった申込書」と、愛はフッと笑った。

封筒から出てきたのは、大鳥清太郎と三崎愛の名前が書いてある、分譲墓地の申込書だった。

「あたし、もう帰ってもいいかしら？」

「また呼び出しがいくと思いますよ」

「はい」と、愛は返事をして、静かに歩み去っていった。


東京国税局を出た足で、愛はいつもの定食屋に向かった。そして焼魚定食を注文した。

愛が魚を突ついていると、ひとりの客がやってきた。

その顔を見て、愛は目を丸くして、箸を止めた。

「おまえのおかげで、一文なしだ」と、愛の向かいに座ったのは、大鳥だった。

「結婚もパーだしさ」と、しょんぼり肩を落とした大鳥は、随分とくたびれたように見える。その情けない姿に、愛は思わず笑ってしまう。

「何がおかしいんだよ。ナニがおかしいんだ！」と、大鳥は不機嫌に言うと、「オヤジ、焼魚定食」と、昔のように注文をした。

愛はこぼれそうになる涙を拭いて、大鳥にお茶を注いでやった。

大鳥清太郎　所得税法違反
追徴金　約1億1000万円
延滞税　約2000万円
住民税　約2000万円
ふれあい産業　法人税法違反
追徴金　約1億5000万円
延滞税　約3000万円
地方税　約6000万円
総計　約3億9000万円
その後の裁判
判決　懲役一年
罰金　合計1億4000万円

仕事を終え、『鉄子の部屋』にやってきた松子は、カウンターを見てギョッとした。

新田がいたのだ。

――イチバンが、なんでここに……？

松子は咄嗟に、カウンターから死角になっている、ドアの前の階段にしゃがんで隠れた。

「百瀬主査、力を貸していただきたい」と、新田は松子には全く気づいていない様子で、カウンターの中の鉄子に語りかけている。

――モモセシュサ？

「……なんのことですか」

「二〇年前のあの事件について、訊こうと思いません。でも、今、あなたの手を借りなければ、暴けない闇があります。あと少しなんです」

「誰かとカンチガイなさってるんじゃありませんか。私はとっくの昔に男を捨てちゃった、オカマなんですよ。そんな怖い話はここでなさらないでくださいよ」そう言った鉄子の声には、拒絶の色がはっきりとあった。

「お願いします。あなたの力が必要なんです」と、新田は深々と頭を下げた。

「お帰りはあちらですから」と、鉄子は素っ気なく入口のほうを示し、新田から離れた。

「財務省に戻ってしまったら、もう手がつけられない……おわかりでしょう！」

そう言い置いて、新田はドアの方に向かって来た。そしてドアの前に隠れていた松子に驚いて。数秒足を止めた。そしてそのまま何も言わず、新田は店を出て行った。

咄嗟に松子は鉄子に駆け寄った。

「ママ、査察官だったの……」

だが鉄子は、何も答えない――。

# 第7話　命懸けの嫁入り

『はい、東京国税局です』

電話口の向こうで、女の声が言った。

「私、すごい脱税の証拠を握ってるんです」と、青山貴美子《あおやまきみこ》は告げた。

『調査課におつなぎします』

電話から保留音のメロディが流れ始めた。その単調なメロディを聞きながら、貴美子はピアノの鍵盤を一音、叩いた。すると壁の大理石でできたプレートが動き始めた。

『はい、こちら調査課です。お待たせいたしました』と別の女の声が聞こえてくる。

壁のプレートが下がりきり、奥に隠し棚が現れた。

貴美子は、そこに現れた山のように積み上げられた札束のひとつを手に取った。

「花形《はながた》不動産社長の花形啓介《けいすけ》、脱税した3億の裏金を隠し持っています――」

東京国税局の一室には、タレコミの情報提供者が呼ばれていた。

「月岡《つきおか》総合病院の脱税に関する貴重な情報をありがとうございます。秘密は厳守しますから、あなたと院長のご関係を話していただけますか」と、情報部門主査の一美は、調査課から回ってきたタレコミ情報の資料を見ながら、対峙して座るその女に言った。

「私は以前、勤務していた看護師です。院長と……デキてました――」

一美の隣に座って一緒に女の面談をしている松子は、深く頷いた。

二人は現在、タレコミの情報が本当かどうかを見極める面談の真っ最中である。

査察第十八部門では、つい先日、今月はタレコミ調査の強化月間と決まったばかりだった。

「特殊関係人タレコミ調査、強化月間……って誰のアイディア？」と、実施部門総括主査の日野は入口に張り出された貼り紙を読み上げながら第十八部門の部屋にやってきた。

「トウカツです」と、調査課から回ってきた膨大な数のタレコミのファイルに目をとおしていた情報部門査察官の五藤が答えた。

「この間、愛人四人いる会長のでかいヤマ当てたでしょ。あれで味しめちゃって」と、査察官の三木は小声で言った。

ちょうどその時、統括官の曽根が部屋にハリきった足取りで戻って来た。「いいか、皆。タレコミのほとんどが、ねたみ、そねみ、恨みだ。ガセネタも多いから、どれが本物の情報か、見極めが肝心だ」

「その手のカンは、女の査察官《サカン》に限りますよね」と、チーフ主査の久米は朗らかに言った。

「あの二人、痴情のモツレとか得意そう」

「百戦錬磨って感じですもんねぇ」とはしゃいだ二宮とナナに、日野は「言うねぇ」とツッコむ。

そういうわけで、松子と一美は、別室で女の面談をしているのである。

「差額ベッド代を一切申告せず、看護師の数をごまかして人件費を水増しし、毎年2000万以上を脱税？」と、一美は、女が電話でしゃべった話を確認する。

「はい。私、院長の不正が許せなくて……」

松子は女をじっと見た。資料によれば、女は五〇歳、匿名、無職である。

――五〇歳にしては異常に若い。メンテナンスが行き届いている。エステとレーザーとヒアルロン酸とヘアマニキュアとカラーリング……ひと月のメンテナンス代、しめて50万円。なるほど。

「あなた、脱税してる院長の奥さんでしょ」

「エッ」と、女は顔を強ばらせた。

――ビンゴ！

「国税局に強制調査させて、ご主人にお灸をすえたいんじゃないですか？」

「……そうなんです。実は主人、看護師とデキて、私と離婚したいって」と、女は急にしょんぼり肩を落として、声を震わせた。

「奥さん、同情はしますが、ここは夫婦のお悩み相談室ではないので」と、一美は泣いている女に冷たく淡々と言った。

「それなら慰謝料ガッポリ取って、別れちゃった方がいいんじゃないですか？　慰謝料には税金かかんないし」

するとと突然、女はパッと顔を明るくした。

「そうなんですか？　いいこと聞いたわ。ありがとうございます」と言って女はお辞儀をすると、

「あ、ちょっと！」と一美が止める間もなく、さっさと出ていってしまった。

「ハイ、次の方どーぞー」と、松子は気のない声を外にかけた。

「次の方じゃないわよ。情報提供者に節税のアドバイスしてどうすんの！」一美は松子を睨んだ。

そこに入ってきた次の密告者は、実に暗い顔つきだった。それを見て、一美と松子はキリッと向き直る。

人気《ひとけ》のない地下駐車場に、黒塗りの車が一台停まっている。そこにもう一台、よく似た黒塗りの車がやってきて、横に停まった。

二台の車から、男がひとりずつ降りてきた。一人は、代議士秘書の横井である。横井は後から来た車のトランクを開け、中に入っていたダンボール箱三箱の中身を確認する。そのどれにも、万札がぎっしり詰め込まれていた。一つの箱に1億円――合計3億円。

「先生によろしくお伝えください」と、3億円を運んできた男は、横井に声をかけた。その男は、萩原拓馬である。

横井は、その金の積まれた車の運転席に乗り込み、走り去った。そして萩原は、もう一台に乗り込むと、何ごともなかったように走り去っていく。

タレコミ強化月間のおかげで、松子は遅くまで、山のようにあるタレコミファイルと格闘する羽目になった。

いい加減ウンザリして帰ることにした松子は、東京国税局のビルを出ようとして、ドアガラスに張り付いた。

「あ、イチバン……ん？」

査察部長の新田は、公用車の後部座席のドアを開け、女を乗せている。その豪華な着物を着た女の左手薬指には、結婚指輪が光っていた。

「人妻だ……」

松子はただならぬ気配を感じ、急いで自転車にまたがり二人の後を追った。信号で停まった新田の車をこっそり覗き込むと、新田と女は、いかにも「ワケあり」っぽい雰囲気ムンムンだ。

「国税の車で不倫？　日本の道路走るな、おまえたち！」

松子は走り去る車を、猛然とペダルを漕いで追った。

車は高級マンションのエントランス前で停まり、新田と女は腕を組んでマンションに入っていく。

「お腹すきません？　家政婦さん帰しちゃったから、お寿司でもとりましょうか」と女は言って、二人はオートロックのドアをくぐっていく。

玄関のガラスドアの外から、松子はマンションの中に消えていく新田の背中を睨みつけた。

しばらくして出前の寿司を配達に、男がやってきた。男は、五〇一号室を呼び出し「青山さん、金寿司です」と告げた。

「お、特上のにぎり」と、松子は男の背後に近づき、寿司桶を覗き込んで言う。

「え？」と、男は驚いて松子を見た。

「今度ここに引っ越してきた者なんですけど、メニューいただけます？」

男はパッと笑顔になって、「どうぞ、ごひいきに」と、メニューを松子に渡した。

「五〇一号室の青山さんって、あのすごいキレイな奥さんでしょ？　ご主人、ナニなさってるんですかね？」と、松子は世間話を装ってさりげなく聞き込みを開始した。

二時間後――。

松子がわざとエントランスで目立つように待っていると、ようやく新田が出てきた。

「……なんのハリコミだ？」

「すいません。つい職業病で、イチバンと人妻の内偵しちゃいました」

新田は極めて不機嫌そうに松子を睨むと、車へと歩いていく。

「彼女のご主人、外交官で海外赴任中だそうですね。ぶっちゃけ、イチバンとデキてるんですか」

「だったら、なんだ」

「おっと、ずいぶんあっさり認めるんだなぁ」

「いいから、さっさとここから消えろ」と、新田は車に乗り込み、思い切りドアを閉めた。

「アッ、まだ訊きたいことがあるんですけど！」

だが、新田の車はさっさと走り去ってしまう。

松子は仕方なくマンションを離れ、『鉄子の部屋』に向かった。


鉄子は客たちと一緒に、カラオケで陽気に盛り上がっている。

「クリスマスはオカマは暇なのよ～。ケーキ焼いて待ってるから遊びに来て～」と、マイクを通してわけのわからない宣伝をしている。

カウンターの隅でビールを飲みながらそんな鉄子を見ていた松子の耳には、色々な言葉が蘇《よみがえ》っていた――。

『鉄子ママも、金で人生狂っちゃった人じゃないか』と言った友也――。

『百瀬主査、力を貸していただきたい。今、あなたの力を借りなければ、暴けない闇がありますと話していた新田――。』

――鉄子ママは、いったい何を隠してるんだ……。

「何ブスッとしてんのよ」と、ボトルを取りにきた鉄子は、松子に声をかけた。

「ママ！　今日っていう今日は、ちゃんと答えてよ」

「何が？」

「昔、国税のサカンだったんでしょ？」松子は鉄子を睨んだ。

「知らないったら知らないわよ。言っときますけどね、今度その話題で私にカラむんだったら、あんたも新田同様、この店出入り禁止ね」と低い声で言いおいて、鉄子は恭子を連れて客のところへ戻っていった。

「あたし、ママのことなんにも知らなかったよ……」

ハァと溜息をついた松子に、ミドリはそっと囁いた。「ハワイに慰安旅行に行った時、私、ママのパスポート見ちゃったの」

「エ？」

「モモセ・テツオ。ママの本名。男らしい名前でしょ」と、ミドリはコースターに『百瀬徹男』と書いて松子に渡し、ウィンクした。

――百瀬徹男……。

翌朝、松子は両手に古い資料を大量に抱えて、査察部長室のドアを足で蹴るようにしてバンッと開けた。

「なんだ、ノックもしないで！」と、新田は不機嫌そうに言った。

「すいません。両手塞《ふさ》がってて」

松子は新田のデスクに、ドサドサッと持ってきた資料を置いた。いずれの表紙にも、山井興業の字が躍っている。

「鉄子ママ、いえ、百瀬徹男という主査が、二〇年前に追いかけていた山井興業ですけど――」

「松平……」と、新田は遮ろうとしたが、松子は止めなかった。

「これと、部長が今追いかけてる闇とかいうものと、どこでどう繋がってるんですか？」

「上司に向かって質問するな。おまえにそんな権限はない」

だが、松子はかまわず続ける。「ゆうべ会ってた人妻は、部長の特殊関係人なんかじゃないですよね。青山貴美子、人材派遣会社『アオヤマビジネスサポート』社長。彼女の会社、今、税務調査が入ってますよね？」

「質問をするなと言ってるだろ」

「イチバン、この間、おっしゃったじゃないですか。おまえは嫌疑者に近づき過ぎて危険だと。その言葉、そっくりお返ししますよ。部屋まで上がり込んで、青山社長とどんな密談してたんですか?!」

「いい加減にしろ！」と、新田が大声で怒鳴ったので、松子はビクッとして口を閉じた。

そこにノックの音がして、次長である遠山が入ってきた。

「これ、お願いします」と、遠山は持ってきた書類を新田に渡した。

松子はデスクの上から資料を取り上げ、「失礼します」と言って、憤然として部屋を出ていった。

「今、大きな声聞こえましたけど、何かトラブルでも?」遠山は、詮索するような視線を新田に向けた。

「なんでもない」新田は書類に目をとおす。

「例の花形不動産のタレコミは、ものになりそうですか?」

「いや……」と答えて、新田は押印した書類を遠山に差し出した。

遠山はそれを受け取ると、「そうですか。失礼します」と、新田を一瞥し、退室していった。

新田の脳裏に、昨夜のことが蘇った。

昨夜、貴美子は「部長にしか話せない」と、新田を家に連れて行った——。

貴美子は届いた出前の寿司桶を、新田の前に置いた。

「この寿司、いくらですか」

「いいですよ。そんなの」と、貴美子は言ったが、新田は金寿司のメニューを開いて値段を確かめると、財布から金を出した。「特上にぎり3500円と、消費税です」と、五円玉まできっちり、テーブルの上に置いた。

「お固いのね」貴美子は笑った。

「さて、部長の私にしか話せないとおっしゃった、花形不動産の件ですが……」と、新田はさっそく切り出した。

「証拠は揃っています。でも、それを渡すには交換条件があります。こういうの、司法取引っていうんでしたっけ?」と、貴美子は微笑んだ——。

昼下がり、いつもの赤提灯居酒屋の座敷で、曽根、久米、五藤の三人は定食を食べていた。

「五藤、イチバンに言われて山井興業、調べてただろ」

「はい、極秘で」と、五藤は曽根に答えた。

「その件なんですけど、山井ルートがらみの花形不動産についてタレコミがあったそうだ。密告の電話してきたのは、アオヤマビジネスサポートの青山社長だ」久米が言った。

「青山貴美子っていったら、政財界のオヤジたち転がして人材派遣会社を大きくしたってウワサの女ですよね？」

「花形不動産とも繋がってたのか……おい、そこで盗聴してる松平！」

そう曽根が言うと、松子はひょっこり窓の外から顔を出した。

「松平！」と呆れた声を出した久米に、松子は「すいません」とペコッと頭を下げる。

「おまえな、俺たちの裏を掻こうなんて、一〇〇年早いんだよ」

「でもその話、オモシロそうですよねぇ」と、松子は三人の顔を順番に、ジーッと見つめた。

その日の午後、第十八部門《ナサケ》の面々にも、このタレコミの話は伝えられた。

「花形不動産が派遣の水増し等で脱税した3億円の裏金を隠し持っている、というタレコミがあった」と、久米は集まった査察官たちに説明する。

「3億……」と、思わず松子は呟いた。

——また、3億だ。

「今回はイチバンから下りてきた重要案件だ。心して調査するように」

その曽根の言葉に、全員「はい！」と応える。

「まず、花形不動産回りは――」と曽根が言うと、松子は元気よく「はいっ！」と手を挙げて前に出た。

「……久米、五藤」曽根の指示に、二人は「はい」と声を揃え、松子は不満ながらも後に下がる。

「青山貴美子が経営するアオヤマビジネスサポート回りは――」

松子はまた「はいっ！」と、前に出てくる。

「……犬養と三木。青山社長の尾行は――」

再び後に引っ込んだ松子は「はいっ！」といっそう大声で返事をして前に出てきた。

「晶太とナナ。以上、解散」

曽根の号令に、査察官たちは一斉に出かけていく。

――そんなぁ……

不満いっぱいの松子は、皆と一緒に出て行こうとする曽根の前に立ちはだかった。

「邪魔だ。どけ」と、曽根は松子を押し切って行く。

「トウカツ、私の任務は？」松子はしつこく曽根の前に回り込んだ。

「おまえは、この重要案件には首突っ込むな。当分、居酒屋チェーン『酒一徹《さけいってつ》』を内偵しろ」

「ハ？」

「それだけやってろ！、と、イチバンがおっしゃった。以上」

――クソッたれ！

松子はフンッと鼻息を荒くした。

松子は言いつけどおり、他の査察官たちと一緒に、居酒屋チェーン『酒一徹』の内偵にあたった。だが、3億円のことが頭から離れない。

「大田原建設のミカン箱も3億、ふれあい産業も3億、花形不動産の隠し金も……また3億か」と、店の裏口のゴミ袋に入っていた割り箸の数を数える手を止めて、松子はブツブツ独りごちた。

「松平さん、マジメに割り箸数えてくださぁい！」

「はーい。しー、ごー、ろーく――」と、松子は大声で数え始めた。

その頃、久米と五藤はゴルフ練習場でクラブを振っている花形啓介を尾行していた。

「あれが、3億隠してる花形不動産の花形啓介……」

「いい気なもんだな。愛人にチクられてるとも知らずに、昼間からクラブ振り回してるよ」と、久米は、部下たちに「社長、ナイスショット」とよいしょされて喜んでいる花形を見て、呆れたように言った。

一方、アオヤマビジネスサポート回りの担当になった一美と三木は、洞窟のような怪《あや》し気な雰囲気の漂う『占いの館』を訪れていた。

「アオヤマビジネスサポートの青山社長、よくこちらにいらっしゃるそうですね」

「ええ、青山社長は大きなことは全部占いでお決めになるのよ。彼女『デビル』カードを引いていたから、ある意味では転換期ともいえるかもしれないわね……」と、黒いサリーを頭から被った占い師の女は、含みを持たせるようなしゃべり方で三木に答えた。

「税金問題と、男性問題じゃありませんか？」と、占い師の前に座った一美は訊《き》く。

「よくわかるわね」

「公私ともに腐れ縁の花形不動産社長とは、このへんでスッパリ縁を切りたい？」一美は、ある意味占い師よりも予言的な言い方で言ってカードを一枚引いた。裏返すと、『デビル』カード。

「そう！　あなたも霊感あるみたいね？」

脇に立っていた三木は、驚いて一美を見た。

さて、青山貴美子の尾行を命ぜられた二宮とナナは、貴美子を尾《つ》けてサウナの表を張っていた。

貴美子がバスタオルを巻いてサウナルームで汗を流していると、やっぱりバスタオルを巻いて入ってきた女がわざわざ貴美子の隣にくっつくように座った。

「青山貴美子さん」

「え？　どなた」

「新田進次郎の家内です」

そう言った女は、『酒一徹』の内偵を抜け出した松子である。

「査察部長の？」

「はい。新田松子です。あなた、うちの主人と浮気してますね」と、松子は先日の「新田内偵」の時に撮った、貴美子と新田が「ワケあり」っぽく腕を組んで写っている写真を見せる。

「はあ？」

と、突然、松子は貴美子の足元にひざまずき、両手をついて懇願した。

「別れてください。主人と別れてください。私、新田進次郎を死ぬほど愛しています。私には進次郎しかいないんです」と、松子は仰々しく泣きまねをする。

「奥さん、違うわよ。誤解よ」と貴美子は腰を浮かしたが、「この泥棒猫！」と、松子はそれを無理矢理座らせた。

「別れるって約束してくれるまで、私、あなたを離しませんから！」

「もう勘弁してよぉ」と言った貴美子の隣に、松子はピタッとくっついて座った。

そして十数分後――。

まだサウナルームにいる松子と貴美子は、汗をダラダラ流して、喘《あえ》いでいた。

「だから、誤解だって言ってるでしょ」と立ち上がろうとする貴美子を、松子は執拗に引き止めた。

ついに限界になった貴美子は、渋々話し始める。「……取引を持ちかけたのよ」

「取引？」

「最近、税務署がうちの会社かぎ回ってるから、花形不動産の脱税の情報と引き換えに、うちの方は見逃してって」

「主人は、その取引に応じたんですか？」

貴美子は首を横に振った。「『そういう取引はお断りします』ですって。３億円の脱税の証拠を渡す、なんなら裏帳簿も手に入れるって言ったのに、『我々を甘く見ないでいただきたい』って、断られたわよ」

それを聞いてホッと安心した松子は、ようやく貴美子の手を離した。

「あんたの亭主は、石頭で、食えない男だわ」貴美子はゼーゼー肩で息をしながら、這うようにしてサウナルームの外に逃げ出し、へたり込んだ。

「そのとおりです」と、同じようにゼーゼー苦しそうにフラフラと出てきた松子は、いまにも倒れそうになりながら、なんとか脱衣所へと向かっていった。

水をゴクゴク飲んで、ようやくのぼせがとれた松子は、「あー、いい汗かいた」と、サウナを出た。

建物から出てきた松子を見て、外に張り込んでいた二宮とナナは「松平さん?!」とひどく驚いた。

「お疲れさーん」と、松子は顔を冷やしていたペットボトルを二人に投げ渡して去っていった。

その日、東京国税局の査察第十八部門では、松子以外の情報部門、実施部門の査察官たちが集まって、新田に内偵の報告をしていた。

「二〇〇名の派遣社員の人件費が計上されていますが、実際はその半分以下です。就業期間も大幅にごまかしてます」

「花形啓介は青山貴美子とグルになって、帳簿上の帳尻を合わせてます」

「タレコミどおり、この二年で、およそ3億の脱税が見込まれます」と、一美、久米に続いて曽根が報告した。

「花形不動産、アオヤマビジネスサポート、一気に両方ともガサに入りましょう!」と、日野はわき立つ。

「待て。まだ調べは終わっていない」と、新田は五藤と視線を交わした。

五藤はそれに、深く頷く。

花形はいつものゴルフ練習場に打ちっ放しに来ていた。今日は、山井興業の常務・藤野も一緒だ。

「最近ざわざわしちゃってるから、血圧の数値が上がっちゃっちゃってね」と、花形は薬を飲んだ。

「それはいけませんね」

「おたくに国税入ったし、うちも気をつけないと……でも、あちらは急いでるんだろ？」

「はい。一度しくじってますし、選挙の時期を考えると、そろそろ……」と、藤野は神妙な顔つきで言った。

「ハイ、失礼します」と、二人のテーブルの灰皿とおしぼりを交換したのは、店のユニフォームによく似た色のジャンパーを着た五藤である。五藤はクラブを振る花形に、「ナイスショット！」と、わざとらしいほど大声をかけた。

藤野は怪訝そうに五藤を見たが、花形はご満悦といった笑顔を五藤に向けた。


その頃、松子はひとり、図書館で二〇年前の新聞記事を調べていた。

片っ端から記事に目をとおしていた松子は、ふと小さな記事に目を止める。

『山井興業の運転手・赤川真さん　事情聴取直後に自殺』――そう見出しがついている。

「友也のお父さんだ」

友也の父親は裏金を運ぶ仕事をしていて、闇の金のせいで自殺したのだと鉄子が話していたのを思い出した松子は、そう確信した。

同じ紙面には、『山井問題、波紋広がる　政界巻き込む汚職事件に発展』というトップ記事もある。

前後の日付の記事を隅から隅まで調べると、この記事が出ていた数日後、『東京国税局職員が変

死　警察は他殺の可能性ありと捜査　山井興業との関連は？』という見出しの記事を見つけた。

――査察官の死……。

松子はその夜、赤提灯居酒屋に曽根を誘った。

「まあまあ、トウカツ。グッといってください」と、松子は曽根に熱燗をお酌する。

「今さらゴマすっても遅えんだよ。おまえ、少しは反省しろよ」と、曽根はグッと酒を飲み干す。

「ハイハイ」と、軽く答えて、松子はまたお酌をする。「ちょっと訊きたいことがあるんですけど。二〇年前もサカンが山井興業、追いかけてたんでしょう？」

「なんだあ？　いきなり」

松子は図書館で見つけた新聞記事のコピーを見せた。

「なんだ、これ」と、曽根は、猪口《ちょこ》をあおる手を止めた。

「二〇年前、大きな事件があったんですよね。死人まで出るような」と、松子は声を低くして言う。

曽根は松子をジロッと睨む。「おまえよ、イチバンからこの件には首突っ込むなって、あれほど言われてんだろ」

「やっぱり、重要案件ってこれだったんだ」と、松子は口の中で転がすように呟くと、「もう、トウカツ、教えてくださいよ！」と、曽根にお酌をして、甘えたふりをしてみせる。

「俺はその時まだ下っぱのぺーぺーだったからよ、その件には触らせてもらえなくて、知らねえんだよ！」

「この案件を追って、一人は変死。国税を辞めてったサカンまでいるって話じゃないですか」

「……おう。優秀な男だったんだけどな。今頃どうしてるんだか」と、曽根はしんみり言った。

「それ、百瀬徹男っていう男ですか」

それを聞いて、曽根は肩眉を吊り上げ、驚いたように松子を見た。


「ありがとうございました〜。またいらしてね〜」

鉄子とミドリは、常連客を店の外まで送った。と、入れ違うようにして新田がやってきた。

「あら、いらっしゃいませ」と、ミドリと恭子は明るく迎えたが、鉄子は急に怖い顔つきになり、

「すいません、今日はうち、もう閉店なんですけど」と、中へ入ってしまった。

「ママ？　……どうぞ。まだ大丈夫ですよ」と、ミドリは新田を招き入れた。

「では、一杯だけ」新田は少し遠慮がちに後に続いた。

それから数時間後――。

ミドリも恭子も帰ってしまった後も、新田はまだカウンター席で、すっかり氷が溶けて薄くなったグラスをもて遊んでいた。

「水割り一杯で何時間もねばられたんじゃあ、こっちも商売上がったりなんですけどね」と、新田に背を向けるようにしてカウンターの中に立っている鉄子は、あからさまに迷惑そうに言った。

「すみません」

「お勘定なさいます？　どうします、領収書の宛名書き。東京国税局でいいんですか」

「協力を、お願いできませんか。はい、という返事をいただけるまで、今日は帰りません」

鉄子は呆れて、溜息をついた。

「あのね、もうぶっちゃけた話、しますけどね、実は私、お金の情報屋をやってるんですよ。『あ

そこはシコタマ銭《ゼニ》、溜め込んでるぞ。脱税やってるぞ』なんて税務署にタレコむこともあれば、お足代いただいて、『こうやったら脱税とはわからない、こうやったら節税になる』なんていう指南もやってるんです。そんなお金の裏街道歩いてる人間に、国税がいったい何を協力しろっていうんですか」

「ふれあい産業の大島会長が隠匿していた3億、大田原建設から消えた3億……それらをたどっていくと、同じ点と線に繋がるんです。二〇年前、あなたが追いかけていた、山井興業と民栄党の中《なか》山中道《やまなかみち》との癒着です」

鉄子は表情を強ばらせて、動揺を抑えるように酒を飲み込んだ。

「今はそのパイプが絶えるどころかさらに太くなって、より強く結びついてます……ご存知ですよね？」

鉄子は何も応えず、新田に背を向けた。

「情報屋として生きながら、あなたは密かに、亡くなった同僚の仇を討とうとしてるんじゃないですか」と、新田は確信を持った口調で言った。

「殺されるかもしれないような、そんなヤバい話、あんたも近寄らないほうがいいんじゃないですか。おとなしく財務省に戻れば、温かい次官の席が待ってるんでしょ」

「私は、全査察官《サカン》を動員してでも、やるつもりです」と、新田は鉄子を遮って、きっぱり言った。

「……全サカン？」

「松平松子。彼女はもう嗅《か》ぎつけて、動き始めてます。さすがにあなたの弟子だ。グレていた松平を夜間学校に通わせ、税務職員の試験を受けさせたのは、あなたですよね？」

「後生ですから、松子だけは巻き込まないでください」と、鉄子は思わず新田に手を合わせた。

「では、協力していただけますか」

「ああ、信じられない。まあ、なんてことでしょう。天下の東京国税局の査察部長《イチバン》ともあろうお方が、部下を人質にこんなオカマを脅すんですか」と、鉄子は目を覆った。

「お願いします」と、新田は深々と頭を下げる。

いつまでも頭を上げない新田に、鉄子はどうするべきか途方に暮れた。

ちょうど同じ頃、花形と山井興業の藤野とが金の受け渡しの算段をしていた。

『例の秘書がいつもの場所に行きます』と、電話の向こうの藤野は言った。

「ウチから先生に渡す金はどうしますか？」と、花形不動産の社長室で、花形は携帯に言う。

『いつもの運び屋が伺いますので』

「わかった」と花形は言って、携帯を切った。

そして壁に掛かったシャガールの絵を外すと、ピアノの高音のドの鍵盤を叩いた。すると、絵の後ろに隠れていた『我が人生　此処に在り』と文字が掘られた大理石のプレートが壁の裏へと動き、隠し棚に積まれた札束の山が降りてくる。花形はその札束を手に取って、その金の匂いを嗅いだ。

東京国税局の大会議室に、二〇〇名を超える査察官たちが続々と集まってきていた。ガサビラが配られ、査察部幹部たちが一同の前に並ぶ。

「明朝八時、強制調査を行う！」と、新田の号令に続き、日野がガサ入りの内容を説明する。

「今回のガサは株式会社花形不動産。嫌疑者は、経営者・花形啓介。株式会社『アオヤマビジネスサポート』の青山貴美子社長と共謀し、人件費の架空計上などで所得を隠し、総額3億の脱税が見込まれる。

着手先は花形不動産本社、花形啓介の自宅。アオヤマビジネスサポート本社、青山貴美子の自宅」

「新たにもう一件、着手先を追加します。株式会社山井興業」

その新田の発言に、会議室にざわめきが走る。

「以上。徹底して捜索を――」

その時、突然松子が前に歩み出てきた。「部長！　質問があります」

「……松平、君はこの案件から外したはずだが」

「申し訳ありません。こいつが勝手に……」と、曽根は頭を下げた。

「松平、下がれ」と、久米が制しようとする。だが松子はその手を振り払い、新田の前に進み出る。

「山井興業は何十年も前から、裏の裏では政治家と繋がってるってウワサがあります。そこを叩くんですか？」

「おまえ、出てけ」と、五藤も慌てて松子の腕を引こうとしたが、松子はそれも振り払った。

「松平、おまえ何やってんだ！」と、曽根と日野も松子を押さえようとする。

「イチバン！」と、松子は新田を見据えた。

「そういう仮定の質問には答えられない」

「仮定じゃなくて、事実だったとしたら？」

だが、新田は答えない。

「答えてください！　イチバン！」

「万が一、事実だとしても、それは特捜のやるべき仕事であって、我々国税の仕事ではない。我々は、逮捕権も武器も持たない。丸腰で敵陣に斬り込んでいかなければならん。不正な金の出口を、ひとつずつ塞ぐ。国税局のなすべき仕事は、それに尽きる。

調査力こそ、我々の武器なんだ。靴の底をすり減らしながら、雨の日も雪の日も、真夏の炎天下も、夜も昼もなく内偵を続け、地道にコツコツ証拠を積み上げる。

公務員とはいえ、市民には毛嫌いされ、嫌疑者にはなじられ、わりに合わない仕事かもしれない。しかしな、そういう君たちを、私は誇りに思う。皆の献身的な努力は必ず報われなければならない。一滴の水も漏らさないように出口を塞いでいけば、いつかきっと……いや、必ず、巨悪の息の根は止められる！」

新田の静かだが熱く燃えさかる想いは、全員の胸に火を灯した。皆、やる気に満ちた表情を輝かせて新田を見つめている。

「明日は、徹底して捜索を行ってください！」

「はい！」と、全員、いつにもまして気合いのこもった返事をする。

「以上」と言って、新田は会議室をあとにした。

それに続いて、続々と査察官たちも会場から出て行く。新田がいなくなったあとも、松子は新田の歩いて行った先をじっと見ていた。その胸には、炎が渦巻いていた。

査察第十八部門は、ガサ入れ前夜の独特な高揚感に包まれていた。そんな空気を楽しむように、部屋にやってきた日野は曽根のデスク前に行った。他の査察官たちも、デスク前に集合する。

「ついに山井ルートに斬り込むのか」曽根は期待に満ちた表情で言った。

「新田部長、年明けに財務省に戻るらしいです」

「じゃあ、最後の大仕事ってわけか……」久米の言葉を聞いて、日野が言った。

皆の士気がいつも以上に高まっているのを、それぞれ感じているようだった。


その頃、査察部長室で、新田は丹念に、山井興業に関する最後の資料調べをしていた。そのデスクの前には、先ほどから無言で立っている遠山の姿があった。

「……なんだ」と、新田はしびれを切らして言った。

「本当に特捜に協力を求めなくていいんですか」

「協力を求めれば、それだけ情報が漏れやすくなる」

「しかし、部長……」

新田は無言で遠山を見返す。

「……いえ、失礼しました」と、遠山は出ていった。その背中を、新田はじっと見送った。

国税局を出た新田は、自分で公用車を運転し、鉄子の指定した地下駐車場へと向かった。

「明日、ガサ入れ敢行します」と、助手席に乗り込んだ鉄子に、新田は告げた。

「そう。じゃ、必ず裏金が動くわね」

「3億の引渡し場所は、どこですか？」

「……ここよ」

「ここ?!」

鉄子と新田は車を降り、その人気のない駐車場で行われようとしているやりとりを検分する。

「二台の車がやってきて停まる。そしてそれぞれの運転手が交代する。一人は、山井興業の運び屋、そしてもう一人は、中山中道の秘書よ」それから鉄子は、「ここよ、ここで金が引き渡される」と、噛み締めるように言って駐車場を見回した。

新田は、明日この場所で何が起こるのか、想像を巡らせていた。

一方、査察部長室を出た遠山は、職員がいなくなった暗いフロアで、携帯電話をかけた。

「明日の強制調査、山井興業にも入るそうです。私は特捜に渡せと言ったんですが……はい。またご連絡します、次官」

そう言って、遠山は携帯を切った。

情報は、すぐに山井興業の藤野に伝えられた。

『中山代議士・第二秘書の横井です。明朝八時、そちらにも強制調査が入るそうです』

これを聞いて、藤野は顔色を変えた。

「うちにも⁉　……わかりました。慎重にやります」

藤野は横井との電話を切ると、別の相手――萩原に電話をかけた。「私だ。明日の朝八時に査察が入る。今夜は危険だから、明日、ガサ入れのドサクサを狙って運べ。金の場所はわかってるな……命がけであの金を守れ」

『はい……次しくじったら、私の命もないんですよね』と、萩原は言ったが、藤野はそれには答えずに電話を切った。

新田との密会を終え、鉄子は店に帰ってきた。鍵を開け、明かりを落として無人のはずの店内に入った途端、人影に気づいてハッと息をのんだ。

と、ソファからガバッと起き上がったのは、松子だった。

「ああ、ビックリした！　泥棒かと思ったよ。松子かい」

「ママが遅いから寝ちゃったんだよ」と、松子は伸びをした。

「大事なお客さんのお見送りだったの」と、鉄子はカウンターの中に入ると、あくびをしながら、カウンター席に座る松子を見た。そして、カウンターの壁に掛けてある裸婦の絵の後ろから、あるものを取り出した。

「へー、ママはタマリ、そこに隠してるんだ。いくら隠してんの？」

「……お金よりもっともっと、大事なもの」と、鉄子はそれを松子に見せた。

「何？　ママの大切なものって」と見た松子は、アッとなった。それは、一通の葉書だった。『鉄子ママ、ごめん。色々ありがとう。　友也』と書かれていた。

「こんなのいつ届いたの!?」と、松子は手を伸ばしたが、鉄子はひょいっと葉書を翻してしまう。

「多分、友也のやつ、成田を発《た》つ前にポストに落としたんだよ」

「なんでずっと隠してたんだよ!?」

「おまえがヤキモチやくと思ったんだよ」

「ハァ、ヤキモチ？」

「ああ、そうだよ。やっぱり友也はあたしよりママの方を愛してるんだ、ってね」

「なにそれ、キモチワルッ！　ちょっと見せてよ」と、松子は手を伸ばした。だが鉄子はもったいぶって渡さない。松子は「早く見せて！」と、奪うようにそれを取ると、たった二行しか書かれていない文面を、じっと見つめた。それこそ穴が開くほど、ジーッと。

「……あいつ、ちゃんと飯食ってるかね」と、鉄子はポツリ呟く。

「……知らないよ、あんなやつ。どうせ今頃、罰《ばち》当たって腐ってんだろ」と、松子は葉書をカウンターの上に放り投げた。

「何言ってんだよ。おまえだって心配で、ずっと暗い顔してるじゃないか……」

二人はふっと溜息をついた。


翌朝、それぞれのガサ入れ場所に集まった査察官たちは、八時を待って、強制調査に着手した。

「東京国税局、査察部です！　強制調査を行います！」と、日野を先頭に、三木や査察官たちは花形不動産のビルへと踏み込んだ。

一方、部屋で紅茶を飲みながら窓外に目をやった貴美子は、スーツ姿の隊列がマンションに向かってくるのを見て、悪態をついた。「査察だわ……チクショー、新田のクソ野郎」そして、慌ててタマリ隠しに奔走する。ついインターフォンに出そうになった家政婦に「出ちゃダメよ！　何グズグズしてんの！　そこの絵、外して！　宝石もワインも隠すのよ！」と、貴美子は叫び、部屋の中を走り回る。

貴美子が玄関のドアを開けないので、管理人にドアを開けさせ、一美を先頭にした査察官たちは貴美子の家に踏み込んだ。

「東京国税局、査察部です。青山貴美子さんですね」

一美がそう訊くと、ソファで雑誌を見ていた貴美子は、取りつくろうような笑みを浮かべて、「はい」と頷いた。見ている雑誌は、見事に逆さだった。

「東京国税局、査察部です！　強制調査を行います！」と、山井興業のオフィスにも、雨宮たち査察官が一斉に突入していた。

動揺してバタバタ動く社員たちを「動かないで！」と制止しながら、査察官たちはガサ入れを開始する。

「うちは先日も入られたばかりですよ。どういうことか説明してください！」と、藤野は常務席から立ち上がって雨宮を睨んだ。

東京国税局の本部室には、報告連絡が続々と入っていた。

「これで全部入ったぞ！　山井興業もだ！」と、電話を受けた曽根が部屋に向かって告げる。

珍しく本部室で待機している松子は、それをホワイトボードに書き込んだ。

一方、貴美子のマンションでは、部屋のあちこちから、現金、宝石が続々と出てきた。

貴美子の様子を見張っていた一美は、ふいに貴美子のロングスカートの裾が妙に濡れているのに気づいた。一美はピンときて、風呂場に急ぐと、「浴槽調べて」と、査察官たちに告げた。

「そこダメー！」と、金切り声をあげて家政婦がバタバタと飛んで来た。そのまま家政婦は、泡で中が見えない浴槽に飛び込んだ。査察官たちは、なんとか家政婦を引きずり出すと、浴槽に手を突っ込む。

「金塊出ました！」

同じ頃、例の金の引渡し場所であるはずの地下駐車場では、新田をはじめ、久米や五藤、その他、大勢の査察官たちが密かに張り込んでいた。

と、新田の携帯が鳴った。「はい、新田です」

『ひどいじゃない！　私は国税局に協力した善良な市民よ』と電話から聞こえてきたのは貴美子の声だった。

「ご協力には感謝します。しかし、脱税は脱税です」

『ホントに食えない男ね』

「取り込み中なので、失礼します」と、新田は駐車場を横切りながら、早口に言った。

『ちょっと待って！　最後の取引しない？　花形不動産の裏金の隠し場所、私、知ってるわ』

貴美子の言葉に、新田は足を止めた。

新田が貴美子から聞いた情報は、すぐに東京国税局の本部室へと伝えられ、そこから花形不動産にガサに入っている三木へと伝えられた。

「壁に掛かっているシャガールの絵を外して……」三木が復唱するのを聞いて、査察官はすぐに壁のシャガールの絵を外した。「ピアノの高い『ド』を叩け？」

三木が「ド」の鍵盤を叩くと、シャガールの後ろに隠れていた『我が人生　此処に在り』と刻まれた大理石のプレートが動き、隠し棚が降りてきた。

息を呑むように、一同はそれを見守った――ところが、すでに中は空だった。

「花形さん、ここにあった３億、どっかに隠しましたね」日野は花形に詰め寄る。

「なんのことですか？」と、花形は笑みを噛み殺したような、すっ呆けた表情で答えた。

一方、本部室で電話に出ていた曽根は、思わず声を荒げた。

「何？　山井興業から車一台、逃走?!」

それを聞いて、ついに我慢できなくなった松子は、国税局を飛び出した。

店の前に盛り塩を置いた鉄子は、カチッカチッと火打ち石を打ち合わせた。が、火打ち石が欠けた。そのひどく不吉な予感に、鉄子は天に向かって手を合わせ、必死で祈った。

自転車を飛ばした松子は、国税局のハイエースとカーチェイスする黒塗りの車を発見した。

――あの車だ！

黒い車が急にハンドルを切って曲がったため、ハイエースは振り切られてしまう。松子は自転車を懸命に漕ぎ、全速力で黒い車を追った。

と、黒い車が交差点で停まった。その拍子に、運転席の男の顔が見えた。

――あれは、萩原!?

ふいに松子の耳に、友也の声が蘇る。――俺は、汚い金のせいで父さんを亡くして不幸になった……。それなら、汚い金で今度は幸せになったっていいじゃないか……。どうせ、あの金も表に出ちゃいけない金なんでしょ？　俺は思いっきり冒険するんだ。あの金で――。

それから最後に見た、友也のあの痛いほどせつない表情が、松子の胸を締め付けた。

――絶対に逃がさない。絶対に！

松子は萩原の車を追った――。

地下駐車場に、一台の黒塗りの車がやってきて、停まった。

「秘書の車が到着しました」と、ハイエースの運転席から様子を窺っていた五藤が、新田に告げた。

「山井興業の車は、八時十五分に出たから、間もなく来ます」と、後部座席の久米も報告する。

と、その時、甲高いタイヤの音をきしませ、黒塗りの車がもう一台、姿を現した。

「来たか」と、新田はサイドミラーで確認した。全員、車内に隠れるよう身を低くし、息を詰めて車が通過するのを見送った。

車は、停まっていた黒い車の隣に停車した。

そして、秘書官の横井と萩原が、ほぼ同時に、それぞれの車から降りてきた。

「あの男！」と、片方の男が萩原だと、全員が気づいた。

萩原の乗ってきた車のトランクを開け、横井が積んであるダンボール箱三箱の中身を確かめるのを見て、五藤や久米たちは飛び出そうとした。

「まだだ」と、新田はそれを静止した。

じっと息を潜めて、新田たちは横井と萩原の動向を見守った。

二人は乗ってきた車とは別の車の運転席に回り、今まさにドアを開けようとしている。

「今だ！」

新田の合図で、一斉に車の外に出た時――一台の自転車がものすごいスピードで一同の前を横切った。松子だ。彼女は自転車を乗り捨てるようにし、そのまま、萩原の車の前に立ちふさがった。

「萩原‼　車を離れなさい‼」

「おまえ、誰だ?」萩原はドアをバタンッと閉め、松子を睨みつける。

「東京国税局、査察部です」

萩原は鼻で笑ったが、それを聞いてひどく動揺したのは、もう一台に乗り込もうとしていた横井だった。

「どけ、松平‼」と、新田は令状を手に歩み寄ってきた。

「イチバン⁉」松子は混乱した。

「いいから、どけ！　ジャマするな‼」

と、一斉に査察官たちが二台の車を取り囲み、逃走しようとしていた横井を取り押さえた。

「車、捜索します」と、久米は令状を見せ、トランクを開ける。そこにあったダンボール箱には、札束がぎっしりと積み込まれていた。

「イチバン、現金ありました！」と、五藤は高らかに報告した。

「よし、二人を捕捉しろ！」

横井と萩原を押さえていた査察官たちは、彼らを車まで連れて行こうとした。

その時――。

萩原が査察官たちを振り払うと、そばにいた松子の首に腕を回し、彼女の頭に拳銃を突きつけた。

「その金に触るな‼　この女、撃つぞ‼」

全員、その場に凍りつく。

松子も、恐怖で体が動かない。

「無駄な抵抗はよせ……逃げ場所はもうない。その女を離せ」新田は静かに言って、一歩、足を踏み出した。

「動くな‼」萩原は銃口を新田に向けた。

「もうやめろ……やめろ」と、査察官たちに押さえられている横井は、震えた声で言う。

「うるせえよ！　俺はこの金届けなきゃいけないんだよ‼」萩原は松子を無理矢理引きずって、

「どけ！」と銃で査察官たちを散らしながら、３億円を積んだ車の運転席に乗り込もうとした。

次の瞬間、松子は萩原を思いっきり突き飛ばし、走り出した。

すぐに立ち上がった萩原は、松子めがけて発砲した。それをかばうように新田が飛び出し、柱の陰に走った。

萩原は、あたりかまわず発砲する。

バンッ！　バンッ！

「ああ？　当たんねーな」萩原はヤケクソで撃ちまくる。

松子たちは、柱や車の陰に隠れる。

バンッ！　バンッッバンッ！　カチッ、カチッ、カチカチ――

どうやらタマ切れになったらしい。

査察官たちは、一斉に萩原に飛びかかった。

「身柄押さえました！」と、五藤が叫ぶ。

だが、何の返答も聞こえてこない。

「イチバン⁈」松子は周囲を見回した。

その時、新田が持っていたはずの令状が、松子の足元に風でふわりと流れてきた。

血がべっとりとついている。

ふと視線を上げると、すぐ近くに停められた車の陰から、男の足が見えている。

松子は恐る恐る回り込んだ。

――ッ⁉

そこには、車にもたれかかり、ぐったり頭を垂らしている新田の姿があった。

「イチバン？」

新田は動かない。左側を撃たれたのか、左腕のシャツの袖口からぽたぽたと流れ落ちている血が、床に真っ赤な血だまりを作っている。

「イチバン‼」松子は新田に駆け寄った。

松子の悲鳴に駆けつけた査察官たちも息をのむ。

「イチバン‼」

松子は叫んだ。

「救急車、救急車呼んでください‼」


疾走する救急車の後ろで、救急隊員が新田に懸命な処置を施している。

危険な状態らしく、救急隊員たちはひどく緊迫したやりとりを繰り返す。

「新田さん、わかりますか！」という救急隊員の呼びかけにも、新田は反応しない。

松子は本部室の曽根に、連絡を入れた。

「トウカッ……あたしのせいです……嫌疑者に近づき過ぎるなと、部長にあれほど言われたのに……あたしのせいです」

松子の目から涙がボロボロこぼれる。

と、新田がふっと目を開けた。

「……マツダイラ……」と、新田は苦しそうに、しぼり出すように言った。

「はい！」松子は新田のそばに寄った。

「うぬぼれるな……おまえのせいなんかじゃない……俺もおまえと同じだ……金持ちが嫌いだ……甘い汁を吸う金持ちが、大嫌いだ……だから……」

新田は一瞬、目をカッと見開いたかと思うと、ゆっくりまぶたを閉じた。

「イチバン!?　イチバンーッ!!」

# 最終話　脱税する奴は、日本の道路を歩くな！

「現金多く払い過ぎても、国は知らんぷりして返してくれないからね。医療費や保険料、面倒でもちゃんと申告しないと損するよ」

西伊豆ひまわりの森老人ホームのダイニングルームで、松子は確定申告の用紙を睨みながら算盤《そろばん》を弾《はじ》いた。

「ほら、３４５０円も返ってくる」松子は申告書の金額を書き直して、見せてやる。

「え？」と、松子の向かいに座ったおばあさんは、耳を松子の方に向けた。

「３４５０円も返ってくるの！」

「そんなに」と、おばあさんはにっこり微笑んだ。

「そう！」松子も嬉しくなって、にっこりした。

「ハイ、次の方～」

ダイニングルームには、松子の確定申告相談会に集まった老人たちの行列ができている。松子は、今度はおじいさんの確定申告チェックに取りかかる。

「まつこーあそぼー！　まつこー」子どもたちが、外から窓にへばりついて、自分たちに背を向けて座っている松子を呼んだ。

「まつこー！」

「あーとーでー！」松子は申告書に視線を落としたまま、大声で返事をする。

「松子さん、帰って来てください！　もう有休残ってないですよ！」

「だからあとでって言ってんでしょ！」と、松子は後ろに言って、算盤を弾いた。

「査察官《サカン》がそれやると、税理士法違反になっちゃいますよ！」

法律違反と聞いて、松子は「エ?!」と、振り返った。すると窓外には、近所にある養護施設の子どもたちに混じって、スーツに黒いコートという地味な格好の情報部門査察官の三木が、にっこり笑って立っていた。

「あ！」と、松子は立ち上がった。

三木は部屋の中に入ろうと、子どもたちの横をすり抜けようとした。と、その拍子に三木の鞄が当たって、チャリンッと音を立て、男の子の熊のぬいぐるみのペンダントが落ちてしまった。

「あ、ゴメンね」三木は慌てて拾おうとかがんだ。

「だめ！　さわらないで！」

と、男の子は叫び、サッと自分で拾い上げた。

――そんなに大切なものなのか……？

松子は、何かほんの小さな引っかかりを感じた。


冬の海はどことなく他の季節よりも水が深い色味を増しているように見えて、それがいっそうさみしさを感じさせる気がした。カモメが騒がしく鳴いている。

「イチバン、集中治療室から一般病棟に移りました。まだ面会謝絶だけど、奇跡的な回復力だそうです」浜辺を歩きながら、三木は話を切り出した。

「へー！　さすが漁師の小倅は頑丈にできてんな」

松子は心からホッとしていた。前回のガサ入れで萩原に撃たれた新田は、幸いわずかに急所を外れてはいたが出血がひどく、数日間、生死の境を彷徨ったらしい。あの日、病院に新田を送り届けた松子は、その後、出勤する気にもなれず、あるだけの有休をもらってこの西伊豆に逃げるように戻って来ていた。

「イチバンを撃った萩原は、警察で取り調べ中ですけど……例の3億円の出所に関しては、口を割らないそうです」

「そう……」

「中山代議士の秘書も、偶然あそこに居合わせて事件に巻き込まれただけだと証言していて」

——あいつらは、そうやっていつも逃げやがる。

「ふざけんなよ」と、松子はボソッと言った。

「このままじゃ、花形不動産の裏金のことも中山代議士との癒着も、闇に葬られます！」

——クソッたれども……でも、今のあたしにはどうにもできない……。

黙ったままの松子に、三木はしびれを切らしたようだった。

「松子さん、いつまでこんなところでくすぶってるんですか。悔しくないんですか？　イチバンの仇、とりましょうよ！」

「……でもさ、あたしなんか、サカン失格なのかもしれない……」

「今ごろ気づいたんですか」三木はニヤッと笑って言った。

「きっついな……」と、松子は苦笑いした。

「トウカツも皆も、花形不動産にもう一度、追いガサかけるために必死で内偵してます。でも、イマイチ勢いつかなくて……。松子さんみたいにガーッと暴走する人間がいないんですよ」と、三木はもどかしそうに言った。

――でも、あたしが好き勝手やったせいで、イチバンがあんな目に……。

そこへ、「まつこー！　まつこ、たいへんだよー！」と、先ほどホームにいた子どもたちが走って来た。その切羽詰まった様子に、松子も三木もただならぬものを感じ視線を交わした。


松子と三木が子どもたちと一緒にひまわりの森老人ホームに駆け戻ってくると、ホームの中はただならぬ事態になっていた。査察官と同じような地味なスーツを着た男たちが、ホームにある車椅子やベッド、テレビと、片っ端から差押のシールを貼っていた。隅に追いやられた老人たちは、皆、怯えて身を寄せ合っている。

「ちょっと！　あんたたち、何やってんのよ！」松子は男たちに駆け寄った。

「西伊豆裁判所の執行官です」と、髪を七・三に別けた男は、差押証書と身分証明証をかざす。

「裁判所？」と、三木は怪訝《けげん》な顔で男を見た。

「この老人ホームの設備を全て差し押さえます。どきなさい！」男は二人を突きのけて、差押証書を再び張り出した。

「おじいさん、おばあさん、いいですか。邪魔すると公務執行妨害で警察に捕まっちゃいますよ」と、別の男が大声で言ったのを聞いて、老人たちはますます怯え、ため息をついた。

三木はすぐに東京国税局査察第十八部門に連絡して、調べてもらった。

『確かに、西伊豆ひまわりの森老人ホームは債権者への支払いが滞《とどこお》って、差し押さえになってるわ』

と、三木の電話を取った情報部門主査の一美は言った。

「え？　じゃ、どうにもならないってことですか？」

『……待って。気になる情報が一本出たわ。その老人ホームの土地と建物は、時価の三倍の金額で売買されてる。売却したのは……花形不動産の花形啓介よ』

「エッ、花形不動産⁉」

老人たちをフォローしていた松子は、その名前を聞いて顔を上げた。


その頃、渦中の花形不動産の社長室には、暴力団幹部の大杉勝也《おおすぎかつや》と、その手下が集まっていた。

「ご指図どおり、西伊豆はつぶしました。次は？」と、大杉は社長である花形啓介のデスクの前に立ち、報告した。

「次は……これだな」と言って、花形は今まで見ていた特別養護老人ホーム『かすみ苑』の入居パンフレットをひらひらっと泳がせた。

「高額の入居一時金を集めたら、貸しはがしして倒産させる。老人ホームほどおいしい商売はないっすね！」と、手下の一人がハツラツと言って笑った。

「声がでけえんだよっ」と、大杉は手下のみぞおちに思いっきり拳をぶち込む。

男は身体を曲げて、「ハッ、申し訳ありません」と、すごすご後ろに下がった。

「私も今に、すぐ老人になるからね、金は腐るほど持ってないと、夜も心配で眠れねえんだ」

花形は冗談とも本気とも取れる表情で言った。だが、大杉たちはそれを冗談だと受け取ったらしく、ご機嫌をとるように、ハッハッハと笑った。

全て差し押さえられてしまった西伊豆ひまわりの森老人ホームでは、老人たちが狭い片隅に寄せ集まって、たった一台のストーブを囲んで夜の寒さを凌いでいた。松子も三木も、少しでも皆の不安を解消してやりたい一心で、布団などを運んで、ヘルパーと一緒に色々と世話を焼いた。

「高い入居費のために、有り金、みんな払っちゃったもんなあ」「帰りたいよぉ」と、老人たちは皆、頭から布団を被って、あまりにも急な出来事に憔悴しきっていた。

「松子さん！　誰のせいでこんなことになってるか、わかってますよね⁉」と、三木は怒りを抑えきれずに言った。

松子はそれには答えず、咳き込んでいるおばあさんの背中をさすっている。

「私たち、行き場がないんです……」と、そのおばあさんは救いを求めるように、松子の手を両方の手でギュッと握った。その感触に、松子は鶴子のこと思い出した。ナサケに異動になった松子が西伊豆を離れる日、「お餞別」と言って鶴子がこんなふうに手に握らせてくれた、大事な板垣退助の百円札のことを――。

――そうだ。花形啓介みたいなヤツは、のさばらせておいちゃいけない。儲け過ぎた金をひとり占めしようとする脱税者は、決して許しちゃいけない。ナサケ容赦なく暴いてやる。だってあたしは、東京国税局・査察部・情報部門、松平松子。ナサケの女なんだ！

松子は立ち上がった。

「三木ちゃん、東京に帰るよ」

「はい！」三木はパッと笑顔になって立ち上がった。

　松子は、甘い汁を吸ってふんぞり返っている花形啓介に戦いを挑むため、東京に向かった。


　クリスマスが目前に迫った十二月のある日。『愛は世界を救う　クリスマスチャリティ』の横断幕が掲げられたロッジふうの会場には、親に手を引かれた大勢の子どもたちがやってきていた。募金箱にチャリン、チャリンと金を入れた子どもたちに、白ひげをたくわえたサンタクロースは次々とプレゼントの包みを渡していく。その「メリー・クリスマス」と、陽気に声をかけるサンタクロースこそ、花形啓介である。

「サンタさん、ありがとう」と、子どもたちは嬉しそうにプレゼントを受け取っている。そしてその様子を、会場に集められたカメラマンたちが、盛んにカメラに収めた。

　会場に集まった大勢の親子が拍手をする中、花形は、サンタクロースふうのワンピース衣装を着た美女たちが募金箱を持って並ぶステージに駆け上がった。

「メリー・クリスマス！　世界中には貧困で命を落とす子どもたちが、まだまだ、たっくさんいます。その子たちを救うために、みなさんから愛の手を差し伸べてあげてください。メリークリスマス！」

「メリー・クリスマス！」と、会場からも大きな歓声が上がる。

「なにがメリー・クリスマスだよ。脱税者がきれいごと言いやがって」と、査察第十八部《ナサケ》門の面々と並んで、客に混じって花形を内偵中の実施部門・総括主査の日野は、ついボソッと毒づいた。

「今日はね、こんなにたくさんの子どもたちが来てくれて、サンタさんとっても嬉しい」と壇上の花形は大げさに泣きまねをしてみせた。そして、顔を上げると、「中山先生がお見えになりました！」と入口を示した。

「代議士の中山中道と、ジュニアの中山知道《ともみち》よ」と、二人を見て情報部門・主査の一美が言った。

ＳＰを伴った中山親子は、ワーッと歓声が上がる中、たいそう愛想よい笑顔を振りまいて、皆から差し伸べられる手と次々に握手を交わしながらステージの方へと歩いてくる。

「ジュニアは静岡の選挙区から立候補するそうだ」と、情報部門・チーフ主査の久米が言った。

「やっぱり花形と繋がってんじゃねえのか」情報部門・統括《トウカツ》官の曽根は首をニューっと伸ばして、客たちの頭の上からステージを見た。

「先生、お忙しい中、本当にありがとうございます！」

「いやあ、どうもどうも」と、中山中道と花形は握手を交わした。

中山親子がステージに上がろうとした時、ステージ脇にあるドアから、突然、一人のホームレスが転がり込んできた。ひげは伸び放題で、髪はボサボサのそのホームレスはヨロっとよろけて、中山中道にぶつかった。ＳＰたちはそれをすぐに取り押さえ、両腕を摑んだ。

「……松子さん？」と、三木、それに査察官の二宮とナナは、引きつった表情でホームレスを見た。

そのとおり、よく見れば、それは松平松子の変装姿であった。

「すいませんね。腹ぺこでフラフラで……どうかおめぐみを……」松子は中山に手を伸ばした。

「チャリティなんだから入れてあげなさい。食べるものならいくらでも向こうにあるから。さあ、どうぞ、ケーキでもなんでも食べてって」と、花形は朗らかに笑った。

中山親子もにこやかな笑顔で、松子を見守っている。

「ありがとうございます。すいやせんね」松子はSPに抱えられ、食べ物コーナーへと引きずられるように連れて行かれた。

「身柄確保しなくていいの？　また暴走するよ」と、それを見送りながら日野が言った。

「っていうか、もうしてますよ」と、査察官の五藤は額に青筋を立てて松子の背中を睨んだ。

第十八部門《ナサケ》の面々は全員、シラーッと松子を見送った。

そうしている間にも、登壇した中山親子がスピーチを始めた。

「えーそれでは、私たちからも、ポケットマネーから寄付させてもらいますよ」中山は背広の内ポケットから小切手を出し、花形に渡した。

「100万円⁉　みなさん、100万円ご寄付いただきました！」花形は小切手を見て白々しいほど大げさに驚き、それを会場に向かってかざした。

途端に会場からは割れんばかりの拍手が起こり、カメラのフラッシュが一斉にたかれた。そんな中、第十八部門の面々だけはキリッと鋭い目つきで、壇上でにこやかに手を振る中山親子を睨んでいた。松子はといえば、会場の隅でドーナツを片手に、「ヒューヒュー」と浮かれながら、携帯でパシャパシャ、撮りまくっていた。

イベントが終わって子どもたちを見送った花形は、孫娘の聖子《せいこ》に駆け寄って、高く抱き上げた。

「じいじ、ほんとのサンタさんみたい」と、聖子は屈託のない笑顔で言った。

「そうか、本当のサンタさんみたいか。聖子、今年のクリスマスプレゼントは何が欲しい？」花形は目尻をしっかり下げ、聖子に頬ずりをした。

一方、第十八部門《ナサケ》の面々は、サンタの格好をした美女たちが運んでいく募金箱を見送っていた。

「あのお金、本当に恵まれない子どもたちのところに行くのかしら」と、一美がボソッと言った。

「パーティの費用は毎年全額、会社の経費として計上されてますけどね……」五藤は疑うような口調で言った。

「チャリティという名の脱税パーティかよ」と、日野はツッコまずにはいられなかった。

「花形社長！」と、会場の中から松子の声が聞こえたので、一同は振り返った。

「あのバカッ……」と、曽根も皆も息をのんだ。ホームレスの格好をした松子は、そのままの格好で、花形に接近している。

「花形社長、あなた――」

「はい、何でしょう？　国税局査察部の松平松子さん」と、花形は平然として松子を見返した。

――アッ。

「な～んだ、バレてたか」と、松子はひげやら眉毛やらを外した。

花形は、入口から見守っていた曽根たちにも気づき、やれやれ、と溜息をついた。

「私はね、脱税なんかしてませんよ」

「そうですか？　じゃ、ちょっとこれ見てもらってもいいですか。」

松子は花形を引き止めて、領収証のコピーを強引に見せた。「去年のクリスマスにお孫さんに買ってあげたマリちゃん人形の領収証なんですけど。チャリティのプレゼント代として、会社の経費に計上してますよねえ。おまけに、ここに数字の『1』書き足して、1万円上乗せしてんだよなー」と、金額のところを指差した。￥136 15の金額の、頭の『1』は別の『1』と違う書き方で、明らかに書き加えられた跡が見て取れた。

「バカバカしい。ヘンな言いがかりはやめてくれ」と、花形は行こうとする。

「ちょっと、待った！」と、松子は花形の行く手に立ちはだかる。「あたしさ、領収証全部チェックしてんだよ！　ほら、こここ、この頭の数字の『1』だけ特徴があるんだよ。これ、社長の筆跡に間違いないだろ？」と、松子はコピーを、近すぎて見えないのではないかというぐらい花形の目の前に近づけた。

「セコいなぁ！　大企業の社長が、こういうセコいインチキするんですか」

花形は特に反応するわけでもなく黙っている。それを入口から見ていた曽根たちは、あーあ、と、呆れ返っていた。

「日頃から、こういうインチキの積み重ねで、3億の裏金、作ったんですか？」

それから松子は、花形の前にわざとらしく直立すると、「花形社長に二〇一〇年脱税大賞差し上げます！」と言って、頭を下げた。

「笑えない言いがかりを用意したね、あんた。ハハハ」と、花形はポンッと松子の腕を叩いて、今度こそ会場から出て行こうとする。

その背中に、松子はすごみを利かせた。

「そういう人には、日本の道路歩いてほしくないんですよね！」

「いい加減にしときなさい。こっちは一度ガサ入れられて、痛くもないハラ探られた被害者なんだからね」花形はどこまでも一枚上手の余裕の表情のまま、会場を去っていった。

「ちょっと待て、脱税大賞！」と、松子がまだ花形に噛みつこうとしたので、慌てて日野たちは取り押さえた。花形は振り返ることなく、ずんずん歩いていく。

その背中を、一同は鋭い視線で見送った。


数日後――。

東京国税局・査察部長室の部長席には、遠山がふんぞり返っていた。部長代理として新田の代わりに部長ポストについたのだ。

デスクの前には、曽根と一美が、内偵結果の報告に来ていた。

「一ヶ月の内偵で花形不動産の脱税チャートはつかめました。老人ホームの計画倒産でできた隠し財産を、花形不動産へ還流させていると思われます」と、一美は報告書を渡して説明した。

「花形は悪質で、人道的にも許せない経営者です」

「タマリの在り処《か》さえわかれば、花形をあげられます！」

「追いガサ、させてください！」と、曽根は身を乗り出した。

ところが、遠山は迷惑そうな顔をして言った。「あそこは一度入ってるんだし、もういいんじゃないですか」

「部長代理！」と、一美は食い下がろうとする。

「霞ヶ関で昼食会があるので、失礼します」と、遠山は立ち上がると、さっさと部屋を出て行ってしまった。

曽根も一美もその場に立ち尽くし、唖然と遠山を見送るしかなかった。

「イチバンの後ガマは使えないわ。財務省に戻ることしか考えてない、フヌケの官僚よ」

査察第十八部門に戻って来た一美は、憤然として書類をデスクに叩きつけた。

「こうなったら、ナサケで尻尾摑んで令状とるしかないですね」と、三木は俄然やる気を出す。

「行くわよ」と、一美はコートとバッグを摑み、部屋を出て行こうとした。その時、クラッとふらついて、その場にしゃがみ込んでしまった。

アッ、と、全員が一美に駆け寄った。松子は心配して一美を覗き込む。

「ちょっとセンパイ、大丈夫ですか?! 具合悪そうですよ」

「大丈夫。行くわよ」一美はサッと立ち上がり、部屋を出て行く。松子は心配ながらも、三木と一緒にそれに続いた。

三人が向かったのは、花形がよく利用している都内の料亭である。暗くなってしばらくすると、店の前に黒塗りの高級車が停まり、花形と大杉が降りてきた。二人が料亭の門をくぐったのを確認し、三人も後に続いた。

ところが、門を入ったところで、三人の前に、いかにもヤクザっぽいスーツの男たちが立ちはだかった。引き返そうとしたが、すでに背後もぞろっと囲まれ、松子たちはすっかり袋の鼠だ。

「ふーん。花形社長、こういうヤツラとも繋がってんだ」と、松子は若干ビビりながらも、皮肉を言った。

「おまえなあ、調子にのってると、痛い目にあうぞ!」と、男はドスを利かせる。

「あー、正真正銘のヤーさんかよ」松子はカチンときて、男に詰め寄ろうとした。それを一美は「やめなさい」と制し、一一〇番通報しようと携帯を取り出した。だが、手下のひとりがそれを奪い、一美をねじ伏せた。

三木は「やめろ‼」と反射的に男に突進したが、逆に突き飛ばされ、羽がい締めにされて男たちから殴る蹴るの袋叩きにされてしまう。地面に転がってうめく三木の鼻から、血がしたたった。

松子は、自分を押さえている男の股間に思いっきり回し蹴りを食らわせた。

男は悲鳴を上げて股間を押さえ、「んだこのアマ、やっちまえ！」と怒鳴った。それを合図に、手下たちは一気に松子たちに襲いかかる。

男が、抵抗する一美を取り押さえ、腹を殴ろうとした。一美は必死でそれを突き飛ばし、おなかを両手で守るようにすると、叫んだ。

「やめて！　おなかに赤ちゃんがいるの！」

松子も三木も、もみくちゃにされながら、エッと驚いて一美を見た。

「赤ちゃんだ？」と、男たちはククと笑って、容赦なく一美に襲いかかろうとした。

と、その時――。

「待ちなさいよ！」と、野太くドスの利いた女言葉が響き渡った。「ママ！」と松子は驚いて振り返る。そこに仁王立ちしていたのは、鉄子だった。

「妊婦の次は、オカマの登場か」と男たちは笑った。

鉄子は着物の裾を翻して、男のひとりを背後から思いっきり蹴り飛ばした。そして、ハンガーを構える。

「出産の痛み、思い知れっ！」と、鉄子は男たちにハンガーで打ちかかった。一人を倒し、別の男から鉄パイプを奪うと、次々と殴りかかってくる男たちをバッタバッタ、もの凄い勢いでぶちのめしていく。

呆然とその様子を眺めていた三人だったが、「早く行くわよ！」と鉄子に促され、男たちが倒れている隙に、松子は一美を庇いながら、鉄子は三木を助け起こし、その場から逃げ去った。


「トウカツ、大変です！　張り込み中に三木たちが襲われて……」

東京国税局の査察第十八部門に、久米に支えられながら入って来た三木の痛々しい有り様を見て、残業をしていた面々はギョッとした。

「それで⁉」

「いえ、ケガしたのは僕だけです」と、三木は曽根に答える。

「そうか」と、少しホッとした曽根に、「トウカツぅぅぅ」と今にも泣き出しそうなほど五藤は取り乱し、すがった。

「どうしたんだ、五藤」

「あ、あの、この案件、危険過ぎますよ！　女性は外した方がいいと思いますっ‼」

「ああ、わかったわかった」

「いやー、でも、あの二人に外れろって言っても無理ですよ」と、二宮が冷静に言った。

「トウカツ、松平さんはともかく、犬養さんは外してあげた方がいいんじゃないですか」と三木が言ったので、五藤は同意して激しく頷いた。

「なんでだよ？」

「……いえ、なんでもありません」それ以上言うのは、一美が嫌がるだろうと、三木は言葉を濁した。

　わけがわからない曽根に、五藤は必死で合図を送り続けた。


　その頃、松子と一美は『鉄子の部屋』にいた。

「ママ、ホントに相変わらず強いよね」と、松子は興奮して、ビールをグビグビっと飲む。

鉄子は、カウンターの隅に座っている一美の前にグラスを置いた。

「はい、妊娠時の栄養補給、カルシウム入りの特製ドリンク。召し上がれ。あ、それと甘味」と、
ミドリから受け取った皿を出してやる。

「どうも……」一美は硬い表情で頭を下げた。

「お母さんになられるんですか？　ああ、もう、うらやましい～‼」

ミドリがそう言ったのを聞いて、恭子は「へー！　いつ生まれるの？」と、はしゃいで言った。

「一〇週目に入ったところで……」

「で、お父さんはサカンなんですかぁ？」と、松子はニタニタして聞いたが、鉄子がわざとらしい
咳払いをして睨んできたので、肩をすくめて座り直した。

「ま、誰でもいいんだけどさ、おなかの赤ちゃんのために、やっぱり今は大事をとって、皆に任せ
た方がいいですよ」

「妊娠した以上、査察官《サカン》続けられないのはわかってる……」一美はポツリ言った。

「そうね。この時代に、妊娠したら辞めなきゃならない仕事なんて、マルサのサカンと女子プロレ
スラーぐらいよね。それだけ、命がけの仕事ってことよ」と、鉄子は真面目な口調で言う。

「でも、この案件だけは降りたくない……イチバンの仇討ちたいのよ」と、一美はひたむきに、訴えるように言った。

「先輩……」

一美をじっと見つめていた鉄子は、決意した。


テレビの朝のニュース番組に、中山中道と知道の親子が映っていた。

「私はこの度、ここご当地、静岡九区より立候補させていただくことになりました、中山知道でございます。私が今、日本の将来を考えた時に、最も心配していることのひとつは、なんといっても、財政問題でございます——」

高層マンションの最上階の自宅で、花形はその演説を聞き流しながら、妻の富士子と向かい合って朝食の納豆ご飯をひたすらかき込んでいた。愛犬のミニチュアダックスフントも、ルーフバルコニーにある犬小屋の前で、ドッグフードをガツガツ夢中で食べていた。

家を出てエレベーターに乗った花形は、血圧の薬を飲んでいないことを思い出し、急いで飲んだ。と、ふいに野太い男の声がした。

「中山先生からの伝言です。このままでは選挙が危ないから、金急げ」

ハッとして見ると、エレベーターの隅に立っていた男が言ったようだった。地味なスーツによれたトレンチコートを着て、ブルーのハットの色だけが妙に鮮やかだ。

「おたく、どっかで見た顔だな。中山先生の後援会の人か」と、花形はうつむきがちに顔を隠している男の顔をまじまじと見た。

「この顔、お忘れですか……」

そう言って花形の方に顔を向けた男は、鉄子ママ、いや、百瀬徹男である。だが、花形はまだ思い出せなかった。

そうしている間に、エレベーターは一階に到着した。

「二〇年ぶりですなあ」と、徹男はしみじみした口調で言いおいて、エレベーターを下りていった。

「二〇年？　……アッ、査察官の百瀬だ！」

花形は閉まりかけたエレベーターのドアを開け、ホールに飛び出した。しかしもうそこには徹男の姿はなかった。

――二〇年も経って、突然あいつが動き出したということは、どういうことなんだ？　また、ひどくやっかいなことになるかもしれんな。

花形は喉元に引っかかった薬を水で飲み下しながら、イヤな胸騒ぎを覚えていた。


徹男がビルのエントランスを出てくると、張り込みをしていた松子に出くわした。

松子は徹男を見て、ひどく驚いた様子だった。

「ママ⁉　男みたいなカッコしてどうしたの⁈」

徹男は質問には答えず、「シッ」と口に指を当てた。

それから徹男は、松子をあの場所に連れて行った。二〇年前のあの雨の夜、腐りきった金を埋めたあの場所に――。

「ここ、前に友也と来たことある……夜、ネオンがすごくきれいで……」

　松子は、きれいに整備された街に高くそびえるビルを見上げて言った。

「……ここいらも、すっかり変わっちまったなあ……」徹男はすっかり近代的なビル街になってしまった周囲を見渡して、ボソッと呟いた。

　──二〇年前は、まだこの辺も木々や草むらがあるだけの土地だったんだがな……。

　徹男の脳裏に、金を埋めたあの夜の断片が次々と浮かんだ。

　どしゃ降りの雨が木々や葉に叩きつける音がひどく騒がしかった。いや、雨の音よりも自分の荒い呼吸音の方が、耳に響いていた。ヘッドライトの光にチラついて見えた、恐怖に怯えきっていたまだ幼い友也の目。あの時の万札は、踏みつけても踏みつけても、泥の中から執拗に浮き上がってきてしまうように見えた──。

「あの金は、表に出てはいけない金だった。だから俺が、土の下に埋めて葬った。この土の下に……。あの金のために、二人の人間が死んでる」

　徹男はおもむろに歩き出す。松子はそれを追いかけて訊《き》いた。

「友也のお父さんと、ママがサカンだった時の同僚？」

「そうだ。自殺ということになってるが……二人とも、殺されたんだ。花形啓介は、昔から、汚いヤツだった」と、徹男は憎しみを吐き捨てるように言った。

　花形に二人が殺されたと聞いて、松子は驚いたようだった。

　──花形啓介が二人を死に追いやったという確実な証拠は出なかった。しかし間違いない──。

「俺は……俺は恐ろしくなって、事件から逃げ出した。査察官からも逃げ、男であることもやめた。だがその間に花形も、山井興業も、ますます腐っていった。ヤツらは汚い政治家と手を組んで、弱い者を食い物にしている。アイツらは、腐りきってる！　新田さんは、ヤツらを追いかけていて撃たれた……松子、今度はおまえがヤツらを取っ捕まえる番だ‼」徹男は松子を振り返り、真っ直ぐ目を見て言った。

「おお！」と、松子は決意した、強い目で応えた。

「花形啓介に揺さぶりをかけた。ヤツは金を持ってもうすぐ動き出す！」

　松子はすぐに東京国税局に向かい、近いうちに花形が金を動かす旨を第十八部門の面々に告げた。

「エッ、裏金を動かす！」と、三木は驚いて松子を見た。

「一度もぐった金だぞ。本当に動くのか？」久米もにわかには信じられない様子だ。

「はい、近いうちに必ず。計画倒産でつぶれた西伊豆のひまわりの森老人ホームが、キーポイントだと思います」

「根拠は？」と、一美が訊く。

「入居者たちを追い出して、今、廃墟になってます。中山ジュニアの選挙地盤もあの地域です」と、松子は確信を込めて答えた。

「徹底的に裏金の出口を塞《ふさ》ぎましょう！」と、三木は新田の言葉を高らかに言った。

「よし、気合い入れて張り込むぞ！」と、号令をかけた久米に、全員「ハイ！」と声を揃え、すぐさま行動に移った。

「犬養と五藤は西伊豆に飛べ」

「女は足手まといです。自分一人でいいです」と、五藤は曽根の指示に突き放したように言い放ち、一人で部屋を飛び出して行った。

「なんだ、おまえ。五藤とケンカでもしたのか？」曽根は、コートとバッグを手に呆然と立ち尽くしている一美を見た。

「いえ……」

「ま、たまには留守番でもしてろ、な」曽根はそう一美に言って、じっとしていられずに部屋を出て行った。

一人取り残されてしまった一美は、複雑な思いで息をフッと吐き出した。


寒空の下、久米と二宮は花形不動産の巨大ビルの前に張り込んでいた。

すると、いかにもヤクザっぽい男たちが姿を現した。男たちは「どけよ、オラ！」などと大声でがなり、通行人を蹴散らしながらビルに入って行く。

久米はすぐに、通用口で張っている曽根と三木に連絡を入れた。

その連絡からしばらくすると、通用口から宅配業者の格好をした男たちが数人、ダンボール箱を抱えて出てきた。男たちは周囲を警戒するような素振りでその箱を『大山急便《おおやまきゅうびん》』とロゴが入った車に詰め込んだ。

三木はひとりの男の顔を見て、アッ、と思い出した。

「あいつ！　僕たちを襲ったヤクザです。あいつに襲われたんですよ！」

「ナニ!?」曽根はすぐに携帯を取り出し「久米、今駐車場から出てく宅配の車を追え！」と指示する。

久米と二宮は、直ちに停めてあるハイエースに走った。

二人が乗り込んだ時、ちょうど駐車場から『大山急便』のロゴをつけた車が出てきた。

「あれだ！」

二宮はハイエースを急発進させ、宅配の車を追った。

ところが、尾行に気づかれたらしい。宅配の車は信号が変わりそうなタイミングを見計らって、突然スピードを上げ、急ハンドルを切って曲がっていった。

久米たちは、赤信号を前に立ち往生してしまう。

「アーッ！　やられた！」と、二宮は悔しそうにハンドルを叩いた。

「すいません、トウカツ！　振り切られました」と、久米は曽根に連絡を入れた。

と、二人の前を、二人乗りしたバイクが通り過ぎて行った。

そして、バイクはそのまま、宅配の車を追った――。


一方、五藤は一人、西伊豆ひまわりの森老人ホームの外で張り込みをしていた。占拠しているらしいヤクザ風の男たちが、時折、明かりのついた窓に見えた。

日が暮れてすっかり暗くなった頃、ホームに一台の宅配の車がやってきた。車から降りて来た男たちは、ダンボール箱をホームの中に運び入れている。

ちょうど男たちが運び終わった頃、二人乗りのバイクが到着した。

ヘルメットを外したライダーは、松子である。

「松子さん、飛ばし過ぎですよ」と、ヘロヘロとバイクの後部座席から降りて言ったのは、三木だ。

「おまえたち、なんでここに……」と、小声で驚いている五藤を遮って、「宅配便のタマリは？」と松子は訊いた。

「今、入ってった」

「やっぱりね」

三木は息せき切って曽根に電話をする。

「三木です。花形不動産の車、たった今、西伊豆のひまわりの森老人ホームにタマリを運びました！」


数日後――。

東京国税局の大会議室に、二〇〇名を超える査察官たちが集められた。

ガサビラが配られ、実施部門の統括官と並んで、日野、曽根、一美が一同の前に並んだ。

「明朝八時、強制調査を行う！」と、曽根がガサ入れ会議の口火を切った。

「先月入った花形不動産に再度、追いガサをかけます！　嫌疑者は、花形啓介！」

日野がそう告げると、査察官たちからどよめきが起きた。

「着手先は、花形不動産本社、花形啓介自宅、タマリの隠し場所と思われる西伊豆ひまわりの森老人ホーム、それと――」

その時、扉がバンッと開き、「おい‼　これは何だ⁉」と、怒声をあげて次長《サンバン》の久保田が入ってきた。それに続いてやってきたのは、部長代理の遠山だ。

「お、部長代理が初めて査察部長室から出てきたぞ」

「ホントですね」と、久米と五藤はジロッと遠山を睨んだ。

遠山は、前に並んだ曽根たちに対峙した。

「これは一体どういうことですか？　私は許可なんかしてませんが」

「部長代理の許可なしに、こんな独断専行が許されると思ってるのか！」と、遠山の隣の久保田がわめきたてる。

「あの……証拠は全部揃っておりますが」曽根は真っ直ぐ、遠山を見返す。

「タマリの在り処もわかってます」と、五藤は立ち上がって言った。

遠山は曽根たちに割って入ると、集まった査察官たちに向かって声を張り上げる。

「強制調査は認めません！」

途端に、会議室は水を打ったように静まり返った。

そんな中、松子は「部長の代理ぃ！　ちょっといいですか」と手を挙げて立ち上がった。

「花形不動産には、追いガサしちゃいけない理由でもあるんですか？」と、松子は遠山を見据える。

「そんなことはない。現場からあがる案件のうち、実際に強制調査に入るのは三割。それを判断するのは、私だ」

松子は思わず鼻で笑ってしまう。

「ダメだ。こいつ、やっぱ腐ったメロンだ」

「は？」

「煮ても焼いても食えない官僚ってこと！」

「口を慎め！」と、久保田がまたわめいたのに、松子は怒鳴り返した。

「イチバンの仇討つんだよ！」

遠山は一瞬、ひるんだようだが、すぐに続けた。

「犯人はすでに逮捕した。しかも、それは国税の仕事ではない」

「……新田部長も同じことをおっしゃいましたが、意味が違います」と、曽根は遠山の顔を真っ直ぐ見た。

「我々は逮捕権も武器も持たない」と、一美は新田が言った言葉を口にした。

「我々は丸腰で敵陣に斬り込まなければならない」と、日野が続く。

「我々は地道にコツコツ証拠を積み上げる」

「我々は不正な金の出口をひとつずつ塞ぐ。国税局がなすべき仕事は、それに尽きる！」

「調査力だけが我々の武器だ！」と、雨宮、久米、五藤も立ち上がり、新田の言葉を続けた。

「靴の底をすり減らし」

「雨の日も雪の日も、真夏の炎天下も、夜も昼もなく内偵を続け」

「一滴の水も漏らさないように出口を塞いでいけば、いつかきっと」

「必ず、巨悪の息の根も止められる！」

ナナも二宮も、松子も三木も立ち上がり、続けた。

そして会議室にいる査察官全員が立ち上がり、遠山をじっと見た。

その圧倒的な闘志を前に、遠山は自分の敗北を悟ったようだった。

「……か、勝手にしろ！　責任は取らないぞ」

遠山はうろたえ、目を泳がせながらそう言い捨てると、逃げるように会議室を去って行った。

松子たち査察官は、期待を込めて前を見た。

日野はニンマリ笑い、曽根に耳打ちする。

「トウカツ、締めてください」

第十八部門《ナサケ》の面々も笑顔になって、「トウカツ」と、次々に声をかけた。

曽根はひどく緊張した面持ちで、直立した。

「明日はクリスマスイブですが、徹底して調査を行ってください！」

「はい‼」と、一同は声を揃えた。

松子は闘志がザワザワと燃え上がってくるのを感じた。

――待ってろよ、花形啓介！


そして翌朝。クリスマスに沸く街中を、査察官たちは巨悪な脱税者に戦いを挑みに向かった。

高層マンションのエントランスからミニチュアダックスを連れて出てきた富士子を、査察官たちはずらっと取り囲んだ。

「花形社長の奥様ですね」

「な、なんですか、あなたたち……」

「東京国税局、査察部です」と、日野は令状を掲げて告げる。

富士子は犬を抱き上げると、エレベーターの方へ駆け出した。査察官たちはそれを追いかけた。

そして閉まりかけたエレベーターのドアを押さえ、続々乗り込んだ。富士子が奇妙な悲鳴を上げる。

富士子を囲むように、査察官でぎゅうぎゅう、スシ詰め状態のエレベーターは、最上階である三十一階を目指してみるみる昇っていく。

犬の名前を呼び続けながら、パニック状態だった富士子は、ふいに査察官たちを見上げ、ニコッとしてみせた。かと思うと、突然、非常ボタンを押した。

エレベーターはガタンッと停まって、動かなくなってしまう。

「チクショー、停めやがった！」一階のエレベーターホールにいた日野は、苛立ったようにボタンを何度も押した。運悪く、他のエレベーターは点検中だ。

「三十一階まで階段でいくぞ‼」

日野に続き、査察官たちはゾロゾロと階段を駆け上がった。

同じ頃、花形不動産のオフィスにも査察官たちが踏み込んでいた。

「東京国税局、査察部です！　強制調査を行います！」と、勢い込んで言った雨宮だったが、オフィスはガランとしている。スタッフらしき外国人が、離れた場所でキョトンと雨宮たちを見ている。

「キョウセイチョウサヲ、オコナイマス！」と雨宮はゆっくり言い直した。

「私たち、ハケンだから、何もわかりません」たどたどしい日本語で言うと、外国人は肩をすくめた。

「社員は？」

「皆トイレに隠れてます」

トイレでは、パソコンやファイルを抱きしめた社員たちが、個室の中で息を殺していた。

「東京国税局、査察部です！　出てきなさい！」と、雨宮たちは個室のドアをガンガン叩く。

だが一向に出てこないので、雨宮たちはドアの上から覗き込み「出てきなさい！」と怒鳴る。

「勘弁してよ。先月入ったばっかりじゃないですか」と、渋々出てきた社員たちは文句を言った。

さて、花形の自宅マンションの階段をヒーヒー言いながら上ってきた日野たちは、ようやく三十一階にたどり着いた。そしてゼーゼー肩で息をしたまま、花形の家のチャイムを鳴らし、「東京国税局、査察部です。開けてください」と告げる。

ドアを開けたのは、サンタクロースの衣装を着た花形だった。

「また、あなたたちですかぁ」と、呆れたように顔をしかめた。「今日はクリスマスイブだから、これから施設に慰問に行くんですよ。夜は孫と約束があって――」

「失礼しまーす」と、日野たちは花形を押しのけて続々と家に上がり込み、ガサ入れを開始した。

一方、松子たちは、西伊豆ひまわりの森老人ホームの前に来ていた。

だが、ガラスドアの外側の把手は鎖が何重にも巻きつけられ、錠前がされて開けられなくなっている。

「東京国税局です！　開けないと、ドア壊しますよ！」と、三木は大声で忠告した。

だが、ホームを占拠している人間たちは、応じる気がないらしい。

「やっちゃいましょう」と、松子は五藤を見た。

五藤はニヤリと笑うと、チェーン切りの工具を取り出してバツンッ、バツンッと鎖をカットした。

松子たちはドアを開け、一気に乗り込む。

「何すんだ！　勝手にカギ壊すんじゃねえ！」と、占拠している男たちは怒声をあげ、松子たちの前に立ちはだかった。

「東京国税局、査察部です」と、五藤は告げた。

「うるせー！　知ってるよ！」と吐き捨てた男は、料亭で松子たちを襲った男だった。

「またお会いしましたね」と松子は言って男を押しのけ、男たちにかまわずガサ入れを開始した。

東京国税局の本部室には、各所からの連絡が続々と入ってきていた。

「花形の自宅、本社、ガサ入れ開始！」

「ひまわりの森老人ホームにも入りました！」

久米と一美の報告を、ナナがホワイトボードに書き込む。

「よーし、予定どおりだ！」と、曽根は手をひとつ打った。


花形の自宅マンションでは、査察官たちが徹底的に調べていた。棚、鉢植え、サンタの袋に入った菓子やおもちゃも、次々と調べていく。

サンタクロースの格好をしたままの花形は、悠々とソファに座ってその様子を眺めていたが、ふいに立ち上がり、家族写真を手に取った。

「今日は可愛い孫とも約束があるんでね。何時ぐらいまでかかります？」

「そうですねぇ、それはあなた次第ですね」と、花形を見張っている日野は答える。

「あなたにも子どもがいるんじゃないの？」花形は写真を手に、ソファに戻った。

「二人いますけど、別れた女房が引き取ってます。三年続けてクリスマスイブも誕生日もガサ入れしてたら、離婚されました」

「お気の毒に」と、花形は笑う。

「お気遣いなく」と、日野もハッハッハと笑い返した。

その頃、西伊豆ひまわりの森老人ホームでも、何十組もある布団、ベッドマットの中、枕の中と、片っ端から松子たちは調べていた。だが、絨毯をめくっても、天井裏を覗いても、床下まで調べても何も出てこない。

「こんなに荒らしまくって、どう落とし前つけんだ！」と、男が怒鳴った。

「荒らされたくなかったら、札束のあるところ、教えなさいよ！」松子は果敢にメンチを切った。


午後になり、東京国税局の本部室は徐々に焦りの空気が漂い始めていた。

「本社から、裏帳簿発見！」

「よし、あとはタマリだな」と、久米の報告を聞いて曽根が言った。

「老人ホームからまだ出ませんね」

一美の言葉に、ウーンと曽根は唸る。

「どっかに移したんじゃないですか」と久米は渋い顔をする。

「新しい着手先に入るなら、急がないと」と、一美は時計を見た。

日没まであと数時間だ。曽根は祈るように時計を睨んだ。

西伊豆ひまわりの森老人ホームの松子たちの間にも、切羽詰まった雰囲気が満ちていた。

「タマリ、出ません」という査察官たちの報告ばかりが続き、五藤は苛立ってブチキレている。

その様子を、足を組んでソファにふんぞりかえったまま、大杉の手下たちはニヤニヤして見ていた。

松子はベランダで、どんどん傾いていく太陽を睨んでいた。

「松子さん、出ないっすね」と、三木は松子の隣に来てぼやいた。

近所の養護施設に帰る途中なのか、ホームの前の道を子どもたちが楽しそうに手をつないで歩いていく。ふいに強い光がチラチラッと目に入り、三木はまぶしさに目をそらした。目を凝らして見ると、子どもたちの胸のあたりで、キラッと何かが西日を反射していた。

子どもたちは皆、同じ熊のぬいぐるみのペンダントをしている。それは、三木がこのホームに松子を迎えに来た時、男の子にぶつかって落としてしまった物と同じペンダントだ。そういえば、ぬいぐるみの中に鍵がついていた。それが反射しているんだ——

「あのペンダントの鍵……」

松子は三木を見た。

「子どもたちがサンタさんからプレゼントしてもらったって、言ってました」

——サンタさん……養護施設……アッ！

二人はハッと顔を見合わせると、急いでホームを飛び出し、子どもたちを追いかけた。

「待って！」

「どうしたの、まつこ?」と、子どもたちはキョトンとして松子たちを見た。

「そのペンダント、サンタさんのプレゼントだったよね?」と、三木が聞くと、子どもたちは「うん」と頷いた。

「そのサンタさんって、このサンタさん?」と、松子はしゃがんで子どもたちに写真を見せた。それは、チャリティで撮ったサンタの格好をしている花形の写真である。

「うん、このやさしいサンタさん」

「あのさ、そのペンダント、ちょっと貸してもらってもいい？」

子どもたちは素直にペンダントを外して「はい」と、松子たちに渡した。

ペンダントの鍵を見ると、何か文字のようなものが彫ってある。二つ合わせるとひとつの絵になりそうだった。松子は色々と組み合わせてみた。すると――四桁の番号が浮かび上がった。

「アッ、貸金庫の鍵?!」

そう言った三木に、松子は、それだ、と、笑顔で視線を交わす。

その時、松子たちの行動に気づいた男たちが、血相を変えてホームから走り出てきた。

松子と三木は慌てて走った。

「乗れ！　早く」と、先回りしていた五藤が二人の前にハイエースを停める。

男たちとタッチの差で二人はなだれ込むように車に乗り込み、発進させた。


すっかり日が暮れ暗くなっても、花形の自宅マンションからはまだ何も出ていなかった。

「日野さん、出ません」と、二宮は肩を落として報告した。

「わかった」日野はソファから立ち上がり、ダイニングチェアで、不機嫌そうに腕を組み目をつぶって座っている花形のそばに歩み寄った。

「早くお孫さんに会いたいんですよね？　教えてもらえませんか」

だが、花形は目をつぶったまま、何も言わなかった。

二宮はソファで富士子が必死に抱きしめている犬を見て「可愛いでちゅねぇ」と近づいた。

「奥さん、ワンちゃんお預かりします」

「やめて、この子には触らないで！」と、富士子は二宮の手を払った。

「いいじゃないですか」と、二宮は犬を抱きかかえようとするが、富士子はそれに必死で抵抗する。

その富士子の剣幕を、振り返って見ていた日野は、アッ、と何かに気づいた。

「……奥さん、ちょっといいですか」と、暴れる富士子の頭を押さえて、髪留めでキッチリ束ねられた髪を解いた。すると、中から小さな鍵が出てきた。

どこの鍵か日野が問いつめようとした時、暴れた拍子に富士子の腕からすり抜けた犬がベランダに走り出た。

「犬小屋だ！」

それを聞いて、花形の表情が強ばった。

日野と二宮はすぐに犬小屋を調べた。二宮が手を突っ込んで調べると、床部分が外れるようになっていた。そして板の下には、鉄製の鍵穴がついた金庫のようなものが隠されている。

富士子の髪の中で見つけた鍵を差し込んで回すと、カチッとロックが解除された。二宮は日野と視線を交わし、鉄製の蓋を開けた。すると、中から黄金に輝く金塊がいくつも、ゴロゴロ出てきた。

「メリー・クリスマス！」と二人はがっちり握手し、抱き合って喜んだ。

一方、西伊豆の松子たちは、西伊豆で唯一貸金庫のある『すばる銀行』にやってきていた。

「西伊豆で貸金庫があるのって、おたくだけですよね」と松子が聞くと、支店長は「はい！」と不思議そうな顔で答える。

「この鍵と照合させてください」と、三木は令状を掲げ、ペンダントの鍵の束を見せた。そして、松子たちは、ペアにした鍵の数字を読み上げた。

「全部こちらです」と、支店長は松子たちを貸金庫の中の一角へと案内した。

ずらっと並んだ金庫の扉に、松子は鍵の番号を見つけると、ペアになった鍵を一本ずつ挿して回した。カチッと音がして扉が開いた。中のボックスを取り出し、開けて見た。すると、そこには、札束がぎっしり詰められていた。

三木が開けた金庫には、金塊がびっしり詰め込まれている。

松子たちは次々に金庫を開けた。その全てに札束や金塊が詰まっていた。

「トウカツ、西伊豆の貸金庫から、タマリ出ました！」と、五藤が本部室に報告すると、皆の沸き立った声が電話の向こうから聞こえてきた。


各所から押収されたタマリや証拠品はダンボール箱に詰められ、トラックで東京国税局の地下に運び込まれた。

トラックの荷台を開けてギッシリ積み上げられた証拠品を見て、松子たちは一斉に「おお！」と歓声を上げる。それから皆で手分けして、ダンボール箱を資料室に運び始めた。

「皆、ご苦労さん！　よくやったな！」と、曽根が満面の笑みでやってきた。

「トウカツ、今日は旨い酒飲んでください！」と、日野も満足そうな笑顔で言う。

皆、達成感と充実感に満ちた顔で、ダンボール箱をせっせと運んだ。

「あ、ちょっと無理しないでください。私やりますから！」一美が運んでいるのを見た松子は、箱を受け取ろうとした。ところが、「大丈夫よ！」と、一美は松子を振り切って運んでいく。松子は思わず「スッゲー」とその逞しい背中を見送った。

と、その時――。

「一美！　ダメじゃないか！　そんな重い物持っちゃ～！」と、五藤が血相変えて叫びながら一美に走りより、箱を奪いとった。

「カズミ？　……」と、皆、怪訝そうに呟いて五藤と一美を見る。

「アッ！」と、凍りついた五藤を、一美は思いっきり睨んだ。

「ふーん……カズミねえ」と、日野は二人に迫る。

「五藤、どういうことだー？」と、曽根はシラーッとした視線を送る。

「す、すいません！　もう、いいよね」と、五藤は、もの凄く気まずそうにしている一美に断ると、皆に向き直って大声で言った。「僕は、犬養一美さんを愛しています！　もうプロポーズもしました！　……返事はまだですけど」

皆、ニヤニヤして二人を見ている。

「センパイッ！　もー、早く返事してあげないとぉ♡」と、松子はキャーキャー言って一美を突ついた。

「仕事中の私語は厳禁。みなさん、さっさと運んでください」と一美はいつものように淡々と言い放ち、五藤の脇腹にドスッと一発拳をぶち込んで、クールに去っていった。

「ウッ」とうずくまっている五藤に、皆、温かい祝福の笑い声を向けた。

いよいよ花形の取り調べが始まった。

調室で日野と対峙して座っている花形は、落胆しているふうでも、開き直っているふうでもなく、実に飄々《ひょうひょう》としている。

「早く始めましょうよ。時はカネなり。私はね、こうしてる間にでも、あなたたちの何倍もの金、稼ぐんだから」

「ご謙遜を！　私たちの何千倍、何万倍でしょう。隠していたタマリ、ざっと見積もっても20億ですよ」

「え、そんなにあったの？」と、花形は驚いた風情を見せたが、それが本心なのか、演技なのか、なかなか判別はつけられなかった。

「それから、先月、山井興業に運ばせた3億。あれも、あなたの会社の裏金ですよね」日野は花形の顔をじっと見た。

「さあ、記憶にございません」と、花形は淡々と答える。

「3億は、あなたにとってはハシタ金ですか」

「稼いだお金ってのは、次々に慈善事業に注ぎ込んじゃうんでねぇ」

「へー」

「追徴金なら払いますよ。でもね、国は払った税金、弱者のためにちゃんと使ってくれてないじゃないの。私には愛する家族もいるし、可愛い孫も待ってる。早いとこ家に帰してくださいよ」

「早く家に帰らせろ？　あなたのせいで老人ホームを追い出されて、クリスマスイブの寒空の下、震えてる老人たちが何百人いると思ってるんですか？」と、日野は怒りの色をにじませ静かに言った。

「ああ、ひまわりの森老人ホームね。資金繰りに行き詰まって倒産しちゃったものは、しょうがないでしょう」

「計画倒産ですよね」と、日野は間髪を入れずに返した。

「ご冗談でしょ。私は児童養護施設にも多額の寄付をしている、弱者の味方ですよ」と、花形は馬鹿にしたような口調で言う。

「弱者の味方？　……子どもたちの首に金庫の鍵ぶら下げるサンタがどこにいる？　あんたは、弱者を食い物にする偽善者だ！　薄汚い金の亡者だ！」と、日野はついにキレて声を荒げた。

花形は、そんな怒声をあびても、何一つ表情を変えることなく、相変わらず淡白な表情で日野を見返していた。

「……ということで、ぼちぼち始めちゃいましょうか。七年前のこの裏帳簿からいきますよー」と、日野は裏帳簿を突きつけた。

花形不動産　法人税法違反
追徴金　約9億3000万円
延滞税　約4億2000万円
地方税　約3億5000万円
計　　　約17億円

　さて、二〇一〇年、仕事納めの日の夜。第十八部《ナサケ》門の面々は『鉄子の部屋』に集まっていた。

「ごめんね、大勢で押しかけちゃって」と、松子は、カウンターの中のミドリに言った。

「いいのよ。イブも年末もずーっとオカマは暇だから」

「だよねー」と、二人は指をさし合って笑った。

「うちの上司がどうしてもここで、仕事納めしたいんだって」と、松子はカウンターに並んでいる曽根をチラッと見た。

「へー、変わったシュミの上司だね」恭子は本当に驚いたようだった。

　曽根はテーブルの方で接客をしている鉄子の背後に直立し、頭を下げた。

「ご無沙汰しております、百瀬主査」

　それを聞いて、皆、驚愕して二人を見た。

「このたびは、嫁入りに協力していただき、ありがとうございました」と、曽根はさらに深々と頭を下げた。

「曽根、元気でやってるか」と、鉄子は照れたように曽根に小声で囁いた。

「嫁入り？　まさかママをお嫁さんに⁉　いやあ、すごいシュミね」と、『嫁入り』の意味を知らないミドリは笑いどころだとカンチガイして笑ったので、店内は微妙な空気になってしまった。

　松子は思わず、つまみのポップコーンをミドリに投げた。

「ナニ言ってるのよ！」と、鉄子は慌ててミドリをフォローし、皆に向き直った。「さ、今はこのとおり花も恥じらうオカマでございますから、どうぞお気になさらず。パーッとやりましょ、パーッと。はい、カンパーイ！」と、鉄子はグラスをかかげる。

「カンパーイ！」と、皆もグラスをかかげた。

それから、飲んで、笑って、鉄子と曽根のデュエットに、皆、大いに盛り上がった。

会が終わりに近づいた頃、一美は皆の前に立った。

「私事ですが、本日をもって私はサカンの業務を終了し、新橋税務署・広報課への異動を命じられました。ナサケの皆さん、長い間ありがとうございました」と、一美は深々と頭を下げた。

皆、温かい拍手を送る。

「元気な赤ちゃん産んでください！」と、三木が言った。

「でも、いつの間に？」

「チョー意外」と、ナナと二宮はハシャいで二人を交互に見た。

「誰もこの二人については、内偵も着手もしなかったな」と、ほろ酔いの久米も調子に乗ってからかった。

五藤は一美の隣に立つと、「カズミン、じゃなかった、一美に言われて細心の注意を払ってましたから！　僕も来年は、パパになります！」と、照れたような嬉しいような笑みを見せた。

皆から、ヒューと歓声が飛び、一美は恥ずかしそうにはにかんで五藤と視線を交わした。

「だいたいさ、仕事ができる一美さんがナサケに残って、五藤さんが代わりに赤ちゃん産めりゃあいいんだよ！」

その松子の言葉に、「そうだそうだ」と、皆が同意したので、五藤は「松平～」とまたキレかける。

そんなふうに皆が騒ぐ後ろでは、鉄子と曽根がしみじみと酒を酌み交わしていた。

店内は、幸せな笑いに包まれていた。

そして年が明け、二〇一一年――。

その日、松子が地下からエレベーターに乗っていると、一階でドアが開き、来客のバッジをつけた人物が乗り込んできた。

「あ、マッコ・デラックスだ……」と、松子が思わず呟いたので、マッコ・デラックスはジロリと松子を値踏みするように見た。

「新年早々、脱税の取り調べですか？　ご苦労様です」

マッコ・デラックスは、ナンなのこの娘《こ》、と言いたげな視線を松子に向け、また前を向く。

ふと松子は、百円玉が落ちているのに気づいた。

「100円だっ！」とつぶやくと、さっとかがんで、松子は嬉しそうに拾い上げた。

と、突然、「あら、ありがとう」と言って、マッコ・デラックスは松子の手から百円玉を奪おうとした。

「え、ちょっと何？」と、松子は必死で百円玉を握りしめる。マッコ・デラックスは、かなり真剣に、恐ろし形相で松子の手を開かせようとする。

「あたしが拾ったんだけど」と、松子は抵抗した。

「いやいや、あたしが最初に見つけたのよ」と、マッコ・デラックスは懸命に松子の指をつねった。

松子は相当踏ん張ったが、さすがにマッコ・デラックスの力には敵《かな》わなかった。

マッコ・デラックスは若干息切れをしながら百円玉をひったくるように奪い取ると、「なんなのこの女！　ホントに、もうっ！」と、フンッと前を向いた。

松子は「イッテー」と、マッコ・デラックスの巨大な背中を睨んだ。すると、マッコ・デラックスは振り返り、松子をギロリと見返した。

「あたし、脱税なんかしてないからね！」

――聞いてないし。

「これからも、堂々と日本の道路歩かせていただきますから‼」マッコ・デラックスはフンッと鼻をならし、松子に睨みをきかせた。

そして、顎を上げ、文字どおりふてぶてしく、堂々と胸を張ってエレベーターから降りていった。と、マッコ・デラックスが再び松子を振り返ったので、松子はビクッと身体を固まらせる。そのままマッコ・デラックスはまたフンッと鼻をならし、巨漢を揺らして歩き去っていった。

松子は閉まりかけたドアの隙間から、マッコ・デラックスの背中に「イー」と歯をむいた。


「静岡九区の中山知道さん、今『当選確実』になりました。民栄党の中山知道さんは、今回、父親の中山中道・元議員の地盤を引き継いでの初当選となります――」

東京国税局の査察第十八部門の部屋で、松子たちはテレビの前に集まり選挙速報を見ていた。

「どこから選挙の裏金引っぱってきたんでしょうね……」と、思わず三木がこぼした。

「花形は今、拘置所に入ってるんだろ？」

その久米の疑問に、三木は「ええ」と頷く。

「山井興業の藤野常務は、依願退職してゴルフ三昧だそうです」と、二宮は呆れたように言った。

「ってことは、全部の出口封じたはずなのに、まだどこからか、闇の献金があったってことか

皆は各自の仕事に戻った。

……」と、松子は首をひねった。

全員から溜息が漏れた。三木がテレビを消したのをきっかけに、皆は各自の仕事に戻った。

曽根はデスクに新聞を広げ、黙って記事を読んでいた。それは、新田の記事だ。『財務省事務次官に新田進次郎氏、就任』の見出しの横には、新田のムスッとした顔写真が載っている。

「へー、雲の上の人になっちゃいましたね」と、松子は覗き込んで言った。

「イチバン、おめでとう、ってことですよ」と、曽根はどことなく寂しそうに言う。

「我々は靴の底をすり減らし、金の出口を探しましょう！」と、三木は明るく言った。

と、そこに、五藤が飛び込んできた。

「花形啓介が保釈金積んで、拘置所出ます！」

全員、言葉を失った。

――クソッタレ！


東京拘置所から出てきた花形は、冬にしてはずいぶんと明るい太陽の光に眩《まぶ》しそうに手をかざした。塀の向こうに、黒塗りの車が迎えにきているのが見え、花形は悠然と歩き出した。

「金持ちっていいですね」と、塀に寄りかかって待っていた松子は声をかけた。「また、あんたか……」花形は松子を見て、ウンザリしたような顔をした。

「保釈金、５０００万ですって？　寒い拘置所からすぐ出られて、スゲーな」と、松子は花形に近づいていく。

「それが何だ……」

「ちょっとお訊きしたいことがあって」と、松子は写真を見せた。それは、チャリティパーティの時に中山中道が寄付をした小切手を撮った写真である。「この小切手なんですけど、『すばる銀行・西伊豆支店』から発行されてます。私たちが隠し金庫から3億円摘発した銀行ですよね」

花形は松子から視線をそらしたまま、何も答えない。

「じつは、もっと隠してたんじゃないですか？　ジュニアの選挙の時、もう3億円ばかり誰かに引き出させて、中山先生に届けたんじゃないですか？」

花形は何も答えなかった。その表情からは、何を考えているのか、いまひとつ読み取れなかった。

「なんとか言ってくださいよ。地方のあんな小さい銀行で、札束やら小切手やら飛び交ってたんじゃないですか」

「そこまで言うなら、証拠は？」

「えー、私の推測です」

「ま、いいだろう」と、花形は苦笑いして言った。「じゃあ、あんたのその推測、私が金で買おう」

「ハッ？」

花形は真っ直ぐ松子を見た。

「世の中、全て金だよ。この世で起きる出来事は、全て金の力で解決できる。あんたは正義を振りかざしてるけど、人の信念なんてものは、金の力でいくらでも変わる。金は人を変える。そうだろ？」

松子は、強烈な怒りが脊髄の中を昇り上がってくるのを感じた。

「金の力に逆らえる人間はいない。私はそういう弱いヤツらを、山ほど見てきてる。3億の金を目の前に積まれると、みんなヨダレ垂らして目の色を変える」

松子はふいに友也のことを思い出し、視線を逸らした。花形は、松子のそのわずかな動揺を見透かしたように、余裕の笑みを表情にたたえている。

「あんたはその甘い蜜を舐《な》めたことがないから、わからないだけだ……舐めさせてやろうか？」

松子は激しい目で花形を見返した。

「金を持ってる人間が勝つんだよ。金だよ、金」と、花形は嘲笑《あざわら》うように言って、車へと向かった。

ふと、子どもたちの歌声が聞こえてきた。子どもたちは元気に歌を歌いながら歩いてくる。

その拘置所にはあまりにも不釣り合いな光景に、花形はハッと足を止めた。先頭で保母の手を握っている女の子は、孫の聖子だった。

「じいじ？」と、聖子は花形に気づいて振り返った。そして手をつないだ保母を見上げると、「やっぱりわたしのじいじだよ」と嬉しそうににっこり笑った。

花形は、聖子と手をつないでいるその保母を見て驚愕した。鉄子である。

「じいじさん、お元気そうでなによりですー」と、鉄子は花形に向かって明るく声をかけた。それから子どもたちに「はーい、皆で拍手」と号令をかけ、子どもたちは皆、パチパチ拍手を送る。

「可愛い孫たちの未来のために、清く正しい、良いおじいさんになってください！」と、鉄子はまた花形に向かって言った。それから「さんはいっ」と号令をかけ、子どもたちは一斉に、「おねがいします！」と、花形に向かって頭を下げた。

先ほどまで平然としていた花形はみるみるうちに顔を歪め、孫の手を握っている鉄子を憤然として睨みつけた。

鉄子も、応戦するように見返した。

それから、「さ、保育園帰って、お給食たべましょう」と子どもたちに言って、聖子の手を引いた。

「じいじ、またね！」と、聖子は花形に手を振って、素直に鉄子と一緒に歩いていく。大きな声で元気に歌いながら去っていく子どもたちを見ながら、花形は立ち尽くしていた。

「……さっきの言葉、お孫さんに聞かせられますか？」と、松子は静かに言った。

花形は、ひどく不機嫌そうな、けれどどこか困惑した顔で押し黙ったまま、車に向かった。

——こいつには、ナニ言っても無駄か。

松子は諦め、塀に立てかけてある自転車に向かった。

花形はふと立ち止まり、長い溜息をついた。

「……ちょっと待てよ」

松子は足を止め、面倒くさそうに振り返る。

「……中山中道先生、正月の家族旅行はいつも、ケイマン諸島だ。国税も、もうちょっとしっかりしろよ」

花形はそう言いおいて、車に乗り込んだ。

——ケイマン……花形のやつ、いいとこもあるじゃん。

松子は花形を乗せて去っていく車に背を向け、自転車を走らせ東京の街を駆け抜けた。

これは、金の話である。

出口の見えない不況。都市と地方との経済的格差。おまけに、この国の財政は、およそ930兆円の借金まみれ。

それでも、この街には金があふれ返っている。

そして、脱税者も――。


とあるコンサートホールに、ＳＰにガードされた中山中道が姿を現した。

「一幕目が始まったところです。どうぞお急ぎください」と案内するホールの係員に続いて、中山は悠然とホールへの階段を上った。

ふいに、廊下を足早にやってきたイブニングドレスの女とぶつかった。女はよろけて、手すりに寄りかかった。

「アッ、大丈夫ですか」と、中山は慌ててその黒いドレスの女に手を差し伸べた。

「ありがとうございます」と、女はその手をとった。

「気をつけてね」

「中山先生こそ……」

「ん?」と、中山は足を止め、振り返った。

「ケイマンのナショナル・ケイマン銀行に、架空名義の口座、お持ちですよね」と、じっと中山を見て不敵に微笑んだそのイブニングドレスの女は、松平松子である。

中山はハッと表情を強ばらせ、松子を見返した。

「あなた、脱税してますね」と、宣戦布告した松子は、ビシッと指差し「日本の道路歩くな！」と中山に言い放った。

すぐさま階段を降りてきたＳＰたちは、松子を取り押さえた。松子は抵抗したが、両腕を摑まれて抱え上げられ、後ろ向きのまま連れ去られてしまう。

松子は、階段の上で唖然と立ち尽くしている中山に向かって、男たちの腕にぶら下がったまま、満面の笑みで叫んだ。

「またお会いしましょーーーーッ！」

## キャスト

松平　松子……米倉涼子
新田進次郎……柳葉敏郎
三木　航介……塚本高史
犬養　一美……飯島直子
赤川　友也……瀬戸康史
五藤　満……鈴木浩介
久米　四郎……小市慢太郎
二宮　晶太……夕輝壽太
内村　ナナ……齋藤めぐみ
西　恭子……鹿沼憂妃

日野　敏八……勝村政信
曽根　六輔……泉谷しげる
鉄　子……武田鉄矢

## スタッフ

脚本　中園　ミホ
演出　松田　秀知（共同テレビ）
田村　直己（テレビ朝日）
音楽　荻野　清子
主題歌　DREAMS COME TRUE
「LIES,LIES.」
(DCT records, Inc./NAYUTAWAVE RECORDS)
企画協力　古賀　誠一
（オスカープロモーション）
協力プロデューサー　梅田　玲子（ザ・ワークス）
プロデューサー　内山　聖子（テレビ朝日）
木内麻由美（テレビ朝日）
制作著作　テレビ朝日

ノベライズ版制作協力　　駒野容子（公認会計士）

# ナサケの女《おんな》～国税局《こくぜいきょく》査《さ》察官《さつかん》～

2010年12月27日　初版　第1刷発行

脚　本　中園ミホ
ノベライズ　古林実夏
発行者　斎藤博明
発行所　TAC株式会社　出版事業部
（TAC出版）
〒101-8383　東京都千代田区三崎町3-2-18
西村ビル
電話　03(5276)9492（営業）
FAX　03(5276)9674
http://www.tac-school.co.jp
印　刷　株式会社　ワコープラネット
製　本　東京美術紙工協業組合



ISBN 978-4-8132-4128-7

# TAC出版の書籍について

## 書籍のご購入は

**1** 全国の書店・大学生協で

**2** TAC・Wセミナー各校 書籍コーナーで

**3** インターネットで

TAC 出版書籍販売サイト
Cyber Book Store
http://bookstore.tac-school.co.jp/

**4** お電話で

TAC出版 注文専用ダイヤル
0120-67-9625
携帯・PHS OK
※携帯・PHSからもご利用になれます。

## 刊行予定、新刊情報などのご案内は

TAC出版
03-5276-9492 [土・日・祝を除く 9:30～17:30]

## ご意見・ご感想・お問合わせは

**1** 郵送で 〒101-8383 東京都千代田区三崎町3-2-18
TAC株式会社 出版事業部 宛

**2** FAXで 03-5276-9674

**3** インターネットで

Cyber Book Store
http://bookstore.tac-school.co.jp/

トップページ内「お問合わせ」よりご送信ください。

(平成21年10月現在)